10|18
12, avenue d'Italie — Paris XIIIe

Sur l'auteur

Née en 1968, Sophie Delassein est journaliste au *Nouvel Observateur*, reporter à *UBIK* (France 5), auteur de *Aimez-vous Sagan...* (Fayard) et du livret de l'intégrale discographique de Georges Brassens (*La Mauvaise Réputation*, Universal) et de Barbara (*L'Aigle noir*, Universal).

RAPPELLE-TOI BARBARA

PAR

SOPHIE DELASSEIN

Nouvelle édition revue et augmentée par l'auteur

Préface de Georges Moustaki

10|18

« Musiques & Cie »
dirigé par Jean-Claude Zylberstein

Si vous désirez être régulièrement tenu au courant
de nos publications, écrivez-nous :

Éditions 10/18
c/o 10 Mailing (titre n° 3457)
29, rue Claude Decaen
75012 Paris

© Éditions 10/18, Département d'Univers Poche, 2002,
pour la présente édition.
La première édition de ce livre a paru en 1998
aux Éditons de l'Archipel sous le titre *Barbara, une vie*.

ISBN 2-264-03402-5

À Lionel

Préface

de Georges Moustaki

En 1963, à la mort de Piaf, mon ami le peintre Eugène Dekers me déclarait, effondré : « Maintenant, on n'entendra plus que des pisseuses. »

Il ignorait, Eugène, qu'il existait déjà un autre volatile, un futur aigle noir, une autre chanteuse hors norme, connue seulement des habitués du cabaret de l'Écluse, qui pouvait, par sa stature, sa sincérité, sa densité, prendre la relève du défunt moineau.

Barbara a rejoint la chanson réaliste – ingénument, résolument réaliste –, malgré son passage par la rive gauche où il était convenu de sourire des refrains mélo comme « L'Hirondelle du Faubourg » ou « L'Entrecôte ». Elle a déclaré plus tard admirer Hallyday. Sans doute reconnaissait-elle en lui cette même innocence, ce premier degré, diraient les noctambules éclairés qui se pressaient à l'Ecluse pour admirer cette longue dame en noir qui gesticulait immodérément et donnait à son tour de chant une dimension que contenait mal l'espace exigu de l'Écluse.

En alternant les œuvres de Fragson ou d'Yvette Guilbert avec la poésie chantée des années 1950, elle se démarquait quelque peu de ses pairs de l'époque dont la carrière, pour un certain nombre, s'essouffla avec l'effondrement des cabarets de la rive gauche. Tandis que Catherine Sauvage, Germaine Montéro ou Cora Vaucaire pratiquaient une chanson sélective, à la portée d'un public plutôt restreint de connaisseurs, Barbara laissait parler sa sensibilité populaire qui lui permettrait un peu plus tard de traverser la Seine et s'imposer à l'Olympia en 1969, en véritable star du music-hall.

Star, elle l'était depuis ses débuts de chanteuse. Quel que fût le boui-boui où elle se produisait, ses manies, son maniérisme naturel, sa sophistication gestuelle transformaient le modeste endroit en haut lieu de l'art lyrique. Quand elle invitait dans le petit appartement qu'elle partageait avec sa mère rue de Vitruve – et où un énorme piano à queue mangeait tout l'espace –, c'était déjà une diva froufroutante, parée – plutôt qu'affligée – de lunettes, qui ouvrait la porte en offrant une main à baiser.

C'est là que je la rejoignais pour lui montrer mes chansons. Je les lui murmurais d'une voix incertaine, en m'accompagnant discrètement à la guitare, avant qu'elle s'en empare et les déclame dans un grand élan théâtral, en pétrissant son clavier, transformant les mots, les notes et les harmonies pour les mettre à sa mesure.

Ces rencontres firent de nous des complices, des amis. Nous devînmes compagnons de scène lorsque je lui écrivis « La Longue Dame brune », qui suscita notre envie de chanter en duo.

Cette chanson a été le prix à payer pour continuer de fréquenter sa maison et regarder la télévision. Je m'explique : à l'époque, le petit écran n'était pas très répandu et je ne possédais pas de téléviseur. Lorsque j'arrivais chez elle, j'étais fasciné par la boîte à images, allumée en permanence. Je la regardais jusqu'à l'assoupissement. Indignée, elle menaça un jour de l'éteindre définitivement si je ne faisais pas au moins l'effort d'essayer de lui écrire une chanson. Pour répondre à ce chantage et relever le défi, je me saisis de ma guitare et chantonnai, pour la longue dame brune, « les mots qui passaient par ma tête, comme le vent... ». C'était un début. Elle s'assit au piano et me donna la réplique. La chanson fut faite dans l'heure et dans l'enthousiasme. Elle scella notre amitié et me rendit indispensable pour ce duo, m'obligeant, agréablement, à la suivre en tournée pour occuper la scène pendant quelques minutes avec elle.

Elle eut longtemps des scrupules à se déclarer auteur. Elle avait conscience que ses textes relevaient plutôt de l'art brut que de l'orfèvrerie savante de Brassens ou de la logorrhée pédante d'un Léo Ferré. Sans savoir que c'était là son charme et son charisma, sa force. À l'instar de Jacques Brel, elle avait fait ses classes à Bruxelles et, à l'abri du parisianisme intégriste, s'exprimait avec la flamme de sa spontanéité.

La sensualité presque initiatique qui émanait de son répertoire et de sa personne lui valait une cohorte de dévots de tous sexes qui, tremblant d'émotion, rôdaient autour de son hôtel, de sa loge et des coulisses avant de se rendre au spectacle comme on va à une messe. En 1994, la voix fêlée, avec deux musiciens autour d'elle, elle donna vie à un récital qui bouleversait toutes les données et rassemblait toutes les générations de spectateurs qui lui faisaient une ovation debout toutes les trois chansons.

Sous des dehors parfois arrogants ou autoritaires, souvent persifleurs, elle restait percluse de doutes et faisait régulièrement appel – inutilement ? – à des auteurs ou à des musiciens qui l'impressionnaient. Sans se rendre compte qu'avec sa tenue noire et son piano, ses paroles et ses mélodies, elle se suffisait à elle-même.

La dame brune s'en est allée en novembre 1997. Peut-être y a-t-il quelque part un oiseau rare prêt à prendre son envol, à nous consoler de l'absence du piaf et de l'aigle. Un autre être d'exception, une femme chantante qui saurait offrir, avec le même absolu, ses rires et ses larmes, sa tendresse et sa véhémence, son humour et son désarroi, ses blessures, sa dignité, ses contradictions. Son talent.

Rappelle-toi Barbara

« *Serf, dite Barbara* »

La fillette voulait devenir « pianiste chantante ». Telle était son ambition (il était bien trop tôt pour parler de vocation). Au fil de périples imaginaires qui la menaient de théâtre en théâtre, Monique Serf emportait dans ses malles un petit frère aux yeux grands ouverts et admiratifs. Ensemble, ils couraient après cette chimère, sensation d'autant plus délicieuse qu'au-dehors les pas des soldats nazis résonnaient en cadence.

Plus tard, lorsqu'elle a troqué ses « chaussettes blanches / Contre des bas noirs » et son « sarrau du dimanche / Contre de la moire », Monique a donné naissance au double de ses pensées. Elle a créé Barbara : femme-déesse, femme-prêtresse, femme-piano, femme-dentelles noires... Une femme-femme qui devait chanter comme personne le désordre des sentiments. Les siens.

Monique ne pouvait faire profession, le visage à nu, de son mal de vivre. Elle aurait pu, comme beaucoup, choisir de proposer ses textes à d'autres interprètes. Son génie fut de créer un personnage à sa mesure et de l'incarner.

Combien de nuits passées à sculpter son double, à le ciseler pour le faire évoluer sans jamais rien laisser au hasard. Fenêtres closes, enveloppée dans un épais châle de laine, Monique composait paroles et musiques. Et, chaque soir, juste avant le lever de rideau, enfermée dans sa loge, elle coiffait Barbara, la maquillait pieusement et la recouvrait de velours noir. Dans les coulisses, elle lui indiquait les gestes : tendre les mains paumes au ciel, laisser filer la jambe, baisser les paupières en souriant, oublier le micro, épouser le piano...

Par chance, elle avait une voix et un physique. Ce talent d'assembler les mots et de les entrelacer à la mélodie. De surcroît, Monique possédait des qualités innées : la grâce et, plus que le courage, la pugnacité.

Pourtant, « qu'elle fut longue la route » ! Pour conquérir un public longtemps aux abonnés absents, pour entendre enfin l'écho de ses tourments, elle l'a faite « à genoux », comme dans la chanson. On peut imaginer à quel point ce fut pénible, douloureux, de se dévêtir pour offrir son corps à un photographe de passage. De s'abandonner à tant d'amants sans visage, en rêvant d'amour. De laver les verres dans un cabaret, elle qui aurait préféré s'y produire. Il fallait sans doute passer par ces épreuves. Peut-être pas. Elle aurait pu s'y perdre ou, pis, en mourir.

Enfin, « à force de... », le succès a surgi. Abraca-Barbara ! D'un Bobino à l'autre, en l'espace d'une année, « ce fut un soir en septembre / Vous étiez venus m'attendre... ». Le public était bien là, tout à elle. Cette reconnaissance a pris les allures d'une déclaration d'amour d'un rouge incandescent.

Lorsque ce public tant attendu se mua en foule conquise jusqu'à l'hystérie, la dualité lui apparut comme nécessité absolue. La femme publique se mit à se cabrer dès que l'on cherchait à aller voir de l'autre côté du reflet : « Mes secrets sont pour vous / Mon piano vous les porte / Mais, quand la rumeur passe / Je referme la porte. » Barbara n'a plus songé qu'à protéger Monique des indiscrétions et des débordements, afin qu'elle puisse créer en toute sérénité.

L'une vivait recluse à la campagne, tricotant, dialoguant avec ses chiens, ses chats et « monsieur jardin ». Elle gérait assez mal ses affaires et assez bien ses peines de cœur, tentait d'apaiser la douleur de ses proches. L'autre, la nomade, la noctambule, chantait ses émois sous les feux des projecteurs. Celle-ci enregistrait des disques, tournait des clips vidéo et répondait parfois aux questions des journalistes. Elle menait sa carrière avec détermination. Celle qui signait « Serf, dite Barbara » avait mille visages et deux mille profils.

Monique pouvait jouer la comédie, elle l'a prouvé. Mais Barbara ? Ses apparitions dans *Madame* de Remo Forlani, *Franz* de Jacques Brel ou *L'Oiseau rare* de Jean-Claude Brialy, ont été critiquées et boudées. Elle était mauvaise actrice, fatalement. Hamlet aurait-il pu jouer Cyrano ?

Ceux qui l'ont approchée s'interrogent encore sur ce dédoublement de personnalité, à la limite de la schizophrénie. Pour ne pas trahir leur ignorance, ils parlent à mi-voix d'une femme aux contours diffus, née sous le signe des Gémeaux : « Elle est... Elle peut aussi... Si généreuse... Tellement égocentrique... » Elle l'a chantée, cette dualité :

« C'est ma voix, et ce n'est pas ma voix. C'est mon corps, et ce n'est pas mon corps. C'est une force qui me pousse et qui m'anime... J'avance... Et c'est une autre qui entre en scène. Une autre qui chante ! »

Chapitre premier

Une famille en fuite

Devenue femme-piano, Barbara a toujours refusé d'évoquer ses jeunes années, éveillant par ce mutisme toutes les curiosités et provoquant naturellement un déluge de questions. Elle répondait : « Ne parlons pas de mon enfance si vous le voulez bien. Non, je ne veux pas... Vous comprenez, je n'ai pas de passé[1] ! » La voix retombait. Sèche. Une question de plus, même insidieusement posée, était de trop. Malheur à qui s'y risquait : « Ne seriez-vous pas en train d'essayer de me ramener à mon enfance, à ma famille ? Changeons de sujet[2]. » Elle devenait alors cassante, son regard noir perçant à travers ses larges lunettes fumées. À l'inquisiteur d'esquiver ou de faire silence.

À ceux qu'elle affectionnait, les intimes, elle n'en disait pas davantage. Plutôt que de les envoyer sur les lilas mauves et blancs, elle inventait un autre passé, pas toujours extravagant mais à mille lieues de la réalité. Ou bien, l'élégante éludait. Si l'on voulait éviter que sa colère n'éclate, il était préférable de se contenter de cette formule : « De valise en valise, d'hôtel en hôtel, de ville en ville[3]. » Une seule ligne pour dire quelle

---

1. « Pollen », entretien avec Jean-Louis Foulquier, France Inter, 25 février 1987.
2. *Ibid.*
3. Livret de l'intégrale « Ma plus belle histoire d'amour... C'est vous », Mercury/Universal.

avait été sa vie de la naissance aux premières vocalises alors qu'on l'appelait encore Monique Serf.

Empêtrée dans ses contradictions, ce que Monique Serf ne pouvait dévoiler même en tête à tête, Barbara le révélait sur scène, dans une vie recommencée chaque soir, isolée au centre de son inséparable poursuite de lumière. En danger face à des milliers d'inconnus. « Oh mes printemps, oh mes soleils, oh mes folles années perdues [1] », chantait-elle. Car ses paroles de chansons, à la fois allusives et précises, distillaient des bribes de vécu. Encore fallait-il deviner entre les notes, être suffisamment attentif, intuitif surtout, pour compléter la chronologie en y replaçant ces fragments de vie. Et de se poser les questions essentielles. Sans rompre le charme, il devenait possible d'approcher cette trop mystérieuse, cette femme médiumnique, autrement que « du bout des lèvres, du bout du cœur [2] ». En allant plus avant, ce mal de vivre, perceptible à la seule vue de cette longue silhouette noire presque fantomatique, se faisait de moins en moins sibyllin.

Ses chansons disaient que l'histoire ancienne l'importunait et combien il était pénible d'y revenir. « Car parmi tous les souvenirs / Ceux de l'enfance sont les pires / Ceux de l'enfance vous déchirent [3] », souffrait-elle. Et de laisser couler ses pleurs, des larmes qui ne traduisaient pas seulement la nostalgie, c'était bien plus violent. « Mon passé me crucifie [4] », confessait-elle.

Rappelle-toi, Barbara... Le 9 juin 1930, dans un modeste appartement du 6, rue Brochant, dans le XVIIe arrondissement parisien. À 16 heures précises, les époux Serf, Esther et Jacques, accueillent leur second enfant et première fille. Son frère Jean, né en

---

1. « Mon enfance » (Barbara/Barbara).
2. « Du bout des lèvres » (Barbara/Barbara).
3. « Mon enfance » (Barbara/Barbara).
4. *Ibid.*

septembre 1928, n'a pas deux ans. Cette fillette du signe des Gémeaux, née sous un ciel turbulent, se prénomme Monique Andrée. Des astrologues prétendent que ce jour-là, les planètes étaient dans tous leurs états.

Sa mère, Esther Brodsky (née en 1905), fille de Hava et de Moïse Brodsky, issue d'une famille originaire d'Europe centrale, est d'origine juive. Barbara ne peut se souvenir de son grand-père maternel car elle avait trois ans à sa mort. En revanche, elle a bien connu Hava, cette grand-mère qu'elle surnommait avec tendresse « Granny », à la manière des petits Anglais. Hava la faisait rêver en lui racontant, à la nuit tombée, les contes traditionnels et merveilleux de sa région lointaine. Elle cuisinait aussi comme personne les mets d'Europe centrale : le *tchulent* ou le *gefilte fisch*. « Que j'aimais ma grand-mère ! écrit Barbara. Elle était toute menue, avec des pommettes très hautes, des grands yeux noirs, des mains très fines. Elle avait vu le jour à Tiraspol, en Moldavie, où naquit également ma mère. Elle sentait le miel et me préparait des pâtisseries aux blonds raisins de Corinthe, des strudels aux pommes et aux noix pillées [1]. »

Le père de Monique, Jacques Serf (né le 24 novembre 1904 dans le XVIIIe arrondissement parisien), fils de Louise et de Maxime Serf, descend d'une famille juive elle aussi, implantée en Alsace depuis plusieurs générations.

Dans les années 1930, Esther, une femme de petite taille qui, dit-on, ressemblait à Édith Piaf, est fonctionnaire à la préfecture de Paris et Jacques représentant de commerce. Mais, même avec deux salaires, le couple a du mal à joindre les deux bouts. « Ils étaient plutôt pauvres [2] », affirme Jean Serf. Monique est encore une toute petite fille lorsque ses parents décident de quitter la rue Brochant pour s'installer à quelques mètres de là, rue Nollet, une artère étroite qui monte jusqu'à la place

---
1. Barbara, *Il était un piano noir...*, Fayard, 1998.
2. Entretien de Jean Serf avec l'auteur.

Clichy. Chaque jour, Jean s'agrippe au landau de sa cadette et tous deux se laissent guider par cette jeune maman qui longe à pas lents l'étang du square voisin. Toute de blanc vêtue, Monique est alors une adorable fillette joufflue, aux cheveux fins mi-longs avec des reflets blonds. Elle ambitionne déjà de devenir pianiste chantante. Il n'est pas rare de la trouver seule, chantonnant les doigts plaqués sur le bord d'un meuble : « Je tambourinais sur une table des musiques que je scandais ou miaulais infatigablement. Mes mains se posaient, s'agitaient au-dessus d'un clavier imaginaire et, durant de longues heures, j'étais la plus grande pianiste du monde [1]. »

Sur l'unique photographie qui nous est parvenue de cette époque, elle est assise sur une sorte de calèche, à côté de son grand frère. Les enfants semblent attendre sagement le départ. Vers quelle mystérieuse destination ? Jacques décide en effet brusquement de quitter la capitale. Nous sommes en 1937. Tous en voiture, ils se dirigent vers Marseille, puis, un an plus tard, vers Roanne où, le 24 août 1938, naît leur troisième enfant, Régine. Le chef de famille aime-t-il cette vie de bohème ? En fait, les huissiers se montrent pressants. « C'est la pauvreté à Roanne, note Barbara dans ses Mémoires inachevés [2]. Je suis habillée de robes d'adulte que je déteste, retaillées sur mon corps de petite fille. À Roanne, il y eut les huissiers, qui sont des "gens très matinaux" ! J'ai même vu un jour disparaître tous nos meubles, sauf le lit de mes parents. » Hélas, la fortune n'est jamais au rendez-vous.

En 1939, il faut fuir, encore, mais pour d'autres raisons : la guerre pressentie éclate. Cet été-là, en vacances au Vésinet, les Serf prennent conscience de la menace. Le père est appelé sous les drapeaux, Esther va rester seule avec ses trois enfants. Elle garde Régine avec elle et confie Jean et Monique à Jeanne Spire, leur

---

1. Barbara, *Il était un piano noir...*, op. cit.
2. *Id., ibid.*

tante. Celle-ci les emmène à Poitiers, puis à Blois où ils retrouvent leur mère. Pour peu de temps seulement : « Ma mère, qui travaille à la préfecture, apprenant que le pont permettant de quitter la ville doit sauter, demande à la tante de nous emmener très vite[1]. » Le train qui conduit les enfants et leur tutrice vers Châteauroux est bombardé par des avions de la Luftwaffe. Ils en sortent miraculeusement indemnes. Après maintes recherches et combien d'incertitudes quant au sort de Jacques, d'Esther et de la petite Régine, tous les membres de la famille se retrouvent à Tarbes. Les parents y louent une maison sur deux étages, rue des Carmes. Monique suit les cours à l'école communale : « Je collectionne les observations du genre : "Très indisciplinée", "Trop rieuse", "Meneuse", "Frondeuse", "Désobéissante". Faire rire et chanter, organiser des "spectacles", c'est tout ce qui m'intéresse[2]. » Le poète André Mathieu, alors aux Éclaireurs de France, se souvient de la famille Serf, de Jean en particulier, un camarade du même âge. « J'allais souvent goûter chez eux et jouer à cache-cache. [...] J'avais quatorze ans, elle douze ans. Elle, qui, elle ? [...] Une grande fille élancée et mince, un peu chat écorché, souple et vive avec de très beaux yeux... » André Mathieu, secrètement épris de Monique, va souvent rendre visite à la famille. « Monique et moi trouvions toujours le moyen de nous cacher ensemble, de préférence sous les lits ou au plus profond des armoires, étroitement enlacés comme des amoureux de Hollywood », raconte-t-il. Monique et André jouent, s'enlacent. C'est le temps du premier flirt au son des chansons de Charles Trenet qu'ils connaissent par cœur. C'est aussi le temps des baignades à la piscine Nelly.

Mais, un matin de 1942, une âme bienveillante vient tambouriner à la porte : « Il faut partir, vous avez été dénoncés... ils vont venir vous chercher ! » La menace

---

1. *Id., ibid.*
2. *Id., ibid.*

qui plane sur le peuple d'Israël se précise. Esther boucle les valises dans la précipitation et les Serf s'éloignent de Tarbes. Claude, le petit dernier qui naît en mars 1942, est confié à la sœur d'Esther, dans la région de Montauban. Une fois à l'abri, Jacques et Esther iront le reprendre au péril de leur vie. « On m'a souvent raconté que, ce jour-là, lorsque mes parents sont venus me chercher chez ma tante, un résistant avait assassiné un soldat allemand, raconte Claude Serf. Comme le coupable était introuvable, les nazis ont décidé en représailles de désigner une dizaine de personnes au hasard et de les fusiller. Mes parents étaient de ceux-là. Ils nous ont emportés dans un champ mais, au moment où le peloton allait tirer, j'ai tellement pleuré (ils m'avaient enfermé dans un sac) que le chef a décidé de remettre l'exécution au lendemain. Mes parents se sont enfuis dans la nuit [1]. » D'une zone à l'autre, ils se faufilent pour échapper au pire, à la déportation. D'autres Serf, d'autres Brodsky par wagons ont été déportés en Allemagne et ont déjà péri dans les camps.

Monique a treize ans, cet été 1943, lorsque, après une courte escale à Grenoble, elle arrive dans la petite ville de Saint-Marcellin, tout près du maquis du Vercors. Dans cette commune de l'Isère (située à trente kilomètres de Grenoble) qui compte quatre mille habitants, une cinquantaine de Juifs sont venus trouver refuge. On dit qu'ils y vivent en sécurité ; de fait, à aucun moment la milice ou l'occupant n'a encore traversé la campagne environnante pour venir procéder à la moindre arrestation. Ici, il semble que chaque citoyen ait l'âme d'un juste, si bien qu'aucun Juif n'est tenu de porter l'étoile jaune. Les Serf non plus. Après une période d'hésitation durant laquelle ils demeurent dans la Grand-Rue, à l'hôtel de France, puis à l'hôtel Thomé, rue Saint-Laurent, ils décident de se fixer. On leur indique une bâtisse à louer au 9, rue du Mollard, sous le coteau du même nom. Les propriétaires, Augusta Cattot et son

---

1. Entretien de Claude Serf avec l'auteur.

époux, sont parfaitement conscients du danger lorsque Jacques vient à leur rencontre : « Nous savions avec mon mari qu'eux et nous risquions des ennuis avec les Allemands, mais il fallait bien les aider [1]. » Ils investissent le lieu et ne tardent pas à s'intégrer. Jacques est embauché comme représentant à l'Imprimerie Cluze dont le siège se situe dans la Grand-Rue. Son employeur, André Ballouhey, propose de fournir de fausses pièces d'identité à toute la famille. Avec le fils du patron, Henry Ballouhey qui a le même âge que Jean, les enfants Serf vont parfois se baigner dans la Bourne. Celui-ci se souvient que Monique allait jouer du piano chez Marcelle Bossan, une amie de ses parents.

À Saint-Marcellin, Monique fréquente le collège communal, place du Marché. Sur la traditionnelle photo de classe, en cinquième (l'année 1942-1943), elle pose au milieu du groupe d'enfants. Elle surgit, plus grande que ses camarades : Pierre Michat, Albert Caniffi, Colette Elles-ponte... On aperçoit ses professeurs, M. Deydier et M. Julien, qui enseignent l'un les mathématiques et les sciences naturelles, l'autre le français, le latin et le grec. L'adolescente aux cheveux presque blonds, féline et coquette dans sa robe blanche, fixe l'objectif. Ses condisciples se souviennent d'une gamine plutôt gaie. Monique ne travaille guère à l'école, mais elle s'intéresse au français et suit avec intérêt les cours de chant. Elle chante tout le temps. En ce domaine, la fillette plutôt réservée, qui ne se lie pas facilement, par méfiance ou par timidité, se révèle douée. « Je me rappelle bien avec quelle facilité et quelle intonation elle déclamait les textes en faisant de grands gestes théâtraux, se souvient Jeannine Gutierrez, une camarade de classe. Elle était très jolie et on sentait qu'elle était différente. C'était la Parisienne et nous les provinciaux [2]. » Quoi qu'il en soit, les Serf res-

---

[1]. *Le Journal du dimanche*, 30 novembre 1997.
[2]. *Mensuel d'information municipal de Saint-Marcellin*, novembre-décembre 1997.

tent sur leurs gardes. « La guerre nous avait jetés là / Nous vivions comme hors-la-loi[1] », chantera Barbara. « Même si très peu de gens savaient qu'ils étaient juifs, ils éprouvaient toujours un sentiment de peur. Chez eux, il y avait des matelas au sol et des valises toutes prêtes[2] », confirme Christiane Benjamin, une voisine. D'ailleurs, chaque matin Esther – qui, depuis son plus jeune âge, se fait appeler Madeleine – est contrainte de convoquer ses enfants un par un avant qu'ils n'empruntent le chemin des écoliers : « Écoute-moi bien. À l'école, ne dis jamais que tu es juive, parce que sinon, on s'enfuit... » Monique ne comprend pas bien ce qu'être juif signifie, mais elle obéit : « Pendant longtemps, ça voulait dire fuite, peur, mais aussi formidable, voyage, on s'en va, allez vite, tous dans le fond, la voiture jaune est arrivée... Ça voulait dire des choses comme ça, clandestines, secrètes, qui ont pu développer ce qu'on dit être secret chez moi. De ne pas ouvrir la porte, vous savez. Parce que quand on frappe chez moi, j'ai encore ce réflexe, je me cache dans l'escalier[3]. » Barbara ne s'attardera pas davantage sur ses origines juives. Il s'agit pour elle d'une appartenance lointaine à un peuple, un héritage familial. Comme nombre de leurs semblables, les Serf resteront traumatisés par ces années passées à fuir l'occupant et par cette France de la collaboration. En 1963, pourtant, Barbara à contre-courant accordera son pardon à l'ennemi de jadis. « Et tant pis pour ceux qui s'étonnent / Et que les autres me pardonnent / Mais les enfants, ce sont les mêmes / À Paris ou à Göttingen[4] », chantera-t-elle. Invitée par Gunther Klein à venir occuper la scène du Junges Theater qu'il dirige, Barbara hésitera dans un premier temps à se rendre en Allemagne. Mais, touchée par ce jeune homme qui met tant d'énergie à la

---

1. « Mon enfance » (Barbara/Barbara).
2. *Le Journal du dimanche*, 30 novembre 1997.
3. *Le Matin*, 19 janvier 1987.
4. « Göttingen » (Barbara/Barbara).

convaincre, elle accepte. Sur place, elle est conquise par le public qui l'applaudit à tout rompre. Au calme dans le petit jardin qui jouxte le bâtiment, elle écrit pour lui « Göttingen », cette chanson qui sonne comme un hymne à la réconciliation franco-allemande, pour la lui offrir au soir de la dernière. Les Allemands, évidemment, tombent fous d'amour mais la France des rescapés crie au scandale : « Et lorsque sonnerait l'alarme / S'il fallait reprendre les armes / Mon cœur verserait une larme pour Göttingen[1]. » La chanteuse persiste en enregistrant peu après la version allemande de la chanson, dans la langue du Führer ! Tant pis pour ceux qui s'étonnent, Barbara placera « Göttingen » dans tous ses tours de chants.

À l'automne de sa vie, en novembre 1996 la chanteuse se plongera de nouveau dans son enfance avec une autre chanson nostalgique intitulée « Il me revient[2] ». Elle raconte qu'un soir de novembre, un soldat de la Milice a exécuté sous ses yeux un jeune maquisard. C'était à Saint-Marcellin : « Toi seul sur cette route / Comme une armée en déroute / Mais qui es-tu / je te cherche. » Comme si les pas des soldats nazis et de leurs acolytes français n'avaient cessé de résonner durant toutes ces années.

Le 8 mai 1945, la guerre est finie. Les Serf font leurs adieux aux Saint-Marcellinois. « Je pense que le mot "Libération" voulait dire pour moi que c'en était fini des morts et des atrocités, et que le monde allait pouvoir se retrouver, raconte Barbara. C'était comme une immense fête[3]. » Ce n'est que bien des années plus tard qu'elle retrouvera « cette ville au loin perdue[4] » au hasard d'une tournée. Marie Chaix, son assistante

---

1. *Ibid.*
2. « Il me revient » (Barbara/Botton).
3. Barbara, *Il était un piano noir...*, Barbara, *op. cit.*
4. « Mon enfance » (Barbara/Barbara).

devenue écrivain, raconte : « Avant d'entrer dans la petite ville, elle s'est remaquillée, œil noir, lèvres carmin, ses bracelets cliquetaient, elle s'est recoiffée. Ses joues étaient roses, elle prenait de profondes respirations[1]. » La chanteuse a longtemps marché, pensive, à la recherche de cette maison « où nos rires d'enfants jaillissaient comme source claire[2] ». « Elle nous entraînait, muets, sur le qui-vive, d'un pas de chef d'armée, poursuit Marie Chaix. Longeant les places, une église, des gens, des arbres et puis des rues à nouveau. Arrivant devant la maison qu'elle cherchait, elle ne dit rien et pleura derrière ses lunettes, perdue dans un grand mouchoir[3]. » De ce voyage dans le temps naquit, en 1968, l'une des chansons les plus bouleversantes de son répertoire, « Mon enfance », qui sonne comme un long regret, celui d'être retournée sur ses pas : « J'ai marché les tempes brûlantes / Croyant étouffer sous mes pas / Les voix du passé qui vous hantent / Et reviennent sonner le glas[4]. » Comme elle a « mal d'être revenue » !

L'année de la Libération, la famille fait une courte escale dans un appartement de la rue Notre-Dame-de-Lorette, à Paris, puis dans un hôtel de la rue de Vaugirard pour s'installer en 1946 aux Trois Marronniers, une pension de famille du Vésinet tenue par une certaine Mounette. Le père, toujours représentant de commerce, s'absente souvent. Monique, épanouie, est devenue cette adolescente grande et planureuse aux cheveux longs. Son rêve d'enfant, celui de devenir pianiste chantante, qui agaçait tant les plus grands mais fascinait Granny et le petit Claude, va enfin se concrétiser. Elle a la certitude qu'un jour, elle marchera sur les traces de la môme Piaf. « Je n'ai pas eu de rencontre avec la chanson. Depuis l'âge de quatre ans, je sais que

---

1. Marie Chaix, *Barbara*, Calmann-Lévy, 1986.
2. « Mon enfance » (Barbara/Barbara).
3. Marie Chaix, *Barbara*, *op. cit.*
4. « Mon enfance » (Barbara/Barbara).

je veux chanter sur scène [1]. » Monique n'a pas évolué dans un milieu artistique, personne n'a pu l'influencer. Dans sa famille, du côté de sa mère, il y a bien des gens du voyage, peut-être même des chanteurs, mais on ne les fréquente pas. Barbara y fait parfois référence : « Chez moi, on ne chantait pas. Mais il y avait tout près de moi des saltimbanques slaves qui dansaient et chantaient sur des airs tourbillonnants et joyeux [2]. » Ils lui auraient transmis le goût des paillettes et du spectacle.

Au Vésinet, cette adolescente peu passionnée par l'enseignement traditionnel entreprend de suivre des cours de chant. Elle en parle avec passion à tous ceux qu'elle rencontre. Difficile de l'entraîner sur un autre terrain. Enfin, une amie de sa mère laisse échapper que sa nièce enseigne le chant et le solfège. Cette nièce, Madeleine Thomas-Dussequé, loge justement en face des Trois Marronniers. Sans attendre, Monique frappe à sa porte. « Un jour, une jeune fille s'est présentée à moi, elle m'a dit : "Madame, je veux chanter [3] !" », se souvient-elle. Dans un premier temps, Madeleine Thomas-Dussequé refuse de l'intégrer à son groupe d'élèves tout simplement parce qu'elle n'a pas encore dix-huit ans. Mais la jeune fille insiste tellement que le professeur ne peut que céder devant tant de détermination : « Nous avons travaillé avec acharnement, il a fallu allonger cette voix. Elle est devenue ma protégée. Elle venait tous les deux jours, c'était une bûcheuse. Mais on a mis des années à obtenir des résultats [4]. » Dès les premiers cours, Monique mesure toute la difficulté d'étudier le chant classique, d'autant qu'elle ne possède pas plus que cinq notes dans la gorge : « Chanter, c'était mon rêve mais je ne savais pas ce que ça comportait, avoue-t-elle. Je croyais que c'était seule-

---

[1]. « Pollen », entretien avec Jean-Louis Foulquier, France Inter, 25 février 1987.
[2]. *Ibid.*
[3]. Propos recueillis par Jean-Daniel Belfond pour *Paroles et Musique*, septembre 1985.
[4]. *Ibid.*

ment chanter, je ne savais pas que chanter, ce n'était pas seulement chanter. Je n'avais pas de voix du tout et on n'arrivait pas à la développer[1]. »

En 1948, Monique affirme sa volonté d'entrer au Conservatoire supérieur national de musique de la rue de Madrid. Loin de s'y opposer, Madeleine Thomas-Dussequé prépare sa jeune élève à l'audition. Ensemble, elles travaillent des morceaux classiques et, au mois d'octobre 1949, Monique est fin prête pour se présenter à l'examen d'entrée avec « La Messagère » de Monteverdi. À l'issue de la première épreuve éliminatoire – le programme comporte des arpèges sur toute l'étendue de la voix et un air ou une mélodie au choix du candidat – on lui annonce qu'elle est admissible. Malheureusement, elle sera recalée à l'épreuve décisive. « Je n'avais pas l'ombre d'une voix, racontera-t-elle. J'ai entendu une dame dans le jury s'exclamer : "Que vient faire cette demoiselle ici ? À la Comédie. Qu'elle aille à la Comédie-Française !" Je suis quand même restée[2]. » En effet, les portes du Conservatoire s'ouvrent devant elle grâce à un professeur de chant, Gaston Paulet, qui est autorisé par le règlement à choisie trois élèves parmi les prétendants. L'ayant remarquée lors des oraux, il lui propose de suivre ses cours en auditrice libre. Au rythme de douze heures par semaine, auprès de maître Paulet et de sa répétitrice (qui n'est autre que Madeleine Thomas-Dussequé), elle apprend quelques airs classiques ; de Schumann, de Fauré, Monteverdi, de Debussy... Sa voix est classée mezzo-soprano. « Durant l'année scolaire 1947-1948, nous suivions tous deux la classe de Gaston Paulet, raconte Michel Sénéchal, son camarade de classe. C'était un immense artiste qui avait à cœur de développer chez ses élèves autant les qualités scéniques que celles de chanteur. Barbara était une élève studieuse, attachante, que ses professeurs adoraient. Elle avait un tempérament

---

1. *Le Matin*, 19 janvier 1987.
2. *Le Figaro littéraire*, 15 janvier 1968.

artiste. Quand elle chantait, on l'écoutait avec attention. On sentait qu'elle avait plus de personnalité qu'un simple chanteur de théâtre. Au physique, elle était assez potelée. Avec les grands yeux qu'on lui connaît. Je devinais qu'elle avait beaucoup souffert pendant la guerre. Elle avait développé une sensibilité exacerbée [1]. »

Mais le directeur du Conservatoire, Louis Beydts, la surveille de très près. Il considère qu'elle passe trop de temps au bar-tabac d'en face à disputer de longues parties de belote en fumant cigarette sur cigarette. La coupe est pleine lorsque celui-ci apprend qu'elle joue chaque soir dans *Violettes impériales*, l'opérette à succès du moment. Un scandale ! La réputation de l'établissement ne permet pas un tel écart. L'enseignement classique est incompatible avec la vulgarité de ce spectacle chanté. Monique est priée de ne plus paraître au Conservatoire. Les bulletins scolaires de la classe de Gaston Paulet (conservés au Archives nationales) attestent que Barbara, qui est inscrite sous le nom de Monique Cerf, n'aura pas même passé un trimestre dans l'établissement. « Je pensais aux flonflons, aux claquettes, à la plume, au strass, à la gambette, raconte-t-elle. C'est ça qui m'attirait ! Un jour, je suis allée écouter Piaf. Elle chantait sur les boulevards, au Théâtre de l'ABC. Je me souviens d'être restée collée à mon siège. Sa voix m'avait fait pleurer et les yeux et le cœur [2]. »

Poussée par son désir de s'échapper du Conservatoire, où personne n'aurait vraiment tenté de la retenir, Monique s'est présentée à une audition quelques semaines plus tôt. *Violettes impériales*, une opérette de Paul Achard sur une musique de Vincent Scotto, se joue au Théâtre Mogador depuis 1947. Au détour d'une conversation, Monique a appris que le directeur du théâtre, Henri Varna, également metteur en scène,

---

1. *Paroles et Musique*, janvier 1985.
2. Barbara, *Il était un piano noir...*, *op. cit.*

recherchait des filles de grande taille. Quand elle se présente à lui, elle est déçue lorsqu'il interrompt ses vocalises : « Moi qui ne doutais de rien, je me suis amenée avec *La Tombe obscure* de Beethoven. Henri Varna m'a dit : "Chantez-nous plutôt 'Le Petit Vin blanc'." Comme une nouille, j'ai hululé "Dans ma tombe obscure / Laissez-moi reposer" dans l'indifférence la plus générale [1]. » Engagée comme mannequin-choriste, elle restera longtemps pétrifiée de peur au milieu de la scène immense.

Chaque soir, le rideau se lève sur un décor fastueux. La mise en scène est spectaculaire. Une multitude de figurants entoure les vedettes : Marcel Merkès (dans le rôle de Don Juan d'Alcaniz) et la belle Lina Walls qui incarne Violetta, une pauvre marchande de fleurs. Cette histoire d'amour impossible se déroule à Séville en 1852 et se poursuit à Paris en 1854 au début du Second Empire. Elle ne trouve son terme qu'au bout de trois heures et demie de spectacle. Monique apparaît dès le premier acte dans une longue robe mauve fort romantique. « Elle se donnait à fond mais l'opérette, ce n'était pas son truc, se souvient Michel Sénéchal. Ce qu'elle voulait, c'était mettre ses poèmes en musique. Elle a fait Mogador pour gagner de l'argent [2]. » En effet, elle juge l'expérience peu motivante : « J'étais mannequin-choriste et, à l'époque, les filles de Mogador m'appelaient Bambi. J'avais des anglaises Napoléon III et je portais des crinolines. Le pire, c'était les faux cils. Je n'en avais jamais vu, jamais mis [3]. » Rapidement, l'aventure de *Violettes impériales* prend fin. « Je souffrais déjà d'une solide myopie, je n'y voyais rien, raconte Barbara. Un jour, j'ai trébuché et je me suis précipitée tête baissée sur le décor. L'imposante cathédrale de carton pâte a failli choir pour de bon sur la tête des figurants. Cette expérience m'a marquée car j'ai

---

1. *Le Figaro littéraire*, 15 janvier 1968.
2. *Paroles et Musique*, janvier 1985.
3. *Le Figaro littéraire*, 15 janvier 1968.

gardé longtemps une bosse sur le front. Un soir, je suis tombée malade et j'en ai profité pour ne plus revenir[1]. »

Ruth Guinot (née Glodbach), une voisine, a bien connu la famille Serf à cette époque. « Barbara avait six ans de moins que moi, se souvient-elle. Mon frère et le sien faisaient leurs études ensemble à la faculté de médecine. Sa mère, une petite dame très BCBG, une femme douce, avait beaucoup de soucis mais elle n'en parlait jamais. Quant à son père, il était très souvent absent. Je le revois avec son chapeau, le visage rondelet. J'avais beaucoup sympathisé avec Monique. Parfois, nous prenions le train pour aller se promener dans la vallée de Chevreuse avec une amie commune qui s'appelait Colette. Barbara parlait sans cesse de musique. Il y avait un piano droit chez eux et je me souviens que sa mère en jouait tandis que Monique chantait. Elle chantait des airs classiques. Elle avait une voix très profonde[2]. »

À la fin des années 1940, la France est en plein effort de reconstruction. Le couple que forment Esther et Jacques se dégrade jusqu'à la rupture. Un matin, Jacques Serf quitte le trois-pièces vétuste du 50, rue Vitruve, au deuxième étage de l'immeuble où ils logent depuis quelques mois. Il n'y retournera jamais. « Un jour, il a perdu son travail. Il était déprimé. Il restait allongé toute la journée et nous devions lui apporter à manger au lit. Et puis un matin, il est parti[3] », racontera Monique à Claude Sluys, qui deviendra son mari. Esther, qui vit seule avec ses quatre enfants, est contrainte de travailler dur pour subvenir aux besoins de sa famille. Elle accepte un emploi de représentante en sous-vêtements féminins. Jacques, de son côté, erre

---
1. *Ibid.*
2. Entretien de Ruth Guinot avec l'auteur.
3. Entretien de Claude Sluys avec l'auteur.

sans domicile fixe, et finit par quitter définitivement Paris pour Nantes. Sitôt arrivé, il se rend à la synagogue de l'impasse Copernic chercher un peu de chaleur auprès des familles de la communauté juive alors peu nombreuses. Renée Haïm le remarque dans l'assistance, s'inquiète de voir un homme seul et devine qu'il ne connaît personne dans la ville. Elle s'approche de lui, se présente. Il fait de même, déclinant nom, prénom et profession : « Jacques Serf, représentant en produits pharmaceutiques dans le secteur de Loire inférieure. » Jacques se lie d'amitié avec son mari, Joseph Haïm, et le couple le convie à partager leur modeste repas de shabbat. Jacques est adopté par le couple et même invité à habiter chez eux, au 42, rue Albert-Calmette. « Je me souviens d'un homme qui avait une sorte d'autorité naturelle, raconte Victor Haïm, le fils de la maison, devenu dramaturge. Il en imposait par sa prestance : quand il avançait, les murs semblaient reculer. Il plaisait beaucoup aux femmes même si, à ma connaissance, il n'en a pas connu d'autres après la séparation d'avec Esther. Il avait un visage imposant, altier. Sympathique de prime abord, c'était un homme grand et corpulent avec de petits yeux rieurs et très peu de cheveux coiffés en arrière. On l'appelait "Monseigneur", tant il avait l'air hautain. En réalité, il était adorable et m'aidait à faire mes devoirs. Je crois me souvenir de quelqu'un d'un peu malheureux, au fond[1]. »

Pendant ce temps, dans l'appartement trop obscur de la rue Vitruve, l'atmosphère alourdie par l'absence du père est peu propice à la concentration. Esther est accablée par cette séparation mais aussi par la mort de Granny, sa mère, survenue au lendemain de la guerre, en 1946. Des quatre enfants, Jean est le seul à poursuivre des études. Soutenu financièrement par sa tante Jeanne Spire qui place en lui tous ses espoirs, l'aîné continue ses études de médecine. Il deviendra psychiatre. Quant à

---

1. Entretien de Victor Haïm avec l'auteur.

Monique, elle tente obstinément de pénétrer l'univers du cabaret où nombre de chanteurs, de comiques et d'illusionnistes font leurs classes et apprennent le métier du spectacle. Des lieux qu'elle fréquente pour observer les professionnels en tentant de remplir un carnet d'adresses désespérément vierge. Elle passe sans succès quelques auditions, entre autres à la Rose Rouge, rue de la Harpe, où elle présente des chansons d'Édith Piaf. C'est ici qu'elle rencontre l'écrivain Jean Tardieu, poète et homme de radio, qui lui suggère d'écrire à l'une de ses amies. Monique prend sa plume et envoie une lettre à Brigitte Sabouraud, alors codirectrice d'un cabaret rive gauche très en vogue, l'Écluse, inauguré le 6 février 1950. « Je m'appelle Monique Serf, je suis chanteuse mais je ne sais pas où dormir et je cherche un piano pour m'exercer. Jean Tardieu m'a dit que vous pourriez m'aider[1]. » Étonnée par le style abrupt de la lettre, Brigitte Sabouraud répond immédiatement à l'appel : « Pour le logement, je ne sais trop que faire mais si vous voulez un piano, il y en a un excellent chez mes parents. Venez me voir à l'Écluse, nous pourrons ainsi faire connaissance[2]. »

Sans tarder, Monique se rend au 15, quai des Grands-Augustins passer une audition devant les quatre directeurs de l'établissement, Marc Chevalier, André Schlesser, Léo Noël et Brigitte Sabouraud. « Elle est venue un mercredi mais nous ne l'avons pas retenue, raconte cette dernière. Moi, elle me plaisait beaucoup mais Léo Noël n'était pas d'accord[3]. » Léo Noël et Marc Chevalier considèrent l'ensemble – la voix, le répertoire et la gestuelle – bien trop classique. « Elle était encore très marquée par ses cours de chant, se souvient Marc Chevalier. Elle avait une voix trop travaillée pour le style du cabaret. Nous ne l'avons pas sélectionnée, mais elle venait tout de même régulièrement pour

---
1. Entretien de Brigitte Sabouraud avec l'auteur.
2. *Ibid.*
3. *Ibid.*

écouter les artistes qui passaient chez nous. Elle a très vite compris ce que nous recherchions[1]. »

« J'ai continué à travailler, à chercher. J'étais mal dans ma peau. Alors, je suis allée à Bruxelles[2] », expliquera Barbara. Désespérant d'être un jour engagée, Monique fait une fugue. Elle décide de se rendre dans la capitale belge où, paraît-il, les producteurs sont plus à l'écoute des artistes en herbe. Là-bas, elle sait que l'un de ses cousins, Sacha Piroutsky, lui servira de guide. Elle enterre son enfance en entrant dans la peau de Barbara Brodi, clin d'œil à une lointaine aïeule, une certaine Varvara Brodsky.

---

1. Entretien de Marc Chevalier avec l'auteur.
2. *Le Figaro littéraire*, 15 janvier 1968.

Chapitre 2

Sur la route du Nord

Par un matin sibérien de février, Barbara Brodi abandonne Paris pour tenter sa chance en Belgique. À vingt ans, elle met le cap sur Bruxelles avec, pour toute richesse, un porte-monnaie presque vide, son misérable sac de voyage et toujours cette envie persistante de chanter. Aucune peur à l'idée de vivre seule dans cette ville inconnue où personne ne l'attend vraiment. Au contraire, la jeune femme un peu forte aux longs cheveux châtains tombant jusqu'au bas des reins aspire à tourner une page. Un train l'emmène vers la capitale belge.

Les deux premiers mois, elle loge chez son cousin Sacha, joueur de balalaïka, qu'elle décrira plus tard comme étant « méchant et brutal [1] ». C'est la raison pour laquelle elle fugue à nouveau. La voilà qui arpente les rues de la ville en quête d'un lieu où poser ses affaires et sa lassitude. Elle retient une chambre au Central, un hôtel sans confort situé à quelques dizaines de mètres de l'Ancienne Belgique, un haut lieu de la chanson. Sitôt installée, elle entreprend de faire la tournée des cabarets et des music-halls, histoire de humer l'atmosphère qui s'en dégage, d'écouter ce que l'on y fredonne et de rencontrer les personnages clés de ce milieu artistique bruxellois qu'elle ambitionne d'apprivoiser. Au fil de ses périples nocturnes, elle entend

---

1. Barbara, *Il était un piano noir...*, Fayard, 1998.

fréquemment prononcer un nom, celui d'Angèle Guller. Sans vraiment faire la pluie et le beau temps dans sa spécialité, la jeune journaliste, qui tient la chronique « variétés » de *La Revue du disque*, encourage et soutient les artistes débutants. Barbara parvient à entrer en contact avec elle. Sans succès.

Sur le sentier de la misère et de la désillusion, Barbara croise aussi Peggy, une comédienne en herbe (premier prix de Conservatoire), sans emploi, originaire de Charleroi. Au terme d'un jeu de séduction mutuel, les deux femmes se lient au point de ne plus pouvoir se séparer, ni le jour ni la nuit. Elles partagent la même chambre d'hôtel, mais, au bout du compte, elles ne parviennent qu'à additionner leurs faiblesses. Il leur faut bien souvent faire preuve de ruse pour rassembler de quoi régler la note d'hôtel à la fin du mois. D'ailleurs, elles ne mangent pas tous les jours à leur faim. Par chance, Barbara est infiniment plus téméraire et positive que son amie. Pour elle, la pauvreté est un moindre mal, en regard de la violence, de la guerre et des conflits qui ont fait éclater la cellule familiale. Peggy est une fille de notable qui aspire à la stabilité. Parce qu'elle souffre de cette précarité, la chanteuse consacre toute son énergie à tenter de lui rendre le sourire.

Loin de se décourager, Barbara cherche un emploi, frappe à toutes les portes. Elle ne fera pas la difficile. Elle se trouve dans un tel désarroi qu'elle envisagerait presque d'user de ses charmes en échange d'un bon repas, d'une course en taxi ou, pourquoi pas, d'un peu d'argent. Elle songe à se prostituer, descend dans la rue, arpente le boulevard Anspach où déambulent des filles de joie. Vêtue d'un manteau gris et d'une paire de lunettes « à un œil », comme elle se décrit, Barbara renonce rapidement à ce projet désespéré : « Ce métier-là, j'aurais aimé le faire comme un sacerdoce, un vrai don de soi. Donner de l'amour. » Cette unique tentative se termine dans un bistrot, avec un homme croisé sur le boulevard à qui elle préfère avouer sa détresse. Barbara renonce donc à la prostitution, mais cherche toujours comment survivre. Peggy se souvient d'un soir où elles attendaient la venue d'un amphitryon à la table d'un grand restaurant. Celui-ci tardant à arriver, elles se font servir un repas plutôt copieux. L'homme ne s'est jamais présenté. Incapable de payer l'addition, Barbara simula un malaise et le restaurateur apitoyé les laissa filer. Parce qu'elles sont sur le point de voir se tarir leurs maigres ressources, Peggy suggère à Barbara de se rendre à Charleroi, sa ville natale, où de vieilles connaissances les aideront sans doute. Les amis d'enfance de Peggy ont effectivement ouvert un petit cabaret qui fait recette, la Mansarde à l'Étoile. Le succès est tel que certains soirs ils se voient contraints de refuser du monde. Situé juste au-dessus de l'Étoile du Sud, un dancing ouvert uniquement l'après-midi, la Mansarde à l'Étoile est un grenier aménagé en salle de concerts. Le décor, constitué d'objets de récupération, ne manque pas de charme : une gigantesque cage à poules tient lieu de scène, et les clients doivent se satisfaire de caisses en bois (qui portent l'inscription « Attention fragile ») recouvertes d'un coussin et disposées autour de tables peinturlurées par des artistes de la région.

Toute de noir vêtue – bottes, pantalons et longue cape –, Barbara fait forte impression : à peine franchit-elle le seuil du cabaret qu'elle perd connaissance et s'effondre du haut de son mètre soixante-douze, au beau milieu de la salle. Les musiciens affolés posent leurs instruments et tentent de la ranimer. S'ils pensent dans un premier temps qu'elle est sous l'emprise de la drogue, ils se ravisent et comprennent qu'elle a tout simplement faim. On lui apporte une assiette de poulet bien garnie. Son teint s'éclaircit mais elle ne tient toujours pas sur ses jambes. Selon Peggy, Barbara, à bout de forces, aurait mis plusieurs jours à recouvrer ses facultés, l'usage de la parole en particulier.

Une fois remise, Barbara, s'intègre sans trop de difficulté à la petite bande d'artistes : Ida Benet, Sarah Sand, Edmée Feuroge, Yvan Delporte, Léon Pie, Christian Kellens... Ils lui proposent de faire ses premières gammes sur les planches avec des musiciens tous les dimanches après-midi mais sans public.

Instinctivement, Barbara parvient à plaquer quelques accords au piano. Adolescente, elle a pu se familiariser avec l'instrument lorsque son père lui en loua un. Elle joue d'oreille, trop peu appliquée pour apprendre le solfège. Mais elle ne peut encore s'accompagner ellemême. Sur scène, elle se tient debout à la manière de la grande Édith. Auprès de ces passionnés de jazz, Barbara trouve une famille. S'ils pensent en secret qu'elle se donne une apparence plus fragile qu'elle ne l'est en réalité, ils se damneraient pour venir en aide à leur nouvelle amie, joyeuse et tragique, vaillante et chétive. Les garçons s'arrangent pour lui glisser quelques billets de banque, les filles l'hébergent à tour de rôle. Edmée Feuroge demande à sa mère, coiffeuse, d'arranger sa chevelure, et Ida Benet soustrait un peu d'argent de la caisse familiale pour lui acheter des vêtements.

L'aventure de la Mansarde à l'Étoile ne dure qu'un temps. Après la fermeture définitive du cabaret, neuf mois plus tard, les artistes unis décident d'en lancer un nouveau, plus chic, le Vent Vert.

Cette fois, Barbara est au programme. Elle chante « L'Hymne à l'amour [1] » d'Édith Piaf, « Monsieur William [2] », de Léo Ferré, et quelques chansons empruntées au répertoire de Mireille. Peu convaincante, sa prestation est sans cesse interrompue par des sifflets. Malgré son jeune âge et son inexpérience, elle ne se laisse guère impressionner par ce public hostile et turbulent. Autoritaire, quand la rumeur de la salle s'élève au point de couvrir sa voix, elle s'arrête au beau milieu d'un couplet pour lancer haut et fort un impérieux : « Taisez-vous ! ».

Cette année-là, Barbara fait de nombreux allers et retours entre Charleroi et Bruxelles, où Sem Borencholc donne chaque soir rendez-vous à ses amis (la

---

1. (Piaf/Monnot).
2. (Ferré/Caussimon).

bande à Sem) au Hulstkamp, un café de la ville. Au détour d'une conversation, Sem entend parler d'une jeune femme qui loge à l'hôtel Central. Elle semble en plein désarroi, menacée d'expulsion. Un ami commun, Louis, fait les présentations. Barbara demande à mi-mots quelques billets à Sem qui se montre généreux. Elle lui explique que, non contente de vivre dans le plus grand dénuement, elle est régulièrement reconduite à la frontière franco-belge au motif que ses papiers ne sont pas en règle. Son orgueil prend aussitôt le dessus lorsque Sem lui tend l'argent : elle promet de rembourser très vite le jeune homme. « Et de quelle manière ? lui demande-t-il. – Je sais chanter ! » Sem reste sceptique, mais Barbara déploie tant de charme et met tant d'énergie à le convaincre qu'il accepte de l'engager, lui précisant toutefois que ses amis et lui-même sont des amateurs, non de riches producteurs comme elle semble le penser.

À Charleroi comme à Bruxelles, Barbara trouve des appuis au sein de la communauté juive dont les jeunes membres se font un point d'honneur de venir en aide à cette Parisienne atypique. Jeune femme libérée, cette Barbara qui chante des airs d'opéra avec des gestes amples en s'admirant dans les miroirs est regardée par les parents comme une mauvaise fréquentation, ce qui ajoute à la curiosité et ravive l'instinct protecteur de ses camarades.

Propriétaire d'une cave littéraire, l'Arche de Noé, Sem suggère donc à Barbara d'y apporter une touche musicale. Le cabaret bruxellois, situé dans une cave de la rue de l'Écuyer, peut accueillir une centaine de personnes. Tous les jeudis et dimanches en début de soirée, Barbara donne le meilleur d'elle-même, accompagnée d'un groupe de musiciens dirigé par Jean Leclère, son ami de Charleroi. À son répertoire figurent toujours Ferré et Piaf. Elle reprend aussi, après Juliette Gréco, « Je suis comme je suis[1] ». Elle interprète en

---

1. (Prévert/Kosma).

outre deux chansons aux accents médiévaux qu'elle vient tout juste d'apprendre, « Démons et merveilles » et « Le Tendre et Dangereux Visage de l'amour » que Maurice Thiriet avait composées sur des textes de Jacques Prévert pour le film de Marcel Carné *Les Visiteurs du soir* (1942). De nouveau, sa voix se perd souvent sous les huées et les apostrophes grivoises. Peu attentive, la clientèle masculine semble plus fascinée par son tour de poitrine que par son tour de chant. « Qu'est-ce que ça veut dire, vingt ans, si tu crèves devant un désert de portes fermées ? / Qu'est-ce que ça veut dire si tu n'as pour rêve rien que ta folie de vouloir chanter ? » questionnait Barbara dans une chanson autobiographique, « Monsieur Victor[1] », décrivant cette parenthèse belge.

Au terme d'une année passée entre Bruxelles et Charleroi, Barbara aspire à rentrer chez elle. À Paris, c'est certain, elle trouvera un peu de chaleur auprès d'Esther, Jean, Régine et Claude, qui vivent toujours rue Vitruve. Elle s'acquitte de ses dettes et abandonne la capitale belge, la tête haute mais les semelles usées. Elle marche vers la frontière. « Paris était loin / Je n'en pouvais plus[2] », dit encore la chanson. Au volant d'un coupé Chrysler noir, un homme s'arrête à sa hauteur et lui ouvre la porte. « M. Victor », qu'elle décrira comme un escroc au grand cœur – en fait un trafiquant de voitures –, l'écoute attentivement et compatit à ses difficultés. « Chanter, ce n'est pas un métier / Pour faire l'artiste, il faut des connaissances [...] / Laisse-moi m'occuper de toi, t'auras plus jamais faim[3]. » Barbara ne suivra pas ce M. Victor. La porte de la Villette à peine en vue, elle s'échappe de la voiture. Elle n'ose pas retourner rue Vitruve.

---

1. (Barbara/Barbara).
2. « Monsieur Victor » (Barbara/Barbara).
3. *Ibid.*

À Paris, l'un des cabarets de la rive gauche s'attire depuis quelques mois les faveurs du public. Jaillissant au 61, rue de Grenelle, la Fontaine des Quatre-Saisons, située à l'emplacement de l'actuelle Fondation Dina Vierny-musée Maillol, fait fureur. À mi-chemin entre la formule ramassée du cabaret et les grands espaces des futurs music-halls, cette salle de concerts est des plus confortables. Les artistes bénéficient d'une vraie et belle grande loge, la scène est spacieuse et la salle peut accueillir trois cents personnes. Certains soirs, ce sont plus de quatre cents clients qui viennent s'y serrer. Les derniers arrivés finissent toujours par s'asseoir sur le bar. Le lieu doit sa renommée à ses directeurs, les frères Pierre et Jacques Prévert. Responsables de la sélection des artistes, le poète et le cinéaste offrent une programmation qui ravit le Tout-Paris. Depuis son ouverture en 1951, les meilleurs artistes du moment s'y sont succédé : Marcel Mouloudji, Francis Lemarque, Germaine Montéro, Eddie Constantine, Philippe Clay, Boris Vian, auxquels s'ajoutent des débutants tels Maurice Béjart ou Raymond Devos. Un soir, la présence, au milieu des spectateurs, de Charlie Chaplin démontre que la notoriété de l'établissement a traversé l'Atlantique.

En apparence déterminée, en réalité peu sûre d'elle-même, sur les conseils de Jean Wiener, Barbara s'y présente. Pierre et Jacques Prévert trouvent de l'entrain à sa prestation mais le verdict tombe. Sans appel. « Désolé, mademoiselle, le spectacle est déjà monté. Il n'y a plus de place ! » Une autre, moins pugnace, aurait probablement ramassé ses affaires et disparu. Barbara, elle, préfère descendre de la scène pour fondre sur ses deux censeurs. Et, sans prendre la peine de demander pardon, elle s'installe à leur table. Agitée et fébrile, elle parle vite, pour ne pas risquer d'agacer ou d'être brusquement interrompue. Elle n'a rien à perdre : « Ma mère... seule avec quatre enfants... Je reviens de Bruxelles... La galère, la misère, J'ai chanté... sans succès. Vous comprenez, aujourd'hui, j'ai besoin de travailler ! » Malgré ses supplications, Barbara n'obtient pas satisfaction, loin de là. Mais elle a ému Pierre Prévert. Après tout, une plongeuse de plus ne serait pas de trop. Celui-ci se risque à lui indiquer la cuisine. Certainement blessée, Barbara se résigne à accepter leur offre.

Tandis que Mouloudji chante Prévert et Vian, Barbara cassée en deux au-dessus de l'évier tend l'oreille en lavant les verres. Elle écoute la voix du chanteur de service en rêvant qu'un jour, elle aussi saura conquérir le public et que les applaudissements l'emporteront enfin sur les lazzis. « Entre deux séances de répétition, dès que je quittais le piano, elle venait seule sur la scène. Personne ne faisait attention à elle[1] », se souvient Louis Bessières, le pianiste de La Fontaine des Quatre-Saisons. Cette triste expérience en cuisine n'aura pas duré six mois. À l'automne 1952, Barbara réalise qu'elle perd son temps.

Puisqu'on ne veut pas d'elle ici, elle va retourner à Bruxelles. En quête d'un lieu où dormir et d'une salle où chanter, elle rend visite à Vittorio Morelli, proche de la « bande à Sem ». Celui-ci partage avec ses amis artistes la Maison du Vieux Tilleul, un atelier situé non loin de la chapelle de Boendael, où règne une atmosphère baba cool avant l'heure. Là, dans ce vaste atelier, peintres, sculpteurs et céramistes se retrouvent chaque jour pour fumer de l'herbe et travailler à leur rythme. Fils d'antiquaire et plasticien de métier, Vittorio Morelli a su donner un certain cachet à cet espace. Si les murs sont simplement blanchis à la chaux, les différentes pièces regorgent d'objets décoratifs plutôt baroques et de draisiennes. « C'était une bande de peintres dans l'appartement desquels il y avait des zinzins formidables. Des vieux vélos. Ils appelaient ça des

---

1. Entretien de Louis Bessières avec l'auteur.

"brolles", je n'ai jamais su pourquoi... C'était très chouette », se souvient Barbara.

Vittorio Morelli lui propose de chanter dans l'atelier et les peintres accueillent la nouvelle avec enthousiasme. Ils se mettent à battre la campagne pour trouver un piano et préparent la salle. Barbara compose son tour de chant et s'en va trouver quelques musiciens susceptibles de l'accompagner. Elle visite un à un les pianos-bars du quartier à la recherche d'un partenaire. Elle entre dans un café fréquenté par les étudiants et se dirige vers le pianiste : « J'étais attablé à la Jambe de Bois quand j'ai vu une grande femme brune traverser la salle. Je m'en souviens comme si c'était hier. Elle avait de très longs cheveux et d'immenses anneaux aux oreilles. Elle portait une robe noire et marchait pieds nus ! J'ai pensé que c'était une bohémienne, ou une femme riche qui se donnait un genre [1] », raconte Claude Sluys, un étudiant en droit attablé avec quelques amis. Il n'a pas quitté la jeune femme des yeux. Barbara s'est approchée du musicien, lui a longuement parlé avant de laisser ses coordonnées et de quitter la salle. Aussitôt, Sluys interpelle à son tour le pianiste.

— Qui est-elle ? Que cherche-t-elle ?

— Elle va chanter samedi, elle m'a demandé de l'accompagner, mais je ne peux pas.

— Donne-moi son adresse !

Claude est connu à Bruxelles car son père, Félix Sluys, médecin, est un notable. Mais il se sent plus proche du meilleur ami de son père, le poète Paul Nougé, cosignataire avec André Breton et d'autres du *Manifeste du surréalisme* et ardent défenseur d'un peintre encore peu connu, René Magritte. Avec Nougé, Claude écrit des chansons pour une de leurs amies, Ethery Rouchadzé, une jeune et séduisante pianiste d'origine géorgienne qui vit dans le plus grand dénuement. Encore sous le charme de la silhouette entrevue à la Jambe de Bois, Claude s'en va sur-le-champ trouver

---

1. Entretien de Claude Sluys avec l'auteur.

Ethery et lui tend l'adresse griffonnée sur un morceau de papier : « Tu devrais entrer en contact avec cette femme, lui dit-il, elle a besoin de toi. Elle a beaucoup de style, elle doit être riche [1]. » Deux jours plus tard, Ethery Rouchadzé et Barbara se rencontrent pour la première fois. Le courant passe et, sans plus attendre, les deux femmes se mettent au travail. Le samedi soir au Vieux Tilleul, Barbara est accompagnée au piano par la jeune musicienne. Le public ? Des étudiants... Deux petites chansons et puis s'en vont. La foule, qui applaudissait sagement au lever de rideau, s'est changée en une colonie de monstres jeteurs de pommes. Barbara n'insiste pas et abandonne la scène à Ethery qui parvient à dompter les fauves en jouant des morceaux classiques et quelques airs du folklore russe. Mais Barbara, qui a l'habitude de se faire huer, décide aussitôt d'organiser un autre concert, en comité restreint cette fois, toujours au Vieux Tilleul. Elle partage la scène avec un chanteur mondain, Jacques Calonne, réputé pour ses textes niais, qualifiés de « chansons pour pensionnat de jeunes filles » et interprétés d'un ton faussement sérieux qui provoque l'hilarité du public. Barbara s'agace. Pour elle, la chanson est une affaire importante. Mais les rires ne s'interrompent pas lors de sa prestation. C'est un échec de plus. « Vous n'étiez jamais au rendez-vous [2] », chantera-t-elle des années plus tard à son public dans une longue et belle déclaration d'amour, « Ma plus belle histoire d'amour [3] ».

La troisième tentative a lieu dans un restaurant en bordure de la forêt de Soignes, sur la route de Mont-Saint-Jean. Pendant six mois, Barbara et Ethery laissent chaque soir la clientèle indifférente. Les deux jeunes femmes en souffrent tant qu'elles en parleront longtemps comme d'une expérience traumatisante. N'y

---

1. *Ibid.*
2. « Ma plus belle histoire d'amour » (Barbara/Barbara).
3. (Barbara/Barbara).

tenant plus, Ethery Rouchadzé se précipite chez Claude Sluys : « Barbara est une fille formidable. Il faut l'aider[1] ! » En dépit de ces revers, la pianiste prédit un grand avenir à son amie.

Claude se montre attentif à la requête d'Ethery. C'est que l'étudiant en droit aspire lui aussi à percer dans l'univers du spectacle. Il a déjà présenté à ses amis ses propres numéros de prestidigitation et passe son temps à écouter Marianne Oswald, Fragson ou Édith Piaf. À défaut de se lancer lui-même dans l'aventure il songe à produire de jeunes artistes.

D'emblée sensible au charme de la mystérieuse brune aperçue à la Jambe de Bois, il se fait une joie de la revoir. Ethery fixe elle-même la date du rendez-vous qui doit avoir lieu chez Barbara, dans la chambre mansardée située place de la Justice, prêtée par un architecte du nom de Jean Tourasse, ami de Vittorio Morelli. Au cours de l'entretien, Claude se présente comme l'homme de la situation, l'agent indispensable à qui désire conquérir Bruxelles, mais il demande à l'entendre avant de s'engager. « Retournons ensemble à la Maison du Vieux Tilleul, vous me montrerez ce que vous savez faire[2] », lui propose-t-il. Le lendemain, comme convenu, Barbara entonne « L'Hymne à l'amour[3] », accompagnée par Ethery. Mais, du fond de la salle, Claude l'interrompt immédiatement. « C'était désolant, raconte-t-il. Elle avait une jolie voix, mais un répertoire lamentable qui ne lui convenait pas. Elle chantait debout, les jambes écartées, la tête renversée en arrière et les bras tendus vers le sol[4]. » L'imprésario en devenir ne peut jurer du succès mais, à la fréquenter avec assiduité, il perçoit chez cette chanteuse encore disgracieuse une belle personnalité. Barbara est une séductrice un rien exhibitionniste, dotée de surcroît

---
1. Entretien de Claude Sluys avec l'auteur.
2. *Ibid.*
3. (Piaf/Monnot).
4. Entretien de Claude Sluys avec l'auteur.

d'un esprit vif et d'un humour au second degré. Au dire d'Ethery, elle a déjà fait de considérables progrès au piano. Surtout, Claude se sent déjà épris de cette femme. Il s'impose à ses côtés en tant qu'agent, garde du corps : il devient son amant.

Claude, que l'on surnomme « Bébé », n'est pas peu fier au bras de sa fiancée. Pour la propulser dans le monde de la chanson, il envisage même d'ouvrir son propre cabaret, délaissant un peu plus ses études de droit. On lui signale l'existence du Cheval Blanc, un théâtre minuscule installé dans l'arrière-salle d'une friterie au 140, chaussée d'Ixelles. Par chance, ce lieu, précédemment occupé par la Poubelle (la troupe ambulante de Jo Dekmine, futur directeur du Théâtre 140), est déjà joliment décoré. Le mime Jacques Nannan en a conçu l'architecture intérieure, recouvrant les murs de papier kraft, installant une scène et un rideau. Claude évalue rapidement la capacité d'accueil du théâtre : une centaine de noctambules. Il traite avec les propriétaires de la friterie, passant avec eux un accord verbal. Ils vendront les boissons et le groupe du Cheval Blanc, sous sa responsabilité, percevra un droit d'entrée.

Quelques semaines plus tard, devant les amis et la famille réunis, le Cheval Blanc est inauguré. Au programme, Sluys présente un numéro de prestidigitation intentionnellement manqué, Ethery Rouchadzé interprète au piano quelques airs russes et autres morceaux classiques, quant à Barbara elle chante Piaf. « Ethery lui donnait des cours de piano car elle se tenait toujours mal sur scène, ajoute Claude Sluys. Quand elle fut enfin prête à s'accompagner elle-même, nous lui avons suggéré de s'installer au piano et de n'en plus bouger[1]. » Au fil des soirées, Barbara enrichit son répertoire de chansons d'Aristide Bruant, de Pierre Mac Orlan, de Jacques Prévert et d'autres chansons empruntées aux répertoires d'Édith Piaf, de Germaine Montéro

---

1. *Ibid.*

ou de Juliette Gréco. Elle emprunte « Le Fiacre[1] » à Yvette Guilbert et « Le Grand Frisé[2] » à Damia, chante « Monsieur William[3] » de Léo Ferré ainsi que les textes de Claude et de son ami Paul Nougé. Elle avouera : « Je chantais mal, mais affreusement mal... on ne peut pas s'imaginer. Je ne savais ce qu'était la chanson. Pourtant, quelque chose se passait. Dans la salle, il y avait des gens qui riaient et d'autres qui pleuraient. Manifestement, il se passait quelque chose[4]. » Barbara interprète également « Sur la place[5] », que chante d'ordinaire un artiste belge peu connu qui se produit au même moment ailleurs dans Bruxelles, à la Rose Noire. Il s'appelle Jacques Brel. Il ne fera jamais l'aumône d'une visite au Cheval Blanc, n'ayant que mépris pour cette bande d'amateurs. Ce n'est que bien des années plus tard, à Paris, que Jacques Brel et Barbara deviendront amis.

Au gré des rencontres, les soirées du Cheval Blanc s'étoffent. Il y a Georges Launes, le chanteur à la voix de basse qui entonne en s'accompagnant à la guitare les chansons de Georges Brassens, un Français inconnu en Belgique. Le mime Marcel Cornelis rejoint le groupe pour présenter son numéro original de cycliste en pleine course. Quant à Stéphane Steeman, il imite à la perfection Sacha Guitry, Michel Simon, Pierre Fresnay et Fernandel. En fin de soirée, Yvan Delporte dit des textes loufoques de son cru. Par le jeu du bouche à oreille, le Cheval Blanc fait salle comble tous les soirs. Plus de deux cents personnes s'y retrouvent et s'y entassent.

Pourtant, l'aventure ne dure qu'une année. La gestion somme toute aléatoire entraîne la rupture avec les patrons de la friterie qui ne cessaient d'augmenter le

---

1. (Xanrof/Xanrof).
2. (Ronn/Daniderff).
3. (Ferré/Caussimon).
4. *Le Figaro littéraire*, 15 janvier 1968.
5. (Brel/Brel).

prix des consommations. Sluys et Barbara considèrent qu'ils se font exploiter et mettent la clé sous la porte. Les artistes continuent à se fréquenter et cherchent un autre lieu. Justement, le mime Cornelis informe Claude que les propriétaires d'un restaurant, Chez Adrienne, dans le haut de la ville, sont en quête d'une attraction. Barbara et Ethery s'y font engager sans difficulté. Mais les conditions de travail sont déplorables : après le spectacle, les deux artistes doivent jouer les entraîneuses, inciter les clients à consommer, surtout du whisky. En échange, on leur rétrocède dix pour cent de l'addition.

À cette époque, Barbara et Claude vivent déjà ensemble. Ils occupent une chambre dans une maison de la rue Thérésienne. Leur hôte, qui se fait appeler Prudence, est une ex-prostituée octogénaire dont la mémoire flanche. « Nous étions ses seuls locataires, raconte Sluys. Pourtant, tous les matins, quand je la croisais, elle me demandait de décliner mon identité. Quand elle daignait se souvenir de moi, elle me surnommait "le Claude de Barbara"[1]. » Comme Prudence ne se souvient jamais si ses locataires ont réglé leur loyer, Barbara est obligée de soulever les lames de parquet pour lui montrer que l'argent est bien là, en sécurité. Un épisode qu'elle inclut bien des années plus tard à une comédie musicale autobiographique intitulée *Lily Passion*[2].

Une fois installés, Claude s'étonne : Barbara refuse obstinément de défaire ses valises. « C'est un réflexe d'enfant cachée, lui explique-t-elle. On ne sait jamais[3] ! » Chez Prudence, le jeune couple partage désormais sa chambre avec Djok, un chien turbulent, assassin et coureur de jupons. « Il bondissait sur les chats et les enfants, raconte Sluys. Et lorsque nous allions voir des amis, il aimait grimper sur les genoux

---

1. Entretien de Claude Sluys avec l'auteur.
2. Créée en 1986 au Zénith de Paris.
3. Entretien de Claude Sluys avec l'auteur.

des femmes assises et commençait à se trémousser d'une façon qui ne laissait aucune équivoque sur ses intentions [1]. » Bientôt, Djok constituera un tel danger pour les chiennes du voisinage qu'ils devront s'en séparer.

Barbara et Claude ne se seraient sans doute jamais mariés si un événement peu romantique ne les avait contraints à prendre une telle décision. Barbara est surprise au matin dans une chambre d'hôtel par une descente de police. Que fait-elle là ? Peu importe. Les agents constatent qu'elle se trouve en situation irrégulière sur le territoire. Affolée, elle appelle Claude qui vient aussitôt la rejoindre au commissariat. Il s'entretient longuement avec l'agent de garde : « Laissez-la partir, nous sommes fiancés. Nous devons nous marier. Elle sera bientôt belge [2]. » Barbara est libérée à une seule condition : Claude devra fournir les preuves de leur union. Il s'en va publier les bans ; la cérémonie est fixée au 31 octobre 1953. Quelques jours avant, même si elle sait que ce mariage ne constitue pas vraiment un engagement, la Barbara de Claude est prise par le doute. « Est-ce que je ne fais pas une bêtise ? » aurait-elle demandé à Élisabeth Godenne, habilleuse au Cheval Blanc. Elle se rend pourtant à la maison communale d'Ixelles où Mme l'échevine, coiffée d'un bicorne, attend les fiancés. « Nous portions nos vêtements de tous les jours. Nous nous sommes mariés sans chichi, sans même prévenir nos familles respectives [3] », raconte le fiancé. Claude Jean Luc Sluys, avocat, né à Ixelles le 7 janvier 1928, et Monique Andrée Serf, artiste de variétés, se jurent amour et fidélité sous le regard ému de leurs témoins : Ethery, artiste de variétés, et Claude Weiler, ingénieur. Dans un restaurant italien, Prudence les attend pour leur offrir le traditionnel repas de noces. Ils ne sont que cinq à table.

---

1. *Ibid.*
2. *Ibid.*
3. *Ibid.*

Mme Sluys, née Serf, n'a plus envie de vivre à Bruxelles, pas question pour elle de devenir citoyenne belge. Elle veut rentrer à Paris et Claude, qui ne saura jamais rien lui refuser, quitte le cabinet d'avocat où il effectue son tout premier stage pour suivre son épouse en France.

Chapitre 3

15, quai des Grands-Augustins

Barbara et Claude forment un couple bancal. Le garçon n'a d'yeux que pour son épouse qui lui donne en retour bien peu de tendresse. Brigitte Sabouraud, qui a fréquenté le couple, affirme : « Barbara traitait avec mépris cet homme qui était pourtant entièrement voué à sa réussite [1]. » Pour mener à bien le projet de celle qui porte son nom, il sacrifie sa carrière de juriste et remet à plus tard ses projets de spectacles de magie. Elle réussira, il se le promet. Il est si épris de sa femme qu'il supporte à peine de la voir s'exhiber sur scène. « J'étais jaloux, confesse-t-il. Je voulais qu'elle chante et, en même temps, je n'acceptais pas le jeu de séduction qui s'opérait entre elle et les hommes dans la salle. J'avais le sentiment que, d'une certaine manière, elle s'offrait à eux [2]. » Il se raisonne, parvient à se dominer et, emporté par sa passion, devient pour elle le meilleur des agents. En 1954, au moment où sa carrière commence à se dessiner, Barbara prend conscience qu'il lui a manqué un homme pendant toutes ses années de galère. Un œil, une oreille, pour l'observer, l'écouter et l'aider à choisir le répertoire qui lui convient. Un agent faisant preuve d'abnégation pour subir, le cas échéant, ses humeurs et ses caprices d'étoile naissante. Un être capable d'entrouvrir les portes devant elle.

---
1. Entretien de Brigitte Sabouraud avec l'auteur.
2. Entretien de Claude Sluys avec l'auteur.

Comme beaucoup d'artistes, elle en appelle à un imprésario qui aurait de surcroît les qualités d'un directeur artistique. Sluys est persuadé d'avoir le profil requis.

Cette année-là, Barbara et Claude logent à l'hôtel des Trois-Balcons, à l'angle de la rue de Seine et de la rue de Buci, en plein cœur de Saint-Germain-des-Prés. Dans une lettre à Paul Nougé, Claude fanfaronne : « Comme il en avait été convenu, nous sommes montés à l'assaut de Paris[1]. » Toutefois, arrivé dans la capitale, Bébé le conquérant doit d'abord songer à gagner sa vie pour subvenir aux besoins du couple. Il se débrouille comme il peut. L'avocat stagiaire, qui a laissé sa robe au barreau de Bruxelles, revêt chaque matin un bleu de travail et, à la fraîche, il aide à décharger les cageots de fruits et de légumes aux Halles. Le soir venu, mi-ténébreux mi-burlesque dans son habit noir de magicien, il présente pour quelque menue monnaie son numéro d'illusionniste malhabile à la Rôtisserie de l'Abbaye, un lieu situé tout près de l'Écluse.

À son bras, Barbara se laisse guider de galerie en galerie, dans le Tout-Paris intellectuel et mondain des beaux-arts. Claude espère lui transmettre cet intérêt pour la peinture que lui ont transmit son père, Félix, et Paul Nougé, amis des surréalistes belges. « Barbara était peu portée sur la lecture, se souvient-il. Moi, je voulais qu'elle se cultive davantage[2]. » Convié à la présentation de l'ouvrage *Arcimboldo et les arcimboldesques* (dont l'auteur n'est autre que Félix Sluys) dans une galerie de la place de Furstenberg, Claude entraîne Barbara à la découverte de cet artiste italien atypique du XVIe siècle. L'un des invités, Raymond Queneau, vient saluer le rejeton de son camarade Félix et se penche respectueusement sur la main de la brune qui l'accompagne. « Ainsi, mademoiselle, vous êtes cantatrice ! lance l'auteur de *L'Instant fatal*. — Non, je suis chanteuse », lui répond sèchement Barbara qui tourne

---
1. *Ibid.*
2. *Ibid.*

le dos et s'éloigne. Intrigué par tant d'insolence, le poète s'amuse à la poursuivre dans la galerie : « Voulez-vous chanter pour moi ? » L'inconnue refuse. Il insiste. En fin de soirée, elle finit par céder au caprice de cet auteur dont elle ignore tout et fredonne un morceau choisi au creux de son oreille. Enchanté, il prolonge la conversation et précise sa proposition : « Vous pourriez mettre en musique quelques-uns de mes poèmes. » Sans réfléchir, Barbara lui oppose un « Non ! » dédaigneux. Et l'effrontée quitte la galerie sans un au revoir, pas même l'aumône d'un regard. Claude, pourtant habitué au comportement fantasque de son épouse, dissimule mal son embarras. Il bredouille une excuse et part à sa suite. Aussitôt, il écrit à Nougé : « Paul, peux-tu nous envoyer de nouvelles chansons au 50, rue Vitruve, Paris ? Barbara préfère chanter du Nougé plutôt que du Queneau [1]. »

Barbara serait heureuse à l'Écluse, Claude en a la conviction. Il toque à la porte du 15, quai des Grands-Augustins où les duettistes et dirigeants du lieu, Marc Chevalier et André Schlesser, reçoivent à bras ouverts leur ami belge, rencontré au temps du Cheval Blanc. « Pourquoi ne viendrais-tu pas présenter ton numéro d'illusionniste [2] ? » lui proposent-ils. Mais aujourd'hui, Claude ne songe pas à la magie, il vient plaider la cause d'une jeune chanteuse pour qui il réclame une audition particulière. Or, dans ce cabaret, on ne badine pas avec la sélection. Aucun artiste ne peut prétendre à se produire sur scène s'il ne fait pas l'unanimité des quatre codirecteurs : Brigitte Sabouraud, Marc Chevalier, André Schlesser et Léo Noël. Claude se lance dans une brillante plaidoirie : « Barbara a changé. Elle a fait des progrès considérables au piano, sa personnalité s'affirme de jour en jour. Son tour de chant est bien

---
1. *Ibid.*
2. *Ibid.*

meilleur que par le passé[1]. » Il obtient gain de cause puisque, quelques jours plus tard en effet, Barbara se livre en pâture au jury. Le Belge avait vu juste. Barbara a gagné en expérience, elle est à présent capable d'affronter ce public parisien de la rive gauche que l'on sait exigeant. La direction de l'Écluse l'invite à présenter son tour de chant en lever de rideau, toute une semaine, le temps d'un remplacement. Au même moment, Claude apprend qu'il doit rentrer en Belgique pour effectuer son service militaire. Sur le seuil du meublé de la rue des Pyrénées qu'ils occupent depuis peu, il promet à son épouse de se faire réformer et de revenir au plus vite. À Bruxelles, les choses se compliquent : même exempté, il n'a pas le droit de sortir du territoire avant la fin de la période réglementaire. Souffrant de cette séparation qu'il sait provisoire, cet homme, si peu sûr des sentiments de son épouse à son égard, va intriguer pour l'attirer à Bruxelles. Il prend rendez-vous avec Angèle Guller, celle-là même qui, trois ans plus tôt, n'avait pas donné suite à la requête d'une certaine Barbara Brodi. La collaboratrice de *La Revue du disque*, épouse du directeur de l'antenne belge de Philips, anime désormais sur la RTB une émission très écoutée et très appréciée, « La Vitrine aux chansons ». Habile, Claude lui soumet l'idée de parrainer le concert d'une jeune chanteuse parisienne, prévu pour le vendredi 1er octobre dans le vaste atelier du peintre Marcel Hastir, tout près du Palais-Royal. Après avoir écouté un enregistrement, Angèle Guller accepte. Barbara arrive à Bruxelles. Pour enrichir et parfaire le répertoire de sa protégée en vue du récital en question, Claude l'emmène dîner chaque soir rue du Châtelain, chez son ami Jacques Vinckier. Passionné de chansons, celui-ci possède une discothèque fournie où l'on trouve pêle-mêle les albums de Mireille, d'Édith Piaf, de Marie Dubas, de Fréhel ou de Charles Trenet. Ils écoutent religieusement Marianne Oswald interpréter Jacques Prévert

---

1. *Ibid.*

mais aussi « Le Jeu de massacre » de Clouzot et « Anna la bonne » de Jean Cocteau.

Par le simple jeu du bouche à oreille, le 1er octobre, la salle est comble. Comme convenu, Angèle Guller a rédigé le texte du programme. « Ironique, acide, agressive s'il le faut, à force d'intelligence et d'audace, Barbara se fraie courageusement un chemin bien à elle dans cette jungle qu'est la chanson française, écrit-elle. L'écouter, c'est participer à cent découvertes dans un domaine d'où l'on croyait bannie toute aventure. C'est s'avancer à la rencontre de la fleur violente armée d'épines, de l'oiseau palpitant au chant inconnu. C'est goûter le sel de l'inédit, dans ce qu'il y a de plus neuf, de plus original et souvent de meilleur. Bravo ! »

Ce soir-là sur la scène de l'atelier, face à une centaine d'amateurs, Barbara chante « Sur la place[1] », « L'Œillet rouge[2] », « La Vie d'artiste[3] » et des textes empruntés à Aristide Bruant, Paul Nougé, Pierre Mac Orlan et Jacques Verrières. Elle occupe parfaitement l'espace. Ce public belge, qu'elle a connu turbulent et sans concession, se garde bien de l'interrompre. Et la presse, qui l'avait ignorée jusque-là, relate le spectacle de façon positive. « Nous n'hésitons pas à dire que cette jeune et charmante chanteuse est douée d'un grand talent. De plus, elle ne cède pas à la facilité et choisit non pas un répertoire à l'eau de rose et à la mode, mais des chansons qui ont un sens à la fois poétique et souvent réaliste. » C'est un succès. « Barbara est une belle jeune femme, intelligente, hardie, vêtue avec goût et sobriété d'une robe noire un rien austère, d'un style parfait. [...] Le public a apprécié son excellente diction, son art de créer une atmosphère lourde, sa sensibilité quelque peu perverse et l'a applaudie chaleureusement », relate un autre périodique. Seule voix discordante, celle d'un critique qui supporte mal

---

1. (Brel/Brel).
2. (Sabouraud/Sabouraud).
3. (Ferré/Caussimon).

l'émergence d'une nouvelle dame en noir : « Quelle singulière idée d'avoir présenté cette Barbara-de-cave dont le talent n'engage à rien et qui essaie néanmoins d'effacer l'ombre de Gréco avec la gomme de sa voix, une gomme éléphant... À côté de Gréco, Barbara fait un peu mitée. Si c'était elle qui avait commencé, je ne dis pas... Et si au moins elle haïssait les samedis et les dimanches... Ce que tu te goures, fillette, fillette[1]... »

Quoi qu'il en soit, le producteur de la firme Decca-Belgique propose à Barbara d'enregistrer un disque. Ainsi signe-t-elle son premier contrat et, escortée de son imprésario de mari, elle se rend chez l'orchestrateur Jack Say (de son vrai nom Jacques Ysaye). « Barbara et Claude sont venus chez moi, rue de l'Escrime, pour mettre au point les détails de cette session, qui eut lieu au studio Fonior, chaussée de Jette à Bruxelles, se souvient-il. J'ai donc réalisé les arrangements et dirigé l'orchestre. À cette époque, on enregistrait encore en mono et l'orchestre séparément. L'interprète chantait donc en play-back et il était possible de sélectionner la meilleure prise ou de couper (aux ciseaux) entre des prises différentes. Barbara avait déjà un solide métier derrière elle. Nous n'avons pas dû recommencer trop souvent, ni trop jouer des ciseaux[2]. » Au début de l'année 1955, Barbara enregistre simultanément un 78 tours et un 45 tours chez Decca. Sur ce premier disque figurent « Mon pote le gitan[3] » et « L'Œillet rouge[4] ».

À l'occasion de cette sortie, Angèle Guller invite Barbara à s'exprimer dans le cadre de « La Vitrine aux chansons » et, le 5 mars 1955, Claude et la journaliste organisent un nouveau concert dans la rotonde du palais des Beaux-Arts. Annoncée comme une exclusi-

---

1. *Le Pourquoi pas ?*, article signé « L'homme à l'oreille cassée ».
2. Entretien de Jack Say avec l'auteur.
3. (Verrières/Heyral).
4. (Sabouraud/Sabouraud).

vité Decca, Barbara passe en fin de soirée, c'est-à-dire en vedette, après Marc et André (de l'Écluse), les duettistes argentins Leda et Maria et le chanteur d'origine guadeloupéenne Noël Guyves, qui s'accompagne à la guitare. Son répertoire, où se côtoient Georges Brassens, Jacques Brel, Paul Nougé, Léo Ferré et Aristide Bruant, enchante le public. Il se vendra de ce premier 45 tours une petite centaine d'exemplaires.

Au printemps 1955, Barbara et Claude rentrent ensemble à Paris. La présence à ses côtés de ce mari somme toute possessif finit par l'étouffer. « Je n'ai pas le talent de vivre à deux[1] », répétera-t-elle souvent. Et elle l'abandonne sur un trottoir, juste devant la porte d'un producteur. « Nous sommes partis chacun de notre côté, se souvient Claude Sluys. Elle ne voulait plus entendre mes conseils. J'ai mis des années à me remettre de cette séparation[2]. » Pour Barbara, ce mariage de courte durée apparaît quasiment comme une anecdote dans son itinéraire de femme : « Je me suis mariée et la seule chose qui m'en reste, c'est une photo où je figure au bras d'un inconnu qui n'était pas mon mari. Je m'étais mise dans la précipitation des mariages du samedi à la mairie au bras d'un homme qui sortait en même temps que moi. Nous n'avons pas longtemps vécu ensemble, mais nous sommes longtemps restés mariés. Il ne voulait pas m'accorder le divorce. C'était un homme extraordinaire, un prestidigitateur. Mais je pense que je n'étais pas douée pour le mariage. » Elle ne prononcera plus jamais le nom de Claude Sluys. En revanche, à plusieurs reprises, Barbara inventera pour la presse quelques anecdotes peu flatteuses sur sa vie de couple à Bruxelles, ce qui provoquera la colère de son ex-mari. N'en pouvant plus, celui-ci décrochera un jour son téléphone afin de lui rappeler qu'il n'a jamais

---

1. *France Culture*, 30 octobre 1993.
2. Entretien de Claude Sluys avec l'auteur.

été médecin à Ostende comme elle le claironne. Barbara, penaude, s'excusera : « Tu comprends, je dis des choses parce que c'est le jeu, mais je ne les pense pas...[1] » Tandis que Barbara chemine vers le succès, le malheureux espère encore retrouver son aimée et cela même après le divorce, prononcé le 12 novembre 1962.

En 1965, Claude Sluys se rend à Charleroi, où leurs anciens amis de la Mansarde à l'Étoile, l'équipe du Vent Vert, les convient séparément à une réunion d'anciens. Seule Barbara, qui avait promis d'être des leurs, décline l'invitation au dernier moment, par ce mot : « C'est triste de ne pouvoir venir vous voir, mais aussi c'est gai puisque c'est à cause de ma carrière, et que ça, c'est un peu grâce à vous. C'est un petit peu bête mais je vous le dis quand même : merci. »

Un jour, Barbara refermera la parenthèse belge. « C'est à Bruxelles que s'est faite et défaite ma vie de femme », dira-t-elle simplement. Mais elle n'oubliera jamais Peggy, Sarah, Ethery, Claude, M. Victor, et surtout ce public intransigeant avec lequel elle a vécu une histoire houleuse. Lorsqu'en 1964, plus imposante dans son fourreau de vedette parisienne, elle revient pour la première fois à Bruxelles avec Marcel Mouloudji pour une série de concerts, le public du prestigieux Théâtre 140 de Jo Dekmine reconnaît, sous le velours noir, la Barbara Brodi aux semelles usées. Émue derrière son beau piano à queue, accompagnée à la basse par François Rabbath, la gorge nouée, elle enchaîne « Nantes[2] », « Les Amis de monsieur[3] » de Fragson, « La Complainte des filles de joie[4] », etc. Dans la salle comme sur la scène, l'émotion monte. Au fil du récital, les yeux de Barbara deviennent de plus en plus humides. Lorsqu'elle quitte le piano pour s'avancer vers eux, les spectateurs la gratifient d'une ovation

---

1. *Ibid.*
2. (Barbara/Barbara).
3. (Héros-Cellarius/Fragson-Del).
4. (Brassens/Brassens).

debout. « Ce soir, à Bruxelles, je suis heureuse. Il y a dix ans, j'ai fait mes débuts ici. Des gens extraordinaires m'ont aidée. C'était le temps de la Maison du Vieux Tilleul à Boendael. Je n'ai pas réussi. C'était trop tôt. Je voulais revenir à Bruxelles, ouvrir un cabaret, ce fut le Cheval Blanc. Cette fois, ça a marché. Je suis tout de même repartie à Paris. Bruxelles demeurait en moi comme une blessure, comme un lieu auquel je tenais mais qui n'était pas gagné. Un Waterloo sentimental, si vous voulez. C'est ici que j'ai chanté pour la première fois, que j'ai entendu pour la première fois M. Brel... Ce soir, je suis heureuse parce que je me sens en accord avec vous, avec cette ville. Elle et moi, nous sommes devenues amies. Merci. » Elle ne peut plus retenir ses larmes.

En 1956, Barbara chante Chez Moineau, un lieu atypique situé rue Guénégaud. Célibataire à Paris, elle occupe une studette juste au-dessus de ce cabaret au piano désaccordé. Chez Moineau est le rendez-vous des étudiants du quartier. Peu attentifs au spectacle, les jeunes gens s'y retrouvent chaque soir pour déguster un couscous. Dans les cuisines, l'hygiène est approximative ; on dit que le chat de la maison se love dans le plat de semoule, autrement plus douillet que sa couche. Les clients, peu regardants, s'en contentent d'autant que l'addition n'excède jamais la modique somme de deux francs. Surtout, les soirées sont animées par les échanges d'invectives des époux Moineau qui n'hésitent pas à réclamer l'arbitrage des clients. À l'évidence, le couple Moineau bat de l'aile : il ne se passe pas une heure sans qu'une dispute n'éclate. Dans ces moments de tempête, ils s'insultent en se vouvoyant et en se donnant du « monsieur » et du « madame », ce qui provoque l'hilarité des jeunes clients. Affairée entre la cuisine et la salle, Mme Moineau peste contre son mari, cupide et fainéant, qui rechigne à quitter des yeux sa caisse enregistreuse.

Barbara n'est pas la dernière à rire de la situation, prenant souvent le parti du mari qu'elle assimile à sa machine à sous, le surnommant avec malice « M. Ting-Ting ». Elle semble se plaire Chez Moineau, à ceci près : « M. Ting-Ting refusait de connaître les limites du travail. Souvent, à 3 heures du matin, alors que je dormais, il venait me réveiller en me demandant de venir chanter pour un client qui avait envie de m'entendre. Bien sûr, je refusais. Ting-Ting explosait alors de colère : "C'est encore ton sale caractère slave !" » La prestation de la chanteuse qui, aux yeux des étudiants, est bien moins captivante que les scènes de ménage des tenanciers, attire rapidement un autre public. « Décidément, un certain snobisme s'attachait à moi, raconte Barbara. En quelques soirs, la salle fut remplie de visons. » Cette nouvelle clientèle cultivée circule d'un cabaret à l'autre. Dans le quartier de Saint-Germain-des-Prés, aussi vaste qu'un mouchoir de poche, le bouche à oreille fait des miracles. Chemin faisant, la nouvelle parvient à Léo Noël qui s'affole et s'en va trouver Brigitte Sabouraud : « Il m'a appelée pour me demander de convaincre Barbara de revenir chez nous, raconte cette dernière. Il considérait qu'elle nous appartenait. Subitement, lui qui était plutôt perplexe craignait qu'elle ne nous échappe[1]. » Non sans regrets, en 1957 Barbara abandonne Ting-Ting et son épouse pour s'amarrer au 15, quai des Grands-Augustins où elle remplace Marie-José Neuville, surnommée « la collégienne de la chanson ». Cette adresse va demeurer la sienne pendant près de six ans.

Lieu de rencontre des marins de passage à Paris, le bar de l'Écluse avait été repris en 1947 par un certain Legueltel, futur directeur de la Galerie 55, puis confié en 1951 à quatre artistes : Brigitte Sabouraud, chanteuse et accordéoniste, Léo Noël avec son orgue de Barbarie et son répertoire poétique, et les duettistes Marc (Chevalier) et André (Schlesser). Tous quatre

---

1. Entretien de Brigitte Sabouraud avec l'auteur.

sont chargés de l'artistique et du commercial, des fonctions qu'ils assument avec sérieux. Le lieu peut tout juste contenir soixante personnes assises et vingt debout près du bar. Le décor est constitué d'un filet de pêche, de quelques lampes de bateau en cuivre, d'une drisse ornée de pavillons de marine, d'une bâche verte en fond de scène et d'un scaphandrier. Quant à la scène, elle est large de deux mètres à peine et un minuscule cagibi fermé par un rideau tient lieu de loge. Au-dehors, une ardoise indique le programme du spectacle qui débute à 22 heures. Cinq numéros se succèdent – chanteurs et comiques en alternance –, d'une durée maximale de vingt minutes chacun. Les spectateurs doivent attendre que minuit sonne pour écouter la vedette qui dispose, elle, d'une demi-heure. L'ardoise retournée indique aux retardataires que la salle est comble ou qu'il faut attendre sur le quai le début du prochain numéro pour se joindre à l'assemblée. Barbara parlera toujours de l'Écluse avec nostalgie et tendresse : « Il y avait une toute petite loge où passaient des gens magnifiques. Moi, j'arrivais à 22 heures. Il y avait à ce moment-là les marionnettes d'Yves Joly, Jacques Dufilho qui passait avec une petite cuillère. Il y a eu Fabbri, Richard et Lanoux... C'était très difficile. C'était absolument génial [1]. »

Par la rigueur de la sélection, l'Écluse est peut-être le plus professionnel des cabarets de la rive gauche. Malgré cela, les artistes travaillent dans de piètres conditions et sont très mal payés. « Contrairement à ce que l'on peut penser, l'école du cabaret est une école très difficile. Le public est très près de vous, il pénètre toutes vos émotions », expliquera Barbara. En effet, à l'inverse des grand-messes données au music-hall, les clients ne sont pas contraints de faire silence ; ils consomment toutes sortes de boissons et bavardent à loisir tout en assistant au spectacle. Et le bourdonne-

---

1. « Pollen », entretien avec Jean-Louis Foulquier, France Inter, 25 février 1987.

ment incessant du quai parvient jusqu'à la salle, atténuant la voix des artistes qui s'expriment sans micro. « Moi, morte de peur, avoue Barbara. Tous les soirs pareil. Morte. Schlesser m'annonce, ou bien Léo, non plutôt Schlesser. Je fais un pas dans la lumière, même pas deux. Et je bute dans le tabouret. M'asseoir, le clavier sous le doigt, fermer les yeux, tenter d'oublier... Parce qu'ils sont là autour, partout. Pas seulement leurs yeux, mais aussi leur souffle, leur chaleur [1]... » Heureusement, l'Écluse attire un public plutôt discipliné.

Novice en début de soirée, la grande brune aux cheveux coupés court, austère dans son habit noir, gravit un à un les échelons et devient, en moins de deux ans, la vedette du cabaret. Barbara est surnommée « la chanteuse de minuit » en raison de l'heure tardive à laquelle elle se produit. Elle est accompagnée par Liliane Benelli, une pianiste au visage d'ange, ou elle joue elle-même sur le vieux piano droit qu'elle appelle « sa casserole ». Au programme : « L'Œillet rouge » de Brigitte Sabouraud, « L'Homme en habit [2] », « Maîtresse d'acteur [3] » et « Le Fiacre » de Xanrof, « Les Boutons dorés » de Maurice Vidalin et Jacques Datin, etc. Elle donne aussi un nouveau souffle aux auteurs comiques de la Belle Époque, l'élégant Harry Fragson (« Les Amis de monsieur ») et Paul Marinier (« D'elle à lui »). « Ces chansons m'apportaient une note d'humour et un phrasé qui n'appartient qu'à cette époque, avouera-t-elle. Lorsque j'ai écrit mes propres textes, je n'ai pu conserver ce ton et cet humour au bord du chagrin. »

Barbara occupe désormais une place de choix dans le cœur des noctambules de la rive gauche. Au cabaret, les gens du métier en quête de jeunes talents, qu'ils soient producteurs, directeurs de music-hall ou directeurs artistiques, passent régulièrement. Parmi eux, Pierre Hiégel, directeur de Pathé-Marconi, est toujours

---

1. Marie Chaix, *Barbara*, Calmann-Lévy, 1986.
2. (Delanoë-Modugno/Treppiedi-Modugno).
3. (Xanrof/Xanrof).

à la recherche d'une voix insolite. Il entend Barbara une première fois et, visiblement séduit, y revient plusieurs soirs de suite. Enfin, il se décide à l'aborder. Barbara signe un contrat pour un premier 45 tours chez Pathé-Marconi : « La Chanteuse de minuit ». Sorti en avril 1958, il contient « L'Homme en habit[1] », « La Joconde[2] », « J'ai tué l'amour[3] » et surtout « J'ai troqué », la première chanson signée Barbara, paroles et musique. Barbara s'accompagne au piano tandis que l'on entend l'accordéon de Freddy Balta.

Sans trop oser dire qu'elle écrit et compose, Barbara teste ses propres œuvres auprès du public de l'Écluse. Elle doute. « Un jour où elle répétait, se souvient Cora Vaucaire, je suis arrivée doucement vers elle et, timidement, elle m'a dit : "Cora, j'ai écrit quelques chansons, mais je ne sais si j'oserai les chanter." Il y avait notamment "J'ai troqué". J'étais éblouie. Je lui ai dit que, si elle ne les chantait pas ce soir, je les lui réclamerais devant tout le monde[4]. » Barbara s'y risque en effet, après avoir encore demandé conseil à Brigitte Sabouraud. Dans l'élan, sous sa plume désormais habile, elle écrit encore « Chapeau bas » et « Le Temps du lilas ». Un an plus tard, en avril 1959, sa carrière discographique s'affirme avec un premier 25 cm : « Barbara à l'Écluse » sur lequel on retrouve les titres de son tour de chant : « La Femme d'Hector » de Georges Brassens, « Les Amis de monsieur » d'Harry Fragson, « Souvenance » de son ami André Schlesser, « Tais-toi Marseille » de Maurice Vidalin et Jacques Datin, « Il nous faut regarder » de Jacques Brel, « La Belle Amour » cosignée avec Jean Poissonnier, « Un monsieur me suit dans la rue », de Jean-Paul Le Chanois et Jacques Besse, « La Joconde » de Paul Braffort et « Les Sirènes » de Brigitte Sabouraud.

---

1. (Delanoë-Modugno/Treppiedi-Modugno).
2. (Braffort/Braffort).
3. (Barbara/Poissonnier-Barbara).
4. Entretien de Cora Vaucaire avec l'auteur.

L'Écluse fourmille de personnalités variées qui cohabitent avec plus ou moins de bonheur. Au début des années 1960, Barbara fréquente ses compagnons de scène, une colonie d'artistes débutants se produisant à l'Écluse, autant de noms inconnus à l'époque qui deviendront célèbres : Christine Sèvres, Alex Métayer, les duettistes Pierre (Richard) et Victor (Lanoux), Brigitte Fontaine, Pierre Vassiliu, etc. Leur existence tout entière tourne autour du cabaret. Dans la journée, ils s'y retrouvent et, après le spectacle, la troupe renforcée des amis-clients du quartier s'attable à la Boule d'Or, un café de Saint-Michel ouvert toute la nuit. Barbara a tendance à boire plus que de raison. « Un jour, se souvient Brigitte Sabouraud, elle m'a appelée pour que je vienne la chercher. En plein après-midi, elle était dans un état d'ébriété avancé et m'a ouvert la porte appuyée sur une canne. Je me suis toujours demandé comment elle avait pu assumer le tour de chant en fin de soirée[1]. » La chanteuse de minuit est dans son élément avec Brigitte Sabouraud, sa meilleure amie du moment, le bel André Schlesser (dit Dadé), son compagnon de quelques nuits, tout aussi volage qu'elle. « Barbara pouvait être la plus fidèle des femmes quand elle aimait ou s'amouracher du premier venu quant elle était seule, prétend Brigitte Sabouraud. Elle n'hésitait pas à chiper le fiancé de sa meilleure amie si l'envie lui en prenait. J'ai compris des années après qu'elle m'avait "emprunté" le mien[2]. »

C'est à cette époque et à l'Écluse que Barbara rencontre Hubert Ballay. Doté d'une forte personnalité, ce dernier parvient sans mal à dompter cette femme au tempérament fougueux. « Notre relation était orageuse et passionnée[3] », dévoilera-t-il. Avec lui, Barbara se découvre amoureuse et soumise. « Mais est-ce que tu

---

1. Entretien de Brigitte Sabouraud avec l'auteur.
2. *Ibid.*
3. Entretien d'Hubert Ballay avec l'auteur.

m'aimes vraiment[1] ? » lui demande-t-elle à longueur de journée. Pour la première fois, le doute la taraude. Haut fonctionnaire, diplomate, conseiller auprès du président de Côte-d'Ivoire, Félix Houphouët-Boigny, mais aussi mélomane et compositeur, Hubert Ballay partage son temps entre Paris et Abidjan. Ancrée à l'Écluse, impatiente de voir revenir Hubert, Barbara qui se lamente écrit une chanson intitulée « Dis, quand reviendras-tu ? » : « Au printemps tu verras, je serai de retour / Le printemps c'est joli pour se parler d'amour[2]. » Mais les mois passent et Hubert Ballay tarde à revenir d'Afrique : « Quand il rentrait à Paris, il venait tout de suite la voir, ils étaient fous amoureux. Mais après, il disparaissait et nous ne savions jamais pour combien de temps[3] », se souvient Brigitte Sabouraud.

Hubert Ballay installe Barbara dans son appartement parisien, un beau trois-pièces situé au 14, rue de Rémusat, dans le XVIe arrondissement, à deux pas du pont Mirabeau. Il lui fait ses adieux, quitte sa chanteuse et la tour Eiffel. « Je lui ai écrit pour qu'elle vienne me rejoindre en Côte-d'Ivoire, se souvient-il. Elle y est restée quelques semaines, durant lesquelles nous ne nous sommes pas quittés. Là-bas, elle a chanté quelques soirs dans un centre culturel d'Abidjan[4]. » D'Abidjan, Barbara écrit à Pierre Hiegel pour lui dire qu'Hubert est très « gentil » et qu'elle est confortablement installée. Mais elle abandonne Hubert à regret et, de retour à Paris, c'est de nouveau l'attente. Il lui avait fixé rendez-vous au printemps, mais, « craquent les feuilles mortes, brûlent les feux de bois[5] », voilà l'automne et Hubert, retenu en Afrique, ne réapparaît toujours pas. « Si tu ne comprends pas qu'il te faut revenir / Je ferai de nous

---

1. *Ibid.*
2. « Dis, quand reviendras-tu ? » (Barbara/Barbara).
3. Entretien de Brigitte Sabouraud avec l'auteur.
4. Entretien d'Hubert Ballay avec l'auteur.
5. « Dis, quand reviendras-tu ? » (Barbara/Barbara).

deux mes plus beaux souvenirs[1] », dit encore la chanson. Ainsi s'achève la romance. À ce moment, Barbara fait la connaissance de Luc Simon, un peintre séduisant et cultivé qui a rencontré Hubert Ballay en Côte-d'Ivoire. « Il disait qu'elle était mon double au féminin. Je me suis donc présenté à elle au 15, quai des Grands-Augustins. Ce fut le coup de foudre[2] », affirme Luc Simon. « Je ne suis pas de celles qui meurent de chagrin / Je n'ai pas la vertu des femmes de marins[3] », chante Barbara. C'est la rupture, « intelligente », selon Hubert Ballay qui continue, longtemps après la séparation, à correspondre avec Barbara. En guise de cadeau d'adieu, le gentleman voyageur lui fait don de tout l'ameublement de l'appartement de la rue de Rémusat, notamment le grand piano à queue qui envahit la pièce principale. Une histoire d'amour somme toute ordinaire si elle n'avait donné naissance à cette chanson, « Dis, quand reviendras-tu ? », qui deviendra l'hymne des fans de la chanteuse. Ils la reprendront en chœur chaque fois que le rideau se baissera, invitant l'idole à réapparaître. Un quart de siècle après cette rupture, Barbara écrit dans ses Mémoires : « Dorénavant, je suis seule ; plus rien ne va pouvoir me détourner de ma route telle que je l'ai toujours pressentie. Rien ni, hélas ! personne, plus aucun homme, aucun amour. Bien sûr des hommes et des amours ; mais c'est si différent [...]. En acceptant de perdre H., je viens de prendre le voile, inexorablement, pour cette beauté : la vie de femme qui chante[4]. » Encore peu sûre de ses talents de plume, Barbara avait d'abord demandé à Marcel Cuvelier, un jeune auteur-compositeur venu auditionner à l'Écluse, de lui écrire une chanson sur le thème de la rupture amoureuse. « Un jour, j'ai passé une audition à l'Écluse et Barbara était dans la salle, se

---

1. *Ibid.*
2. Entretien de Luc Simon avec l'auteur.
3. « Dis, quand reviendras-tu ? » (Barbara/Barbara).
4. Barbara, *Il était un piano noir...*, Fayard, 1998.

souvient-il. À la fin de mon passage, elle est venue me demander de lui donner une de mes chansons. À l'époque, elle ne chantait pas ses propres textes. [...] Elle voulait que je lui écrive une autre chanson sur le thème de la séparation. Et puis, finalement, avec Hubert et pour Hubert, elle a écrit "Dis, quand reviendras-tu ?". »

Barbara, qui restera jusqu'en 1963 rivée au vieux piano de l'Écluse, est déjà poursuivie par ses premiers admirateurs. Chaque soir, des amoureux, hommes ou femmes, lui tendent des roses par bouquets et l'attendent sur le quai pour recueillir une attention : un mot, un sourire, une phrase griffonnée sous la plume nerveuse de cette étoile naissante. Dans la salle, des personnalités du music-hall viennent applaudir cette chanteuse de minuit dont tout le monde parle. C'est ainsi qu'on vint un soir lui signaler la présence d'Édith Piaf. Très émue, impressionnée, Barbara se présente à son aînée, qui lui glisse quelques mots d'encouragement. Quelques jours plus tard, Maurice Chevalier demande à rencontrer cette nouvelle dame en noir. Ironie du sort, l'interprète de « Ma pomme[1] » l'avait envoyée sur les roses, peu d'années auparavant, alors qu'elle passait Chez Moineau : « J'ai déjà du mal à m'occuper de moi ! » lui aurait-il lancé.

---

1. (Fronsac-Rigot/Borel-Clerc).

Chapitre 4

Barbara chante Barbara

Lasse de ne pouvoir étendre le bras sans se heurter au premier quidam attablé, fatiguée de chanter l'amour ou la mort en les entendant discuter et déglutir, trop à l'étroit dans cette loge-cabine et sur cette scène-radeau, la chanteuse de minuit songe à larguer les amarres. Cette année 1960, après trois années de perfectionnement, Barbara aspire à laisser derrière elle l'Écluse pour enfin naviguer en haute mer, par-delà la Seine et ses rives germanopratines. S'il a le mérite de prodiguer un bon enseignement, s'il est un tremplin pour nombre de chanteurs et de fantaisistes, le cabaret n'offre pas de réelle perspective. Son rayonnement est de faible portée. Adulée sur la rive gauche, Barbara reste une illustre inconnue pour la majorité des Français. Les radios l'ignorent tout comme la télévision, à l'exception de Denise Glaser qui, dès 1959, présente Barbara sur le plateau de « Discorama ». Elle chante « Les Boutons dorés » de Vidalin et Datin. Ainsi privés du relais des médias, ses disques restent dans les bacs ou se vendent au compte-gouttes.

Tous les soirs, quand le clocher de Notre-Dame sonne les douze coups de minuit, Barbara glisse son pied dans la lumière, s'installe au piano et chante pour une soixantaine de clients médusés. En secret, elle espère qu'un Bruno Coquatrix la remarquera au cours de sa tournée des cabarets et l'invitera à occuper la scène du prestigieux Olympia. Elle rêve de voir les sept lettres de son prénom s'illuminer sur la façade déjà légendaire du boulevard des Capucines. Comme Édith Piaf, son idole. À trente ans, elle se dit que le temps est venu pour elle de pénétrer le monde plus professionnel et exigeant du music-hall. « À l'Écluse, Barbara avait déjà toutes les qualités requises, il ne lui restait plus qu'à se déployer[1] », estime Georges Moustaki.

En 1960, son album « Barbara chante Brassens », récompensé d'un Grand Prix du disque, s'est très mal vendu. Elle reprenait huit chansons du Sétois dont « La Marche nuptiale », « Le Père Noël et la petite fille », « Pauvre Martin », « Il n'y a pas d'amour heureux ». Barbara y jouait du piano en alternance avec Darzee, tandis qu'Elek Bacsik grattait sa guitare et que Freddy Balta rehaussait le tout de son accordéon. Depuis 1961, Odéon édite un 33 tours (25 cm) dans le même esprit : « Barbara chante Brel ». Elle est entourée de la même équipe : Elek Bacsik, Darzee et Freddy Balta. Et elle interprète neuf titres parmi lesquels « Les Flamandes », « Sur la place », « Il nous faut regarder », et « Ne me quitte pas ». Ces morceaux d'anthologies, chantés par Barbara, passent aussi quasiment inaperçus.

C'est alors qu'elle tente une nouvelle aventure. Du mois de décembre 1960 jusqu'à janvier 1961, engagée dans *Le Jeu de dames*, une opérette d'Albert Willemetz et de Grégoire du Manoir sur une musique de Georges Van Parys, elle occupe la scène du Petit Théâtre de Paris. Vêtue d'un pourpoint de velours brodé d'or, dans un costume du XVIe siècle, Barbara tient le rôle principal – au côté de Marcel Charvey et du baryton Robert Burnier –, celui du lieutenant Zéphiro qui se révèle être une charmante jeune femme. « Le théâtre m'enchante, dit-elle, et les comédiens, les vrais, qui ont répété avec moi *Le Jeu de dames* ont été charmants pour la débutante que je suis et m'ont appris des quantités de choses[2]. »

À cette occasion, la chanteuse annonce publique-

---

1. Entretien de Georges Moustaki avec l'auteur.
2. *Music-Hall*, janvier 1961.

ment qu'elle entend bientôt quitter l'Écluse. Le message est lancé. Félix Marten, un autre enfant du cabaret de onze ans son aîné, l'entend le premier. Il lui propose d'être la vedette américaine de son spectacle à Bobino. Barbara signe là un contrat important, celui qui pourrait lui permettre, enfin, de quitter l'espace confiné du cabaret pour entrer dans la cour des grands. Composer son tour de chant avant la première est un jeu de patience. Elle passe des nuits entières à dresser sa liste idéale, à la revoir encore, à tout effacer pour recommencer. Débutera-t-elle avec « Liberté » de Vidalin et Datin, au son des « Flamandes » de Jacques Brel, ou choisira-t-elle l'une des chansons de Georges Moustaki : « Vous entendrez parler de lui », « De Shanghai à Bangkok » ? Elle les chantera toutes et y ajoutera « Chapeau bas », une ballade contemplative, un hymne à la vie, l'une de ses toutes premières créations qu'elle enregistrera sur 45 tours le 10 février 1961, la veille de la première à Bobino. L'opus, édité sous le label Odéon, contient également « De Shanghai à Bangkok[1] », « Vous entendrez parler de lui[2] » et « Liberté[3] ». Barbara chante et s'accompagne en alternance avec Darzee.

Barbara est conviée à prendre possession du théâtre plusieurs jours avant la première. Heureuse de s'installer dans une vraie loge, elle y pend soigneusement son costume de scène et étale ses tubes de rouge à lèvres, ses poudres, ses crayons et ses pinceaux. Toute la journée, elle arpente les coulisses et la scène, voyage de part et d'autre du rideau de velours rouge et caresse le grand et beau piano à queue de laque noire. Pendant des heures, elle essaie la plupart des onze cents sièges, rouge velours aussi, histoire de se faire une idée de ce qu'*ils* verront. Surtout, en attendant le jour J, elle fait ses gammes et repense chaque interprétation.

---

1. (Moustaki/Moustaki).
2. *Id*.
3. (Vidalin/Datin).

Le 11 février au soir, elle se poste derrière le rideau pour *les* entendre arriver et bavarder. Dans la salle, les journalistes se mêlent aux gens de théâtre, de cinéma et du monde de la chanson. Il y a là Michèle Morgan, Cora Vaucaire, l'ingénieur Grégoire, Simone Renant et d'autres encore. Retournée dans sa loge, la porte close, Barbara tente de conjurer le trac qui la paralyse. Et d'implorer elle ne sait quel dieu. Avant le passage de « l'américaine », plusieurs numéros burlesques se succèdent : le Crazy Horse Saloon, les Alcarson (quatre garçons de Bab El-Oued qui chantent avec humour une sorte de folklore algérois) jouent une comédie pittoresque et le jongleur Alverti présente sa famille de chiens comédiens. Pour finir se produit le chansonnier montmartrois Maurice Horgues, bien connu pour ses couplets trempés dans l'acide.

Le rideau se lève après un court entracte qui lui semble interminable ; fébrile dans sa longue robe de velours, la tulipe noire parvient tant bien que mal à parcourir la distance qui la sépare du piano trônant face aux spectateurs. C'est à peine si l'on distingue, derrière la masse sombre de l'instrument, ce visage poudré de blanc, cette tête d'oiseau. Elle annonce : « Sur des paroles et une musique de Georges Brassens, "La Marche nuptiale". » Cette première phrase qui semble anodine va lui être fatale. Dès le lendemain, dans les colonnes de *Paris-Presse*, Max Favalleli la condamne : « Son comportement, des attitudes, sa façon un rien trop solennelle d'annoncer ses chansons, son interprétation abrupte et même farouche en font quelqu'un de singulier et d'attirant. En outre, Barbara ne sert que des auteurs de qualité. J'ai trouvé tout cela bien. Pourtant, je me demande si Barbara a fait ce qu'il fallait pour que tous ses dons, si efficaces dans le cadre intime d'un cabaret, soient à l'échelle du music-hall. Sans s'abaisser aux concessions, je crois que Barbara doit se rapprocher du public. Son piano l'en éloigne. Et il y a quelques menues recettes qu'un routier lui enseignerait : elles communiqueraient à son spectacle une force de frappe qui pour l'instant lui fait défaut. » Heny Rabine, du quotidien *La Croix*, reste de même sur sa réserve : « Le public hésite, un brin ébaubi devant cette grande fille guimpée de velours noir qui martèle sur son piano des couplets insolites. Je ne suis pas certain que Barbara ait choisi pour ce récital les chansons qu'il fallait. L'originalité risque ici d'effaroucher le public et de le détourner d'une artiste qui devrait pourtant lui apporter beaucoup. » Le courant passe mal entre la « grande fille » et les spectateurs. Et les gens du métier, attentifs à l'éclosion annoncée de la chanteuse de minuit, acquiescent en lisant la presse. D'un music-hall à l'autre, l'information se propage : Barbara n'est pas prête à quitter cet écrin qu'est l'Écluse. Trimbalant sa déception après ce faux pas, Barbara retourne se consoler auprès des membres de sa famille adoptive du quai des Grands-Augustins. Elle renoue avec sa « casserole ». Mais comme elle enrage d'avoir manqué ce rendez-vous, d'autant que les occasions se font de plus en plus rares : le rock et la vague yé-yé monopolisent tout : la scène et les médias. Le public se laisse prendre en s'entichant de ces nouvelles idoles électriques. Les ondes sont envahies par les tubes du moment : Sylvie Vartan est « La plus belle pour aller danser[1] », France Gall chante « Sacré Charlemagne[2] » et Sheila annonce : « Vous, les copains, je ne vous oublierai jamais[3]. » À l'exception des gloires nationales que sont Édith Piaf, Juliette Gréco, Jacques Brel, Gilbert Bécaud ou Charles Aznavour, la cote des chanteurs-poètes est au plus bas. Et Barbara, qui n'envisage pas de raccourcir sa jupe, de se teindre en blonde et d'opter pour des couplets légers, reste à quai.

Gilbert Sommier, administrateur du Théâtre de la

---

1. (Aznavour).
2. (Gall/Lifeman).
3. « Vous les copains » (Barry-Greenwich/Carrère-Ithier).

Huchette, se présente face à Barbara. Avec les faibles moyens dont il dispose, il a créé un théâtre d'art et d'essai : « Les Mardis de la chanson » que parraine Georges Brassens. Profitant du jour de relâche imposé par la Fédération du spectacle, il présente tous les mardis à la Huchette ces chanteurs à texte auxquels il fait signer un contrat d'un mois. Parmi eux Marcel Mouloudji, Monique Tarbès, Brigitte Fontaine, Serge Gainsbourg, les duettistes Richard et Lanoux, Serge Lama, Anne Sylvestre, Romain Bouteille, Bobby Lapointe, etc. Très vite, « Les Mardis de la chanson » remportent un tel succès qu'à l'issue de la première saison, Gilbert Sommier envisage d'investir une plus grande salle de concerts. Symboliquement, il opte pour le Théâtre des Capucines, au 39 du boulevard du même nom. Un lieu stratégique puisqu'il est situé juste en face de l'Olympia, temple d'élection des artistes en vogue que ce soit Sheila, Johnny Hallyday ou Claude François. Autre atout majeur : la maison de disque Philips met à la disposition des « Mardis de la chanson » son service de promotion, afin de donner davantage d'écho à cette entreprise à contre-courant.

En septembre 1963, le journaliste Paul Carrière, qui suivait attentivement les progrès de Barbara, suggère à Gilbert Sommier de la rencontrer. La chanteuse se montre d'abord dubitative. « Elle m'a donné rendez-vous rue de Rémusat, se souvient le père des "Mardis de la chanson". Elle a voulu me mettre à l'épreuve, me conseillant de choisir plutôt Pia Colombo. J'ai mis du temps à la convaincre de se joindre aux "Mardis". Ce n'est qu'au terme d'une longue discussion qu'elle s'est laissé persuader[1]. » En vue des récitals prévus les 3, 10 et 17 décembre, Barbara demande conseil à son nouvel interlocuteur. « Elle voulait que je l'aide à composer son récital, explique-t-il. Je tenais beaucoup à ce qu'elle chante ses propres textes, mais elle en avait très peu, à peine une dizaine, et elle se disait intimidée à

---

1. Entretien de Gilbert Sommier avec l'auteur.

l'idée de les interpréter[1]. » Gilbert Sommier a l'idée de faire appel au jeune bassiste classique François Rabbath pour l'accompagner sur scène. Barbara le rencontre chez lui, au 18, rue des Fossés-Saint-Jacques. « Nous ne nous étions jamais croisés, se souvient le bassiste. Je ne connaissais même pas sa voix car je ne fréquentais pas l'Écluse. Je me souviens qu'elle s'est assise au piano et m'a chanté des chansons de Brassens. Franchement, je ne trouvais pas qu'elle apportait grand-chose à ce répertoire. Brassens les chantait mieux qu'elle. J'ai refusé de l'accompagner. Elle m'a dit qu'elle était l'auteur de quelques textes. Elle m'a chanté "Nantes" et je suis immédiatement tombé sous le charme[2]. » Un mois avant de se retrouver sur la scène du Théâtre des Capucines, Barbara et son partenaire entrent en studio et enregistrent quatre chansons signées Barbara, paroles et musiques : « Nantes[3] », « Dis, quand reviendras-tu[4] ? », « Le Temps du lilas[5] » et « J'entends sonner les clairons[6] ». La sortie du 45 tours estampillé CBS est programmée au mois de février 1964. Barbara chante en s'accompagnant au piano, quant à François Rabbath il se charge des arrangements.

Vient enfin le moment d'entrer sur scène. Barbara arrive tôt le matin au Théâtre des Capucines pour les longues séances de répétitions avec François Rabbath. Elle visite aussi le théâtre de fond en comble. Toujours cette manière de conjurer le trac et de chercher sa concentration. « Elle passait des heures à prendre ses repères sur la scène, confirme François Rabbath. Son problème était de ne rien voir, elle était si myope qu'elle avait besoin de repérer les distances. Elle était déjà perfectionniste : il lui fallait un tabouret qui tourne

---

1. *Ibid.*
2. Entretien de François Rabbath avec l'auteur.
3. (Barbara/Barbara).
4. *Id.*
5. *Id.*
6. *Id.*

et elle discutait longuement avec le régisseur pour peaufiner les réglages des lumières[1]. » Le 3 décembre, face à un public d'intellectuels, Barbara interprète une première version de « Nantes[2] », la dernière née de ses compositions. Une chanson qui a une histoire.

Le 21 décembre 1959 au soir, le téléphone sonne. La voix n'annonce pas, comme cela est décrit dans la chanson : « Madame, soyez au rendez-vous / 25, rue de la Grange-aux-Loups / Faites vite, il y a peu d'espoir / Il a demandé à vous voir[3]. » L'inconnu au téléphone parle du père, d'un accident, indique l'hôpital Saint-Jacques de Nantes. Et il précise que le mourant réclame la présence de sa fille à son chevet. Barbara prévient Esther, Jean, Régine et Claude. De tous les membres de sa famille, seul Claude accepte de faire avec elle le voyage. À l'Écluse, son ami du moment, Jean Poissonnier, propose de les conduire jusqu'à Nantes. « Poissonnier était photographe de profession et pilote de course amateur, se souvient Claude Serf. Il était surtout très amoureux de ma sœur et espérait l'impressionner en conduisant vite. Comme il pleuvait sur la route de Nantes, à force de faire le malin il a perdu le contrôle du véhicule. La voiture a dérapé et a fait plusieurs tonneaux. Nous avons dû laisser le pilote et continuer le voyage en train. » Sortant de la gare, ils se blottissent l'un contre l'autre à la recherche de l'hôpital. « Il pleut sur Nantes, donne-moi la main / Le ciel de Nantes rend mon cœur chagrin », dit encore la chanson. Jacques Serf, ce père qu'elle n'a plus revu depuis la séparation d'avec sa mère, s'est éteint la veille au soir, vers 20 heures, dans la chambre C de cet hôpital de Nantes. Il a été victime d'une tumeur cérébrospinale. La voix de Barbara s'alanguit, elle est meurtrie qu'il soit ainsi

---

1. Entretien de François Rabbath avec l'auteur.
2. (Barbara/Barbara).
3. « Nantes » (Barbara/Barbara).

parti « Sans un adieu / Sans un je t'aime[1] ». Parce que ni la chanteuse ni son frère Claude n'avaient les moyens d'offrir une sépulture décente à leur vagabond, leur disparu, ils ne l'ont pas couché « dessous les roses », mais dans la fosse commune du cimetière de Miséricorde. À la lecture de son certificat de décès, ses enfants découvrent que leur père vivait au numéro 2 de la rue de l'Échelle, en plein centre-ville. Il aurait été meunier, à en croire le document officiel.

Le 25, rue de la Grange-aux-Loups n'a jamais existé, sinon le temps d'une chanson et seulement dans le but de rimer avec « rendez-vous ». Mais lorsque « Nantes » a été connue du grand public, au syndicat d'initiative de la ville des touristes se sont plaints de ne pas trouver la rue en question sur le plan. Tant et si bien que la mairie a fini par la créer, au nord de la ville, sur la commune de Saint-Joseph-de-Poterie, près du stade de la Beaujoire. La décision fut prise le 18 novembre 1985 par l'action conjuguée du maire, Pierre Chautry, et de Pierre Cueille, président de la commission de dénomination des rues. Dans un entretien accordé au journal local *Presse Océan*, Pierre Cueille en a formulé le souhait. Par hasard, l'article est tombé entre les mains de l'imprésario de Barbara, Charley Marouani, qui en a informé la chanteuse. Après un refus catégorique, elle est revenue sur sa décision et elle a même accepté de l'inaugurer à la seule condition que la cérémonie se déroule le plus simplement du monde. Elle ne s'est jamais consolée de ce moment. S'en est-elle tant que cela voulu d'être arrivée trop tard ?

De passage à Nantes avec l'acteur Gérard Depardieu pour une représentation de *Lily Passion*, le 22 mars 1986, la longue dame vêtue d'un manteau noir est descendue de voiture pour dévoiler la plaque. Des larmes ont coulé derrière ses lunettes teintées. Malgré l'émotion, elle a griffonné quelques autographes, partagé un petit déjeuner avec les élus locaux dans la mairie

---

1. *Ibid.*

annexe du Ransaï avant de s'éclipser. Les habitants du quartier, encore sous le charme, ont longtemps suivi des yeux le véhicule qui s'éloignait. Une main blanche est sortie de la vitre arrière pour jeter quelques poignées de riz, symboles de bonheur et de prospérité. Il pleuvait sur Nantes, ce matin-là. La ville avait encore ce teint blafard.

Au Théâtre des Capucines, le 3 décembre 1963, après « Nantes », le public s'immobilise. Nul n'ose applaudir à la dernière note. « Contrairement à ce que l'on peut penser, la qualité d'une chanson ne se mesure pas aux applaudissements qui suivent, mais au silence qui s'impose[1] », fait remarquer Marc Chevalier. Ce soir-là, les spectateurs observent spontanément une minute de silence. C'est la chute qui étonne puisqu'il faut attendre la dernière note pour comprendre qu'il ne s'agit pas d'un mari, d'un amant mais de son père. Par sa construction, « Nantes » reste un modèle de chanson. La critique est unanimement positive. Dans *Le Canard enchaîné*, Roland Bacri exprime son admiration : « Tout en noir, étirée dans une jupe longue et un pourpoint, elle est à son piano à queue devant la contrebasse de François Rabbath, excellent et lunaire, et lance des chansons étranges et sensuelles, où l'amour tour à tour geint, triomphe, joue l'indifférence avec une pudeur, une ironie, une intensité qui font mouche à tous les coups. Rappelle-toi Barbara. Maintenant, c'est du tout cuit. Elle va brûler les planches pourries du musichall des jeunes. » Dans *Combat*, Michel Pérez trouve les mots justes : « Barbara, dont le tour de chant nous semble à la pointe de sa perfection. Assise au piano, privée du secours du geste, toute tricherie impossible, tout recours au pathétique de l'attitude exclu, elle ne s'impose que par sa voix, son visage, marque perpétuellement changée qu'elle porte haut, grave et sen-

---

1. Entretien de Marc Chevalier avec l'auteur.

sible. [...] À entendre Barbara, on se dit qu'il est impossible que la chanson soit un art mineur. [...] Je crois sincèrement qu'il faudra compter le retour au music-hall de Barbara pour un des événements de la vie parisienne. »

Bouleversée par cette remarquable prestation, Denise Glaser programme aussitôt un « Discorama » spécial Barbara. « Mais qu'allez-vous présenter ? "Nantes" n'est pas encore sortie ! » questionne la chanteuse. L'animatrice trouve rapidement l'astuce en faisant confectionner une fausse pochette de disque.

Le succès de cette émission, diffusée le dimanche à 12 h 30, tient à la personnalité de Denise Glaser qui, prise du même trac que ses invités, parvient à créer une atmosphère intime sur le plateau du studio 4 de la rue Cognacq-Jay, sous le regard du réalisateur Raoul Sangla. Au cours de l'enregistrement, Barbara semble se sentir en confiance. Les téléspectateurs sont frappés par la ressemblance physique des deux femmes, par leur complicité aussi. C'est un peu comme s'ils assistaient à une conversation privée entre deux amies de longue date. Sur le petit écran, Barbara apparaît bouleversante de vérité et de sensibilité. Elle entre dans les foyers pour séduire cette France qui l'ignorait jusqu'alors. « Elle était très soucieuse de son image, elle pensait avoir une photogénie difficile, se souvient Raoul Sangla. Pourtant, son charme était évident. Elle était modeste, pudique et sensible. J'aimais la filmer au piano par un jeu de longs plans circulaires. J'ai souvent eu envie de lui dire, reprenant la phrase de Victor Hugo : "Madame, vous n'êtes pas belle, vous êtes pire."[1] »

Barbara ne peut oublier combien Denise Glaser – à la manière d'Angèle Guller à Bruxelles – a œuvré pour l'épanouissement de sa carrière : « Denise Glaser était une femme magnifique, dira-t-elle. Une femme qui avait beaucoup d'humour. En matière de chanson française elle a fait beaucoup. Elle voulait m'inviter mais

---

1. Entretien de Raoul Sangla avec l'auteur.

je n'avais pas de disque, elle m'a dit : "On va faire une pochette !" Elle prenait des risques. Elle en a pris avec moi[1]. »

À peine essoufflée après tant d'années de galère, Barbara rencontre Claude Dejacques. Directeur artistique chez Philips, œuvrant dans l'ombre des studios d'enregistrement et dans les coulisses de théâtre, celui-ci a notamment dirigé Brigitte Bardot, Guy Béart, Gilbert Bécaud, Yves Montant, Nana Mouskouri, Claude Nougaro, Serge Gainsbourg, Serge Reggiani, Anne Sylvestre ou encore Gilles Vigneault. En 1964, le directeur artistique jette son dévolu sur Barbara. Il se rend à l'Écluse – où elle ne se produit plus qu'épisodiquement – pour l'écouter et revient encore le lendemain. S'il considère passables ses interprétations de Brel et de Brassens, il ne se lasse pas d'écouter « Dis, quand reviendras-tu ? » et « Nantes ». Avant d'engager la conversation, « pour ne pas tomber dans l'emballement stupide », comme il l'explique lui-même, il se fait un devoir de l'entendre tous les soirs pendant une semaine. Au terme de cette période d'observation, il se présente : « C'était beau, c'était bien, dit-il. Merci, Barbara. J'aimerais bien pouvoir réécouter vos chansons, quelques-unes, vos préférées, tout simplement au piano, sur une petite bande où vous les aurez enregistrées[2]. » Amusée par cet homme de petite taille qui bafouille, Barbara ironise, reprenant ses propres mots : « La petite bande, c'était l'Écluse ce soir, au piano, tout simplement et en public, ne croyez-vous pas ? »

En conséquence, de « petite bande », il n'en a aucune à présenter à ses supérieurs. Alors, il prend seul l'initiative d'arracher Barbara des crocs de Pathé-Marconi. « Chez Pathé, ils se moquaient un peu de la laisser par-

---

1. « Pollen », entretien avec Jean-Louis Foulquier, France Inter, 25 février 1987.
2. Claude Dejacques, *Piégée, la chanson... ?*, Entente, 1994.

tir, affirme Dejacques. Ils la considéraient comme une artiste mineure étant donné le peu de disques vendus. Toutefois, avant de rompre le contrat, ils ont tenu à ce qu'elle enregistre "Nantes" sous leur label[1]. »

Rue Saussier-Leroy, dans un garage de fortune aménagé en studio d'enregistrement, Claude Dejacques façonne celle qu'il considère encore comme une apprentie chanteuse. « Elle avait un côté dépassé, le style cabaret avec cette manie d'écorcher systématiquement les *r*, explique-t-il. J'ai fait en sorte qu'elle dispose son souffle un peu différemment, qu'elle chante plus simplement car elle avait tendance à tomber dans l'excès, à faire beaucoup trop de manières[2]. » Après quelques semaines de formation durant lesquelles Barbara s'est montrée disponible et docile, elle lui semble prête à entrer en studio pour enregistrer son premier album en tant qu'auteur-compositeur-interprète. « Elle est arrivée la première, se souvient Dejacques, presque une heure avant tout le monde. Et, à la faible clarté d'une seule lampe, elle a joué du piano. Elle s'est déliée les doigts selon une technique personnelle constituée d'arpèges et d'accords déployés[3]. »

Après « Barbara chante Brassens » et « Barbara chante Brel », « Barbara chante Barbara », paroles et musiques. Dejacques a convoqué quelques-uns des meilleurs musiciens du moment : François Rabbath et Pierre Nicolas[4] à la basse, Michel Portal au saxophone et Gilbert Roussel à l'accordéon. Aux instruments acoustiques se mêlent des sons synthétiques : une guitare électrique (Elek Bacsik), un vibraphone (Michel Lorin) et un bugle (Bernard Vitet). Au piano, Barbara interprète ces chansons qui deviendront des classiques de son répertoire : « Le Bel Âge », « Gare de Lyon », « À Mourir pour mourir », « Au bois de Saint-

---

1. Entretien de Claude Dejacques avec l'auteur.
2. *Ibid*.
3. Claude Dejacques, *Piégée la chanson... ?, op. cit.*
4. Fidèle accompagnateur de Georges Brassens.

Amand », « Sans bagages », « Paris, 15 août », « Bref », « Ni belle, ni bonne » « Chapeau bas » « Je ne sais pas dire » ou encore « Pierre », les pensées secrètes d'une femme qui s'impatiente en attendant la voiture de l'homme au bout du chemin. « Dès que Pierre rentrera / Tiens, il faut que je lui dise / Que le toit de la remise / A fui / Il faut qu'il rentre du bois / Car il commence à faire froid », chante-t-elle. Pour ce morceau, Michel Portal choisit spontanément un saxophone alto qui apporte une touche de couleur à cette marche lente. « L'improvisation de "Pierre", je l'ai faite en une prise, peut-être deux, se souvient-il. Je jouais là où ça me semblait bien. Je cherchais à capter le style sur le mot. En studio, elle avait le trac, elle me posait deux mille fois la même question : "Est-ce que tu penses que je vais y arriver ?" Elle cherchait à séduire en permanence. Elle avait inventé une belle histoire, elle me disait que Pierre, c'était moi, c'était ma silhouette qu'elle distinguait au loin dans la campagne [1]. »

Enfin, Barbara enregistre « Nantes », le titre phare de l'album, le catalyseur de cette carrière poussive. « La magie demeure bien après la fin de la prise, écrit Claude Dejacques. Personne ne bouge. Personne n'ose prendre la parole quand Barbara nous rejoint dans la cabine exiguë. Je ne la connais, je la connais toute après ce moment de création où nous venons de communiquer avec elle. Instant rare de la prise, quand tout se révèle tant pour l'artiste que pour tous ceux qui l'entourent, subjugués d'avoir atteint ensemble le point sensible d'une œuvre [2]. » « Barbara chante Barbara » sort en septembre 1964. Claude Dejacques le présente ainsi : « Qu'il s'agisse d'ironie, qu'elle chante le souvenir d'un sentiment, d'une impulsion, qu'elle murmure l'amour, son élégance d'expression n'altère jamais sa sensibilité vive à fleur de nerf. Elle dit les mots du souffle, ceux du cœur, et la musique s'anime des

---

1. Entretien de Michel Portal avec l'auteur.
2. Claude Dejacques, *Piégée la chanson...?*, *op. cit.*

rythmes et des couleurs de la vie qui la parcourt tout entière. Intérieure, racine noire d'un ajonc dans le sable, jamais intellectuelle. » « Nantes » est programmée sur toutes les radios, y compris sur Europe 1, alors que Lucien Morisse s'était exclamé jadis : « Barbara ? Jamais sur cette antenne ! » Il opposera d'ailleurs le même refus de principe à Johnny Hallyday. Par centaines, des âmes font et refont le voyage avec Barbara vers cette ville au loin perdue, à la rencontre d'un vagabond, d'un disparu. Le succès du disque à la pochette blanche ornée de roses rouges se prolonge pendant trois mois.

En cet automne 1964, le talent de Barbara s'est confirmé. Engagé par Georges Brassens, Gilbert Sommier est chargé de la sélection des vedettes américaines pour sa rentrée à Bobino, prévue au mois d'octobre. Voici les termes du contrat : « La première partie, renouvelée toutes les trois semaines, est programmée d'un commun accord entre M. Georges Brassens et M. Gilbert Sommier et devra comporter au moins un élément visuel, dans la limite d'un budget maximum de 800 F par jour, charges sociales comprises. [...] Ceci pour une période allant du 15 octobre 1964 au 13 janvier 1965, à raison de sept représentations par semaine, dont une seule matinée le dimanche, le jour de relâche étant le mardi. » À cette occasion, Gilbert Sommier revient vers Barbara.

Le 15 octobre, tandis qu'Annie Girardot, Marcel Aymé, Charles Trenet, Jean Ferrat, Georges Moustaki, Cora Vaucaire, Marcel Pagnol, Danièle Delorme et Yves Robert se pressent aux portes du music-hall, dans sa loge Barbara tente de maîtriser son anxiété et, sur scène, Barbara chante Barbara. Cette fois, le public est vraiment conquis. « À Bobino, tout à coup ça vibrait[1] », se souvient Georges Moustaki. Entre chaque

---

1. Entretien de Georges Moustaki avec l'auteur.

morceau, le public se lève pour l'applaudir et la rappeler. « Le succès a éclaté de façon inouïe, raconte Cora Vaucaire. Les gens ne voulaient plus la laisser partir. Même Brassens a eu du mal à chanter derrière elle[1]. » En effet, lorsque le rideau tombe sur la première partie, le public ne réclame pas la vedette, il bisse Barbara.

« En coulisse, Brassens ronchonnait dans sa moustache[2] », se souvient Gilbert Sommier. Tout près des loges, les relations entre Barbara et Brassens souffrent d'un grand froid. « À Bobino, je sens qu'il est derrière moi, qu'il me regarde quand je passe, raconte l'auteur de "Nantes". Un soir, il est entré timidement dans ma loge et il m'a dit "Ça va ?", avec son regard en coin, vous voyez ? Je ne savais pas quoi faire... J'avais une gerbe de roses. J'en ai pris une, comme ça, et je la lui ai donnée. Il m'a dit : "Qu'est-ce que vous voulez que ça me fasse ?" » Au comble de l'agacement, Brassens découvre la chronique consacrée aux variétés dans *L'Humanité*. « Un faux pas de Brassens, une prouesse de Barbara », titre Gilbert Bloch. Et il écrit : « Les nouvelles chansons de Brassens ne sont pas de la meilleure veine. » Barbara, qui déplore la mauvaise réputation qui accompagne les nouvelles chansons de Brassens, cherche à briser la glace. À son voisin de loge, elle s'amuse à apporter des verres d'oranges pressées avec ce petit mot : « Buvez, c'est plein de vitamines. Vous en avez besoin. »

Devenue vedette de music-hall, Barbara se fait rare à l'Écluse. Pourtant, André Schlesser, Brigitte Sabouraud, Léo Noël et Marc Chevalier restent chers à son cœur. « Il y avait dans ce lieu un amour, une poésie, une vie... Ce sont les soixante spectateurs de l'Écluse qui m'ont menée au chapiteau de Pantin », dira-t-elle souvent. Lorsque, quelques années plus tard, Marc Cheva-

---

1. Entretien de Cora Vaucaire avec l'auteur.
2. Entretien de Gilbert Sommier avec l'auteur.

lier lui apprendra que le cabaret se trouve au bord du dépôt de bilan, Barbara viendra généreusement le soir de Noël et la veille du Jour de l'an pour apporter sa contribution et éviter provisoirement le naufrage.

Chapitre 5

Plus jamais la misère

Venus applaudir le rustique Brassens, des milliers de spectateurs sont tombés fous d'amour pour son contraire : la maniériste Barbara. La chanteuse a enfin rencontré son public et la suite va prouver qu'il a définitivement adopté cette femme d'une trentaine d'années au physique insolite ; ni belle ni laide. Au début de l'année 1965, sa vie de femme qui chante prend un tournant décisif. Barbara n'a plus rien à envier à ses illustres modèles que sont Fragson, Damia, Fréhel, Marianne Oswald, Édith Piaf, Léo Ferré, Juliette Gréco ou Jacques Brel. Elle ne dispose que de très peu de temps pour humer le parfum des roses de la victoire qu'elle a transportées de sa loge à son appartement de la rue de Rémusat. Peu de temps aussi pour se détendre et reprendre au piano les couplets de ses débuts : « Monsieur William[1] » ou « L'Hymne à l'amour[2] ».

Sans transition, dès le 15 janvier elle transporte ses costumes de scène de la rue de la Gaîté au boulevard Beaumarchais. Gilbert Sommier, qui vient juste de prendre la direction des Concerts Pacra, l'invite à se produire dans ce théâtre transformé par ses soins en music-hall, une salle circulaire située en plein Marais. L'auteur de « Nantes » est acclamée par un public moins guindé. « J'ai fait Bobino, puis Pacra, expli-

---

1. (Ferré/Caussimon).
2. (Piaf/Monnot).

quera-t-elle. Pour la première fois, je me suis retrouvée en contact avec des auditoires différents de ceux que je connaissais jusqu'alors. Par exemple, avec des publics de jeunes qui vont voir Hallyday. Je ne m'attendais pas à ce qu'ils m'écoutent, après avoir été tout d'abord étonnés, avec cette espèce de gravité si touchante. Maintenant, ils sont parmi ceux qui m'écrivent pour me raconter leur histoire, m'exposer leurs problèmes. Ils viennent jusque dans ma loge pour chercher un conseil, me dire que je leur inspire confiance. C'est nouveau pour moi [1]. »

Barbara ne sera plus jamais seule pour se préparer à ce qu'elle appelle ses « rendez-vous d'amour ». Un essaim de collaborateurs gère désormais sa vie professionnelle. Claude Dejacques orchestre sa carrière discographique, Gilbert Sommier organise ses tours de chant et deux jeunes femmes du nom de Françoise Lo [2] et Nadine Laïk s'occupent des relations avec la presse et la déchargent des tâches administratives. « Nous avions monté un bureau d'artistes, une petite écurie parmi lesquels figuraient Serge Gainsbourg, Éva, Anne Sylvestre et bien d'autres encore, raconte Nadine Laïk. J'avais rencontré Barbara à l'Écluse au moment où elle cherchait un agent. À l'époque, ce type de société de promotion des artistes de la chanson n'existait pas. Nous avions un statut similaire à ceux des gens du voyage. J'avais donc demandé à tous les artistes de choisir leur rôle : clown, trapéziste, dompteur... Face au comique de la situation, Barbara a simplement dessiné un lapin et gribouillé : "Jeannot Lapin" en guise de signature [3]. »

En février, Françoise Lo et Nadine Laïk organisent une tournée à travers la France pour leurs deux favoris, Barbara et Serge Gainsbourg, une autre révélation des « Mardis de la chanson ». Mais au bout de quelques

---

1. *Femmes d'aujourd'hui*, 28 mai 1965.
2. Mieux connue sous le nom de Sophie Makhno.
3. Entretien de Nadine Laïk avec l'auteur.

semaines seulement, Barbara doit abandonner l'auteur de « La Javanaise ». Le 14 mars, elle est attendue au palais d'Orsay, à Paris. Son album « Barbara chante Barbara » est récompensé par le Grand Prix du disque de l'académie Charles-Gros. Au sortir de la cérémonie, en signe de reconnaissance elle déchire en quatre son diplôme pour le partager avec ses compagnons de studio et file rejoindre Jacqueline Joubert qui accueille la jeune dame en noir dans son émission.

De studios d'enregistrement en plateaux de télévision, de salles de concerts en émissions de radio, Barbara mène une vie professionnelle si pleine qu'elle a le sentiment de ne plus s'appartenir. C'est si soudain. « Une vedette, moi ? Oui, ça marche très bien pour mes chansons, dit-elle. Je ne regarde plus après un ticket de métro. Mais, mis à part la disparition des ennuis matériels, le succès m'a apporté un bien plus précieux : la possibilité de chanter tout le temps. Galas, tournées, je n'arrête pas... À peine puis-je voir mes amis de temps en temps, c'est le plus ennuyeux[1] ! »

À trente-quatre ans, Barbara découvre les affres de la vie de star. Depuis sa prestation remarquée en première partie de Brassens, celle qui, quelques mois auparavant, n'était encore qu'une chanteuse de quartier boudée par les programmateurs de radio, une valeur nulle sur le marché du disque, connaît la ferveur d'une poignée de fans et obtient le soutien des médias. Mais à la fin du mois de mars, la chanteuse harassée aspire au repos, à se retrouver face à elle-même dans le silence de la rue de Rémusat. Seulement le soir, lorsqu'elle pousse la porte de l'immeuble, une foule d'admirateurs l'acclame sur le chemin qui la mène du hall d'entrée au seuil de son appartement. Et quand, non sans encombre, elle parvient à se hisser jusqu'à l'étage, elle découvre que son paillasson est recouvert de roses. Elle peste intérieurement : « Ce n'est pas une chapelle ardente ! » Si ses fans venaient simplement lui tendre une fleur en lui

---

1. *Ciné Journal*, 28 septembre 1965.

murmurant quelques paroles d'encouragement, elle en serait heureuse et si reconnaissante. Mais certains tentent de forcer sa porte, négociant une entrevue même de courte durée. Parmi eux, l'employé d'une administration lyonnaise est allé jusqu'à démissionner de son poste pour la suivre dans tous ses voyages. Qu'espèrent ces inconnus ? Une tasse de thé, une conversation à bâtons rompus, dormir à ses pieds ou dans son lit ? Ils n'obtiendront que ses suppliques. Épuisée, elle leur suggère d'aller se coucher et leur souhaite de passer une bonne nuit.

La gardienne de l'immeuble, qui ne s'attendait guère à cet intérêt soudain pour sa locataire, accuse réception de centaines de lettres d'amour et se transforme spontanément en cerbère afin d'écarter les importuns. Elle révèle à Barbara l'existence d'un escalier de service. « La réussite ? Horrible ! J'ai mis trois mois à m'en remettre, avouera Barbara un an plus tard. Dépression nerveuse, tout. Quand on a trop attendu un homme, un jouet, un jour, et qu'il arrive enfin, on n'a plus faim[1]. » Chaque soir avant d'entrer en scène, son cœur se serre, ses muscles se contractent et tous ces inconnus qui lui emboîtent le pas et l'apostrophent la terrorisent. Elle en perd le sommeil si bien qu'au printemps, la chanteuse est exténuée. Ses nerfs vont lâcher. Autour d'elle on s'inquiète. Sa mère, qui l'escorte dans tous ses déplacements de manière très discrète, craint de la voir dépérir : son regard est triste, ses yeux sont toujours au bord des larmes. Pour faire face, Barbara se dope, malmène ce corps à bout de forces en avalant le soir des poignées de somnifères qui l'abrutissent et en se gavant le jour de vitamines et autres comprimés de Coridrane chargés en amphétamines. Fatalement, son moral s'en trouve atteint. Elle est de plus en plus émotive, éclatant en sanglots à la moindre contrariété. Les médecins diagnostiquent un surmenage et lui imposent une cure de sommeil d'une dizaine de jours.

---

1. *L'Express*, 12-18 décembre 1966.

Dix jours, pas davantage, c'est le peu de temps dont elle dispose pour se remettre sur pied, car Claude Dejacques s'impatiente à son chevet. Le petit homme se montre même un peu oppressant lorsqu'il réclame, au plus vite, douze nouvelles chansons. La maison Philips entend faire coïncider la sortie du prochain album de Barbara avec sa rentrée à Bobino – prévue pour le 15 septembre – où elle occupera pour la première fois la tête d'affiche. Dejacques annonce qu'il a d'ores et déjà réservé le studio Blanqui pour le mois de juillet. Le compte à rebours a commencé. Cinq mois, ça semble court. D'autant que Barbara n'est pas une machine à écrire des couplets, loin de là. L'auteur-compositeur ne connaît pas la musique, elle est incapable de lire une partition et encore moins de reporter les notes sur l'instrument. Elle compose ses mélodies intuitivement avec quelques accords de base et ses textes prennent racine dans ses émotions quotidiennes. Mot à mot, note après note, comme un artisan, elle se concentre sur l'ouvrage et tente non pas de décrire ses sentiments du moment, mais d'ébaucher les contours de ses monologues intérieurs. « J'ai toujours du mal à écrire, explique-t-elle. J'ai mis trois ans pour écrire "Nantes". Je déchire, je récris beaucoup, j'ai mal aux mots comme on dit. Je n'ai pas d'imagination, je n'écris que comme dans un journal intime. Je n'ai pas d'invention. C'est ce que j'envie tellement à des gens comme Gainsbourg. Moi, je n'ai su dire que ce qui m'est arrivé, ça n'a rien d'original. Tout le monde a perdu un père, tout le monde a perdu un amour et en a trouvé un autre. Par exemple, sur le premier disque, la chanson qui a émergé, c'est "Pierre", ce qui prouve que tout le monde attend quelqu'un[1]. »

Elle travaille lentement, très lentement, le doute au bout de la plume et de ses phalanges qui martèlent les touches du piano. Parce qu'elle enregistre la moindre

---

1. *Les Inrockuptibles*, décembre 1993.

de ses hésitations, les bandes s'accumulent autour d'elle comme autant de brouillons. Dans ces conditions, produire douze chansons sur commande est à l'évidence un engagement qu'elle ne peut tenir. Françoise Lo, qui a des velléités d'auteur, lui soumet ses propres textes, quelques chansons d'amour assez proches du style Barbara mais avec une touche d'insouciance en plus. Barbara adopte ses vers et les met aussitôt en musique. En mai, elle fanfaronne : « À la rentrée, je ferai un nouveau disque... douze nouvelles chansons dont certaines ont été composées en collaboration avec Françoise Lo. » Celle-ci cosignera en effet, sous le pseudonyme de Sophie Makhno, quatre morceaux : « Septembre », « Tous les passants », « Les Mignons » et « Toi, l'homme ».

Barbara ajoute à la courte liste « J'ai troqué[1] », une œuvre de jeunesse qui n'a pas eu sa chance. Elle enregistre aussi « Göttingen », écrite deux ans plus tôt dans le jardin qui jouxte le Junges Theater de la petite ville allemande où elle s'était produite. « C'est sans doute la chanson la moins élaborée de mon répertoire, explique-t-elle. Je l'ai improvisée en quelques heures, alors que j'allais quitter Göttingen, une charmante cité universitaire d'Allemagne. La ville m'a séduite ainsi que l'intelligence, la culture et l'extraordinaire gentillesse dont ses habitants avaient fait preuve à mon égard. J'ai écrit cette chanson non pour lancer un message mais pour les remercier[2]. » Si elle éprouve le besoin de se justifier sur le sens de cette chanson, c'est que celle-ci sera d'abord accueillie avec beaucoup de réticence par le public et la critique, qui verront d'un mauvais œil cette chanson-pardon. Vingt ans après la fin de la guerre, la plaie est loin d'être refermée. Et l'album est loin d'être complet ; Claude Dejacques attend cinq titres supplémentaires. Au pied du mur, Barbara s'isole rue de Rémusat et ferme les volets. Elle écrit, rature, déchire

---

1. (Barbara/Barbara).
2. Propos recueillis par René Quinson en septembre 1965.

ses brouillons et enregistre la nuit quelques mélodies qu'elle effacera dans la lucidité des matins. Ainsi donne-t-elle naissance à ces morceaux qui l'accompagneront tout au long de sa vie : « Le Mal de vivre », « Si la photo est bonne », « La Solitude », « Toi », et « Une petite cantate », en hommage à Liliane Benelli, la pianiste de l'Écluse qui vient de trouver la mort dans un accident de voiture dont seul Serge Lama, son fiancé, a réchappé. « Mais tu es partie, fragile / Vers l'au-delà / Et je reste malhabile / Fa, sol, do, fa / Je te revois souriante / Assise à ce piano-là », chante Barbara.

Barbara a vécu tant de mésaventures à ses débuts, le public l'a tant de fois huée et rejetée qu'elle appréhende toujours d'aller à sa rencontre. Pour son premier passage en vedette d'un music-hall parisien, elle se prépare longuement et s'inquiète. Et s'*ils* ne venaient pas ? « Ce serait comme une infirmité », songe-t-elle. Elle préfère chasser ses pensées sombres et se concentrer sur ce tour de chant qui sera précédé par un *one man show* de Guy Bedos. Félix Vitry, le directeur de la salle, met en place une campagne de publicité pour annoncer le programme de la rentrée : « Début de saison avec deux vedettes exceptionnelles, Barbara et Guy Bedos, Jacques Debronckart, Trampowers, Los Incas, Sino, André Aubert. Un vrai spectacle de variétés[1] ! » Et la radio prend le relais. Roland Dhordain, directeur de France Inter, et le producteur Jacques Tournier organisent une « Journée avec Barbara ». L'idée est simple et inédite : à 7 h 55, Jacques Tournier et son équipe de techniciens sonnent à sa porte. Après avoir partagé son petit déjeuner, ils la suivent jusqu'à Bobino pour relater ses moindres faits et gestes. Ils assistent aux répétitions, à la balance, à la préparation physique et recueillent ses impressions sur le vif. Cette journée exceptionnelle

---

1. *Paris Presse*, 10 septembre 1965.

s'achève aux alentours de minuit, juste après la diffusion intégrale du récital. « Le matin de ce 15 septembre, une voiture de l'ORTF est allée la chercher rue de Rémusat, devant chez elle, se souvient Marie Chaix. [...] Elle les attendait, ce matin-là, assise sur sa valise. D'un balcon, au-dessus de sa tête, quelqu'un lança un papier où était écrit : "Bonne chance"[1]. »

Cette fois, c'est pour elle et elle seule qu'*ils* se pressent par centaines aux portes du music-hall de la rue de la Gaîté, lequel affiche complet. Élégante dans une longue robe de velours noir qui est désormais sa griffe, cheveux courts couleur corbeau et visage blafard, le regard savamment agrandi par le khôl, elle fait les cent pas derrière le rideau de scène encore clos et s'immobilise pour *les* entendre arriver, prendre place avant l'extinction des lumières. Elle aime sentir *leur* impatience. Plus que jamais, Barbara a besoin de cette chaleur-là. Elle aime aussi qu'on lui susurre quelques mots doux aux creux de ses oreilles qui bourdonnent. « Est-ce que tu m'aimes ? » demande-t-elle mille fois à ses musiciens, ses « deux pingouins » comme elle les appelle, le bassiste Pierre Nicolas et l'accordéoniste Joss Baselli. Elle retourne une dernière fois se recueillir dans sa loge qu'elle a personnalisée d'une foule d'objets fétiches et tapissée de tentures noires.

Guy Bedos remporte un succès attendu depuis plus de dix ans. « Nous nous sommes croisés à l'Écluse puis à Bobino, elle en vedette américaine de Brassens, moi d'Amalia Rodriguez, se souvient l'humoriste. Elle m'a proposé d'y revenir ensemble. Je passais d'abord, elle me regardait des coulisses, côté jardin, elle ne riait pas du tout, ça me poignardait. Après, on a beaucoup ri. Ces soirs-là, pour elle qui avait une approche théâtrale du music-hall, je faisais partie de sa comédie dramatique. Comédie, pas tragédie : tout ce noir était coloré d'autodérision, de tendresse, de juvénilité[2]. » Et la pianiste

---

1. Marie Chaix, *Barbara*, Calmann-Lévy, 1986.
2. *Télérama*, 2 décembre 1997.

chantante prend possession de la scène. L'espace de quinze chansons, elle exhibe son mal de vivre, sa solitude, refait le voyage à Nantes à bord de son piano-vaisseau. Le public se laisse transporter, médusé. Barbara a confirmé. La misère, plus jamais. Dans sa chanson, « Ma plus belle histoire d'amour [1] », elle décrira ce moment-là : « Ce fut un soir en septembre / Vous étiez venus m'attendre / Ici même vous en souvenez-vous ? » Elle savoure son triomphe, mais elle ose à peine y croire : « Ce métier est un privilège, dit-elle. Quel bonheur d'être couronnée tous les soirs ! Le succès, les peintres l'attendent quelquefois jusqu'après leur mort [2]. »

Les journalistes s'inclinent. « Barbara a gagné la tête d'affiche et elle le mérite, lit-on dans *L'Aurore*. Depuis l'Écluse, quel chemin parcouru ! Au piano, de cette voix mélodieuse et caressante qui n'appartient qu'à elle, elle chante des chansons tendres et réalistes, d'un caractère parfois insolite et qui, peu à peu, sans en avoir l'air, vous prennent et ne vous lâchent plus, miracle du charme... et du talent [3]. » Elle est heureuse de se savoir tant aimée. Elle se jette sur la presse : « Barbara triomphante, altière, frêle, dure comme un diamant, sensible et sensitive avec quinze chansons à vous griser l'esprit autant que le cœur. » Et encore : « Que Barbara chante sa solitude, qu'elle ne dissimule point ses mélancolies, que le gris-rose domine avec elle n'empêche pas de déceler dans son tour de chant une sensibilité toujours en éveil, un appétit de vivre et de beaucoup donner. Barbara est une artiste vraie. Sans nuance ni fausse poésie. Elle a de la pudeur et des élans. Elle a du style et du métier. »

Plus Barbara chante Barbara, plus l'impudique livre ses pensées et plus ils sont nombreux à la suivre de théâtre en théâtre. C'est qu'ils se reconnaissent dans

---

1. (Barbara/Barbara).
2. *L'Express*, 13 septembre 1965.
3. 18 septembre 1965.

cette femme somme toute ordinaire. « Moi, une intellectuelle, mais vous m'insultez ! C'est comme si vous me disiez que je suis blonde avec un nez retroussé ! » dit-elle souvent. Avec des mots simples qui décrivent les sentiments de Mme Tout-le-monde, et surtout avec cet accent de sincérité qu'elle met dans chaque intonation, Barbara séduit le plus grand nombre. Claude Dejacques avait vu juste : Barbara devait se raconter, il fallait que le spectacle se transforme en une sorte de divan collectif. Elle chante la difficulté de passer à l'âge adulte, au moment de troquer « ses socquettes blanches, contre des bas noirs [1] », la mort d'un père et ce sentiment de l'avoir trop mal aimé [2], le doute lorsque l'élu tarde à se manifester [3], le mal de vivre [4] dénominateur commun des hommes et femmes de tous âges : « C'est pas forcément la misère / C'est pas Valmy, c'est pas Verdun / Mais c'est les larmes aux paupières / Au jour qui meurt, au jour qui vient. » Comme une exception dans cette folie yé-yé, le mal de vivre que chante Barbara rassemble. Son timbre de voix inimitable, son physique de Pierrot lunaire qui s'anime et prend toute sa dimension sous les lumières artificielles du théâtre confinent au surnaturel. « Son talent est le fruit d'une alchimie entre sa voix, ses mots et son personnage [5] », observe Georges Moustaki. Le public se surprend à partager ses émois, à s'incliner devant sa prêtresse. Au sortir du récital, il se sent curieusement apaisé, soulagé comme après un fou rire ou une bonne crise de larmes.

À mesure que ses chansons entrent dans les foyers, la chanteuse s'enrichit. À présent, elle sait qu'elle dispose d'une petite fortune, mais se refuse à l'estimer. L'argent, elle ne connaît pas, n'en a jamais eu. Et cet amas

---

1. « J'ai troqué » (Barbara/Barbara).
2. « Nantes » (Barbara/Barbara).
3. « Dis, quand reviendras-tu ? » (Barbara/Barbara).
4. « Le Mal de vivre » (Barbara/Barbara).
5. Entretien de Georges Moustaki avec l'auteur.

de monnaie sonnante et trébuchante lui fait tourner la tête. La chanteuse de minuit qui, avec son maigre cachet de l'Écluse, devait chaque soir choisir entre un bon repas ou une course de taxi pour rentrer chez elle, se perd dans les chiffres. Elle se sent inapte à gérer cette fortune – elle le sera toujours –, à évaluer raisonnablement les rentrées et les dépenses. Elle a trop longtemps manqué pour se mettre à compter. Elle dilapide rapidement le fruit de ses efforts.

« Tu viens faire un tour dans mon auto ? » Le chapeau panthère enfoncé jusqu'aux yeux, Barbara a baissé la vitre teintée d'une superbe Mercedes qu'elle vient de s'offrir, un modèle haut de gamme, un véhicule de ministre gris métallisé avec des rideaux aux fenêtres. Seulement, elle ne sait pas conduire. « Tu comprends, avec tout ça, il a bien fallu que je m'en achète une. Et avec un chauffeur. Sans casquette, surtout, sans casquette », dit-elle à qui veut l'entendre.

Confortablement installée sur la banquette arrière de sa « roulotte de luxe », comme elle l'appelle, elle prend des airs de diva tout en conservant cette distance critique, un trait marquant de son caractère. Toute de noir vêtue avec des vêtements qui s'apparentent à ses costumes de scène, elle se remaquille dans ce boudoir ambulant, y tricote d'interminables écharpes, suce des bâtons de Zan et dévore des cornichons. La voiture est envahie de pelotes de laine multicolores, de tubes de rouge à lèvres, de poudre et d'un magnétophone : « Quand je roule et qu'un air me taquine, je l'enregistre. C'est commode, je ne sais pas écrire les notes. » La roulotte est devenue sa seconde demeure dont le décor évoque l'intérieur de son appartement de la rue de Rémusat. Le chauffeur « sans casquette » s'appelle Pierre. Il la surnomme avec malice « patronne » et lui fait faire le tour de Paris tandis qu'elle reçoit ses amis et quelques journalistes dans sa belle auto, son bureau en somme. Cette situation l'amuse beaucoup. Pierre la conduit aussi dans les boutiques de vêtements car madame collectionne les gants – elle a trop souffert du froid par le passé – et les chaussures, les dentelles et les velours, les boas et les chapeaux, les bijoux et les lunettes. Barbara, qui n'est pas mère et ne le sera jamais, ne peut résister au plaisir d'acheter toutes sortes de jouets et de peluches géantes qu'elle offre au premier gamin venu ou aux enfants de ses amis. Démesurément généreuse, elle donne ce qu'elle a sur elle, pourquoi pas ce chemisier qu'elle porte. Elle peut l'ôter et le tendre à celle qui le trouve beau.

Voilà pourquoi en 1966 Barbara est au bord de la faillite. C'est du moins le constat que fait l'agent Charley Marouani quand il entre au service de la dame en noir. Elle apprécie sa discrétion, son côté homme de l'ombre, son refus d'évoquer en public ces artistes dont il défend les intérêts. Venue remplacer Françoise Lo au côté de Nadine Laïk, Marie Chaix, sa nouvelle assistante, se souvient : « Imprésario de nombreux artistes et surtout de Jacques Brel, qui lui confie "la grande", Charley analyse en un clin d'œil la situation. Il s'aperçoit que si Barbara, à ce moment de sa carrière, travaille sans arrêt et gagne beaucoup d'argent, elle a aussi la particularité de n'en avoir jamais. Elle ne possède rien, pas le moindre morceau de mur ni le plus petit carré de gazon[1]. » À défaut de la convaincre de placer sa fortune dans une maison ou un appartement, l'imprésario commence par lui couper les vivres. Elle disposera désormais d'une certaine somme d'argent par jour, ridicule en regard de sa folie dépensière, mais Charley Marouani n'en démord pas. Frustrée, elle demande à ses amis quelques billets qu'elle est bien incapable de rendre.

Après le succès à Bobino, Barbara est de nouveau invitée à occuper cette scène pour un tour de chant prévu en décembre 1966. En vue de l'échéance, Claude Dejacques lui suggère de composer une sorte de chan-

---

1. Marie Chaix, *Barbara, op. cit.*

son de conclusion : « Comme je l'ai fait par la suite avec plusieurs autres chanteurs, Herbert Pagani, Nicole Croisille ou Nicolas Peyrac, j'avais demandé une chanson spécifique pour le final, un au revoir qui touche le cœur et justifie l'arrêt des rappels où d'autres se perdent, rompant la magie par un achèvement trop brutal ou d'interminables retours de rideaux. [...] Barbara nous offrit "Ma plus belle histoire d'amour"[1]. » Encore tout émue de l'accueil qui lui avait été réservé au music-hall de la rue de la Gaîté l'année précédente, Barbara crée ce titre qu'elle conservera dans tous ses tours de chant. « La première fois qu'elle a chanté "Ma plus belle histoire d'amour" restera inoubliable, témoigne la comédienne Micha Bayard. Ce jour-là, elle a quitté son piano et elle est venue s'asseoir sur le bord de la scène, les jambes dans le vide. Il y avait des larmes dans la salle et sur la scène. Il y avait de l'émotion comme jamais[2]. » Pour la première fois depuis Bruxelles, en fin de spectacle, elle quitte son piano-vaisseau pour déclarer debout, au bord de la scène : « À vous regarder sourire / À vous aimer sans rien dire / C'est là que j'ai compris tout à coup [...] Ma plus belle histoire d'amour, c'est vous ! »

La déclaration chantée dit combien elle fut longue la route et espérée cette rencontre. Elle rappelle que la femme qui se dresse, là, dans la lumière, a longtemps souffert et a beaucoup lutté pour parvenir au sommet. C'est à lui, son public, son « amant de mille bras » comme elle l'appelle, qu'elle dédie sa victoire. À la dernière note, la longue dame esquisse une révérence. Elle s'aperçoit, en ouvrant les yeux, qu'ils ont quitté leurs fauteuils pour venir se presser au premier rang et lui tendre les bras. « C'est vrai que la plus belle histoire de ma vie de femme qui chante, ça reste le public, déclarera-t-elle bien des années plus tard. C'est une chanson que je pourrai chanter à toute heure

---

1. Claude Dejacques, *Piégée la chanson... ?*, Entente, 1994.
2. *Chorus*, n° 23, printemps 1998.

jusqu'à mon dernier souffle. Alors qu'il n'est pas évident que les chansons que j'ai écrites pour un homme, je puisse les chanter jusqu'à mon dernier souffle [1]. »

---

1. « Opus », France Culture, 30 octobre 1990.

Chapitre 6

Un mystère

De nouveau invitée à se présenter face au public de Bobino à partir du 14 décembre 1966, Barbara fait part de ses inquiétudes à Nadine Laïk : « Il faut absolument créer l'événement, sinon les journalistes vont écrire la même chose [1]. » La chanteuse craint de lasser son auditoire avec ces thèmes récurrents que sont l'amour, le désespoir et la mort. Elle a déjà quelques idées de marketing, même si ce mot n'est pas encore d'usage – des idées de cette nature, elle en trouvera bien d'autres tout au long de sa carrière, elle qui sait parfaitement jouer de son image le moment venu. Pour l'heure, il n'y aura guère que l'orientation du piano qui différera, mais c'est un changement capital. « Il y eut cette façon de partager le domaine scénique en offrant son clavier de trois quarts, abandonnant sa position, un rien tankiste, réfugiée derrière la masse noire de son piano pointé sur le public [2] », se souvient Claude Dejacques, l'initiateur de cette option.

Pour créer la surprise, Barbara et Nadine Laïk se concertent et tombent d'accord pour « recruter » une première partie susceptible de faire parler d'elle dès les premiers soirs. D'une rive à l'autre de la Seine, les deux femmes s'en vont faire la tournée des cabarets en quête du génie. Elles s'amusent à dresser une première liste

---

1. Entretien de Nadine Laïk avec l'auteur.
2. Claude Dejacques, *Piégée la chanson... ?*, Entente, 1994.

de prétendants, qu'elles mettent rapidement au panier, puis elles jettent leur dévolu sur Serge Reggiani, dont la carrière de comédien s'essouffle à tel point qu'il s'est récemment reconverti dans la chanson. « Je me suis dit : "Pourquoi pas moi, après tout, j'ai une voix." Et puis, n'oubliez pas que je suis italien [1] », commente Serge Reggiani, se penchant sur son passé. À quarante-quatre ans, l'acteur vedette des *Portes de la nuit* et de *Casque d'or* offre une prestation cohérente au cabaret le Don Camillo. Il interprète surtout les chansons de Boris Vian – notamment l'irrésistible « Arthur, où t'as mis le corps ? [2] » –, qu'il vient d'ailleurs d'enregistrer à la demande de Jacques Canetti, et déclame des vers de Baudelaire et de Rimbaud. Tapie dans un coin de ce cabaret de la rue des Saints-Pères, identifiable malgré ses larges lunettes fumées, Barbara fait savoir qu'elle souhaite s'entretenir avec le natif de Reggio nell'Emilia. « Quand j'ai su qu'elle était dans la salle, j'ai été impressionné, se souvient-il. Elle voulait me parler alors je lui ai demandé si elle m'avait écouté, ce qu'elle en pensait [3]. » Malgré les encouragements de Barbara qui l'incite à poursuivre dans cette voie, l'acteur, sincèrement intimidé, se montre dubitatif. A-t-il vraiment un avenir dans ce domaine ? Il n'en sait rien. Celle qui se défend farouchement d'appartenir à la famille des mantes religieuses dévore alors sa proie du regard et, baissant ses lunettes, lui lance : « Je suis certaine que vous y arriverez, venez me voir. Je vous apprendrai. »

Quelques jours plus tard, elle ouvre la porte de son appartement à l'apprenti chanteur et la referme sur lui. Derrière les volets clos, en secret Barbara sermonne son disciple pour son accoutrement et décide de l'affubler d'un nouveau costume de scène. Elle lui apprend à poser sa voix, à se défaire de ses manières de cabaret et

---

1. Entretien de Serge Reggiani avec l'auteur pour *Le Nouvel Observateur*.
2. (Vian/Bessières).
3. *RTL*, 25 novembre 1996.

lui fait profiter de certaines recommandations entendues jadis de la bouche de maître Dejacques. « Elle m'a enseigné la respiration ventrale et l'articulation des chansons, se souvient Reggiani. Et puis elle m'a invité en première partie de son spectacle à Bobino. L'année suivante, j'y passais en vedette [1]. » « Il manquait à Serge Reggiani les règles élémentaires du music-hall. C'est elle qui les lui a transmises [2] », confirme Georges Moustaki.

Avant de le livrer en pâture au public parisien, Barbara commence par présenter son débutant en première partie de son programme lors d'une tournée qui les conduit des provinces de France aux grandes villes d'Europe. Barbara se révèle un bon directeur artistique. Ensemble, ils accomplissent un travail de fond. Son enseignement est essentiel. « Barbara m'a dit un jour : "Si vous n'êtes pas trempé de la tête aux pieds à l'entracte, c'est que vous n'avez pas donné le meilleur de vous-même." Une remarque que j'ai toujours à l'esprit [3] », écrit Serge Reggiani des années plus tard.

À Bobino, l'acteur a démontré qu'il était capable de prendre possession d'une scène de music-hall. Le pari est gagné. La presse se fait déjà l'écho de la performance : « Serge Reggiani fut la révélation de ce début de soirée. Ce que présente l'acteur est irréprochable, lit-on dans *La Tribune de Genève*. Serge Reggiani, qui paraît avoir rajeuni, n'a pas oublié son métier de comédien. C'est logique. Ce héros sartrien a un timbre d'acier, trempé au puits d'une expérience infinie. Chaque intonation est mise en place avec une science très nette [4]. »

Mais que dire de ce répertoire impersonnel ? La presse n'en fait pas mention. Seule Barbara le déplore.

---

1. Entretien de Serge Reggiani avec l'auteur pour *Le Nouvel Observateur*.
2. Entretien de Georges Moustaki avec l'auteur.
3. Serge Reggiani, *Dernier courrier avant la nuit*, L'Archipel, 1995.
4. 4 décembre 1966.

Elle souhaiterait entendre Reggiani chanter des paroles qui lui ressemblent davantage. De passage dans la ville de Caen, elle envoie un télégramme à son ami Georges Moustaki, rencontré jadis sur la rive gauche, auteur et compositeur encore estampillé « Piaf » depuis qu'il a écrit « Milord[1] ». « Viens me rejoindre ici, il faut que tu rencontres Reggiani. Si tu pouvais lui écrire des chansons[2] », écrit-elle. Le temps d'acheter un billet de train et le « pâtre grec » arrive au cœur du Calvados. « La première fois que j'ai rencontré Barbara, c'était à l'Écluse, se souvient-il. Je nous revois assis autour d'une table ronde. Elle était un peu grassouillette, très sexy. Moi, je ne chantais pas encore, mais je venais assister aux auditions pour proposer mes textes. Elle voulait que je lui écrive des chansons. À partir de ce moment-là, nous nous sommes beaucoup fréquentés, nous nous retrouvions le soir à la Boule d'Or, place Saint-Michel. Lorsqu'elle a voulu me présenter Reggiani j'étais heureux. Je connaissais l'acteur et l'appréciais énormément[3]. »

Très différents, Barbara et Moustaki ont longtemps cheminé ensemble. Elle aura toujours des paroles d'une grande tendresse pour lui : « Ce n'est pas impossible que ce soit moi qui l'ai appelé, je ne me souviens plus vraiment. C'est le premier homme avec qui je suis montée sur une moto à 200 à l'heure. Je n'avais pas mes grandes robes... Ça affolait Charley Marouani, qui hurlait : "Mais descends !" À un moment, nous nous sommes beaucoup vus. C'est quelqu'un avec qui j'ai beaucoup ri aussi[4]. »

À Caen, Reggiani et Moustaki apprennent à se connaître et l'entente s'instaure sur fond d'admiration réciproque. Dans le train qui ramène les trois artistes à

---

1. Sur une musique de Marguerite Monnot.
2. Entretien de Georges Moustaki avec l'auteur.
3. *Ibid*.
4. « Pollen », entretien avec Jean-Louis Foulquier, France Inter, 25 février 1987.

Paris, ils décident de travailler ensemble. Pendant quelque temps, les deux hommes ne vont plus se quitter. Reggiani s'installerait presque chez Georges Moustaki, dans son appartement de l'île Saint-Louis, à deux pas de Notre-Dame. « Bientôt, écrit ce dernier, je me sentis capable de me substituer à lui pour écrire ce qu'il ressentait, d'être son Cyrano, son trouve-paroles et dénicheur de notes. Taureau impétueux, il se lança dans l'aventure avec une flamme qui me rappelait celle de Piaf. Il imposa nos chansons envers et contre tous les fabricants d'idoles qui n'en revenaient pas d'être battus sur leur propre terrain[1]. »

Au terme de longues discussions durant lesquelles l'auteur cherche à mieux définir les attentes de son interprète, Reggiani réclame une chanson pour une femme entre deux âges, marquée par le temps. Georges Moustaki ne partage pas cette passion mais il se met à l'ouvrage, inspiré par le souvenir encore vivace d'une année passée auprès d'Édith Piaf, de dix-huit ans son aînée. « La femme qui est dans mon lit / N'a plus vingt ans depuis longtemps / Les yeux cernés par les années / Par les amours au jour le jour », écrit-il. Sa plume prend de la vitesse et il donne naissance à « Sarah[2] », un prénom qui fait référence au poème de Charles Baudelaire. Moustaki l'a écrite, Reggiani la chantera longtemps. Par cette rencontre, les images d'Édith Piaf et de Barbara se confondent. Elles apparaissent : « Le teint blafard malgré le fard / Plus pâle qu'une tache de lune. »

Depuis qu'ils se connaissent, depuis ce jour où Barbara a enfermé l'acteur rue de Rémusat, ces deux monstres de la scène cheminent ensemble. Reggiani est déjà marié mais c'est plus fort que lui, il est sous le charme de ce maître, Barbara, qui met tant d'énergie à lui enseigner les lois du music-hall. Durant une partie

---

1. Georges Moustaki, *Les Filles de la mémoire*, Calmann-Lévy, 1989.
2. (Moustaki/Moustaki).

de la tournée, puis au cours de l'hiver 1966-1967 dans les coulisses de Bobino, elle le regarde avec ses yeux de Chimène et l'encourage. Et il en fait de même lorsqu'elle entre sur scène. Il reste aussi là, sur le côté, plein d'une admiration tendre pour cette femme qui susurre l'amour – le leur ? – avec autant de grâce que de conviction. « Viens, je te fais le serment / Qu'avant toi, y avait pas d'avant / Y avait pas d'ombre et pas de soleil / Le jour, la nuit, c'était pareil[1] », chante-t-elle dans un souffle. « Elle dit qu'elle ne m'a rien appris, confie Serge Reggiani, mais en coulisse, je la regardais, j'écoutais[2]. »

Reggiani chante des morceaux choisis de Jacques Prévert (« Pater Noster », « Il ne faut pas », « Paris at night », etc.), de Boris Vian (« Le Déserteur », « Valse dingue » ou « Quand j'aurai du vent dans mon crâne ») et quelques titres de Georges Moustaki (« Sarah » et « Ma liberté ») accompagné des musiciens de Barbara : Joss Baselli et Pierre Nicolas. L'Italien se révèle un formidable interprète. « Si Barbara est une confirmation, Serge Reggiani est, lui, une véritable révélation, lit-on dans *L'Humanité*. On savait, certes, et de longue date, que Reggiani est l'un des grands comédiens de l'après-guerre, trop méconnu il est vrai. Mais c'est un tout autre Reggiani que l'on découvre ici : un véritable artiste de variétés. Un chanteur qui a appris consciencieusement son métier mais qui s'impose par son originalité, sa force d'expression, l'emprise qu'exercent les "grands" sur le public du music-hall[3]. »

Pour une raison mystérieuse, Reggiani refuse de continuer à suivre Barbara en tournée. La prêtresse est soufflée car elle estime, à juste titre, qu'il lui doit beaucoup. C'est la rupture. Elle raye le nom de Reggiani de sa vie et de son vocabulaire. Il se passera quelques mois avant qu'elle parvienne à chasser de son esprit celui

---

1. « À chaque fois » (Barbara/Barbara).
2. *RTL*, 27 juin 1996.
3. 17 décembre 1966.

dont certains prétendent qu'il pourrait être « cet amour de tant de peine / Pour lequel j'ai voulu mourir [1] ». Seule, elle reprend la route. Le 15 janvier 1967, Barbara chante au palais des Beaux-Arts de Bruxelles accompagnée de ses deux « pingouins », puis au Piccolo Teatro de Milan et enfin au Canada. Dans la salle, ceux qui ignorent tout du vague à l'âme de la vedette la réconfortent de leur présence, de leur enthousiasme toujours plus grand. « Qu'importe ce qu'on peut en dire / Je suis venue pour vous dire... / Ma plus belle histoire d'amour, c'est vous [2] », chante-t-elle et ces paroles prennent plus que jamais un accent de vérité.

Lors de cette tournée de 1966, Barbara intègre à son récital une nouvelle chanson intitulée « Au cœur de la nuit [3] ». Une femme évoque de manière confuse des rapports incestueux entre père et fille. L'adolescente ignore tout de l'amour lorsque le chef de famille vient se glisser dans ses draps. Elle ne comprend pas : « Soudain, je me suis éveillée / Il y avait une présence / Soudain je me suis éveillée / Dans une demi-somnolence [4]. » La jeune fille de la chanson opte pour le mutisme « d'une nuit lourde et froide de silence ». Est-ce à dire que Barbara se libère là d'un secret pesant ? Cette chanson autobiographique n'a curieusement pas retenu l'attention sur le moment. Pourtant, il s'agit d'une histoire vécue, divulguée par quelques indiscrétions puis par Barbara elle-même dans ses Mémoires posthumes. C'est à Tarbes, elle a dix ans et demi lorsque cela se produit pour la première fois. « Quant à mon père, j'ai très peur de lui, écrit-elle. Il n'est gentil avec moi que lorsque nous sommes tous les deux seuls. Je ne comprends pas bien pourquoi ; je

---

1. « Attendez que ma joie revienne » (Barbara/Barbara).
2. « Ma plus belle histoire d'amour » (Barbara/Barbara).
3. (Barbara/Barbara).
4. « Au cœur de la nuit » (Barbara/Barbara).

trouve son comportement souvent bizarre [...]. Le soir, lorsque j'entends claquer le grand portail vert et les pas de mon père résonner dans la cour, je me prends à trembler[1]. » Dans les années 1950, elle se confiait à Claude Sluys, l'homme qu'elle épousa au mois d'octobre 1953 en Belgique : « Elle avait dit à quelques rares amis que son père l'avait violée, mais je dois avouer que personne ne la croyait, moi le premier. Je pensais qu'elle inventait des histoires, pour se construire un personnage[2]. »

En 1966 justement, Barbara envoie une lettre à une amie qui a tenu ici à garder l'anonymat. « J'ai eu le sentiment qu'elle voulait me faire comprendre qu'elle avait été violée par son père mais ce n'était pas clair, dans son esprit non plus je pense, révèle-t-elle. Barbara avait beau être la femme la plus drôle que j'aie jamais connue, elle sombrait régulièrement dans la dépression à cette époque. Je lui ai conseillé de se faire analyser, j'avais entendu parler d'un psychiatre qui pratiquait la subnarcose, une thérapie qui plongeait le patient dans un état second et l'incitait à parler. Elle a accepté d'aller le voir à deux reprises. Cela nécessitait un suivi hospitalier mais elle avait insisté pour rentrer chez elle. Quand elle sortait de la consultation, je la trouvais dans un tel état... J'étais obligée de la veiller de peur qu'elle ne se jette par la fenêtre. Elle ne me reconnaissait même pas, elle m'agressait[3]. »

Après cette expérience en apparence peu concluante, Barbara compose donc « Au cœur de la nuit », une chanson entre cauchemar et réalité qui décrit ces supposés moments de tendresse incestueuse comme autant de « forêts profondes », dans lesquelles elle s'engouffre à intervalles réguliers. Faut-il comprendre qu'elle culpabilise ? Quoi qu'il en soit, le souvenir reste vivace. « S'il le faut, j'irai encore / Tant et tant de nuits

---

1. Barbara, *Il était un piano noir...*, Fayard, 1998.
2. Entretien de Claude Sluys avec l'auteur.
3. Entretien avec l'auteur.

profondes / Sans jamais revoir l'aurore / Sans jamais revoir le monde[1] », chante Barbara. Jugeant sans doute qu'elle révélait là un secret pesant, la chanteuse a préféré retirer cette chanson de ses tours de chants.

En mai 1967, Barbara s'installe quelque temps outre-Rhin, le temps d'enregistrer un 33 tours destiné à son public allemand puisqu'elle reprend ses propres chansons traduites dans la langue des enfants blonds de Göttingen. « Le succès de Göttingen ayant passé la frontière – très étanche, au demeurant, dans le domaine de la chanson –, nous allons ensemble à Hambourg enregistrer des versions allemandes de ses principaux titres, écrit Claude Dejacques. Ainsi, ma prémonition se révéla juste. Elle travailla là-bas avec le soin qu'elle prenait à mettre au point ses interprétations, faisant souligner au traducteur chaque accent, chaque nuance de la langue parlée pour les assimiler et les adapter à ses mélodies[2]. » Du 6 au 10 mai, avec Claude Dejacques, Marie Chaix, Nadine Laïk, l'indispensable Joss Baselli et Michel Gaudry (qui remplace désormais Pierre Nicolas à la basse), elle apprend par cœur les traductions de « Göttingen », d'« Une petite cantate », de « Nantes », de « Pierre », d'« À mourir pour mourir » et cinq autres titres.

C'est un drôle d'exercice. « Je ne suis pas douée pour les langues », soupire-t-elle. Chaque mot comporte une difficulté et la moindre phrase devient un cauchemar. Walter Blandin, l'auteur des traductions, lui souffle la prononciation exacte. Car lorsqu'elle chante « je t'aime », elle tient à ce que le message passe. Malgré tous ses efforts, le résultat est hélas médiocre. « Mais elle était tenace et ne renonçait jamais, raconte Marie Chaix. Le disque vit le jour après de mémorables séances à Hambourg, avec des techni-

---

1. « Au cœur de la nuit » (Barbara/Barbara).
2. Claude Dejacques, *Piégée la chanson... ?*, *op. cit.*

ciens héroïques qui coupèrent les bandes en miettes et les recollèrent. Ce ne fut pas un succès commercial[1]. » Le public allemand, qui l'avait adoptée depuis son triomphe au Junges Theater de Göttingen, bouda en effet l'enregistrement. Toutefois, en signe de gratitude, la municipalité de Göttingen l'invita en septembre à revenir chanter et France Inter proposa à ses auditeurs une nouvelle « Journée Barbara » retransmise en direct sur les ondes. « En novembre 1968, France Inter l'a suivie pendant une journée à l'occasion de son retour à Göttingen, cinq ans après son premier récital dans cette ville, poursuit Marie Chaix. La salle était immense. Ce jour-là, elle avait une extinction de voix, une grippe terrible. Et le spectacle allait être retransmis en direct à la radio. Grâce à une piqûre, elle a tenu le coup. Elle a chanté en allemand et ça a été un triomphe. Je la revois encore arrivant dans le hall de l'hôtel. Elle m'a dit : "Ah, salut !" et elle est tombée[2]. »

L'année 1967 s'achève comme elle a commencé : sous le signe du chagrin. À l'issue d'une querelle avec Joss Baselli, celui-ci annonce qu'il refuse de l'accompagner au cours de l'hiver pendant la tournée italienne qui doit la mener du Piccolo Teatro de Milan à Trieste, Gênes, Parme, Bologne, Naples et Venise. Bon prince, il recrute lui-même son successeur, le jeune Roland Romanelli. « J'avais vingt ans, se souvient ce dernier, je venais d'en finir avec mon service militaire à la caserne de Versailles. Je ne voulais plus vivre sur la Côte d'Azur et décidai de m'installer à Paris. Je ne connaissais absolument personne sinon un fabricant d'accordéons qui était un peu mon second père. Je passais mes journées dans son magasin. Dans le métier, j'avais déjà rencontré les grands de l'accordéon (dont Joss Baselli) et ils faisaient parfois appel à moi en remplacement.

---

1. Marie Chaix, *Barbara*, Calmann-Lévy, 1986.
2. *Paroles et Musique*, janvier 1985.

C'est ainsi que j'ai accompagné Colette Renard, Marcel Mouloudji ou Félix Leclerc [1]. »

Ce jour-là, il bricole dans la boutique de son père adoptif quand le téléphone sonne : « Allô, vous êtes Roland Romanelli ? C'est Barbara [2] ! » Le jeune musicien pense d'abord à une plaisanterie. À vingt ans, il rêve d'accompagner Barbara ou Brel. « J'étais autodidacte au départ, mais j'avais passé avec succès tous les concours sérieux, poursuit Roland Romanelli. Techniquement, j'étais donc prêt. Les accordéonistes en place savaient qu'ils pouvaient me joindre à tout moment dans ce magasin. Il y avait une sorte de hiérarchie que je respectais. Par exemple, je ne faisais pas de scène, c'était la place réservée aux grands [3]. » « Barbara ? Qui, Barbara ? », demande-t-il. À l'autre bout du fil, la voix féminine s'impatiente : « Barbara, la chanteuse ! Vous en connaissez beaucoup ? Joss Baselli m'a parlé de vous. Je dois partir la semaine prochaine en Italie et Joss n'est pas disponible. Ça vous intéresse [4] ? » Le jeune musicien se passe nerveusement la main dans les cheveux, balbutie un « Oui, évidemment » et s'en va aussitôt retrouver « Barbara la chanteuse » au Moulin de la Galette, sur la butte Montmartre, où elle participe à l'enregistrement d'une émission de télévision. « C'était un rêve qui se transformait en cauchemar. Je ne connaissais pas du tout son répertoire [5] », ajoute Roland Romanelli.

Lorsqu'il arrive, l'accordéon plaqué sur le buste, Barbara est assise au piano, plongée sous les lumières artificielles. Roland Romanelli s'assied sur le rebord d'une chaise et ne la quitte pas des yeux. Elle lui fait signe d'approcher. Il ne bouge pas, se retourne pour voir si ce sourire lui est bien destiné. Il n'y a personne

---

1. Entretien de Roland Romanelli avec l'auteur.
2. *Ibid.*
3. *Ibid.*
4. *Ibid.*
5. *Ibid.*

derrière lui. Pierre, le chauffeur de la diva, voyant qu'il ne réagit pas, lui tape sur l'épaule, le faisant sursauter : « Elle demande à vous parler ! » « Ça m'étonnerait, elle ne me connaît pas ! » rétorque-t-il. Il s'approche tout de même, fait quelques pas sur le plateau de télévision, pensant qu'il va se faire « sortir ». Barbara le rassure : « Ne vous inquiétez pas, tout va bien se passer. Allez voir Marie Chaix, elle vous renseignera sur les conditions. Nous partons dans quelques jours en Italie [1]. » Le lendemain, ils se retrouvent rue de Rémusat. Barbara lui confie ses derniers disques en lui conseillant d'être particulièrement bien à l'écoute de l'accordéon de Baselli. Et elle lui donne rendez-vous dès le lendemain à 13 heures pour une première répétition.

Ensemble, ils quittent Paris direction Milan. Mais le 6 novembre, à Turin, le téléphone sonne. C'est Jean, le frère de Barbara. Il annonce que leur mère, Esther, s'est éteinte. « On l'appelle de Paris : sa mère vient de mourir, raconte Marie Chaix. Nous n'irons pas à Venise, mais retournerons dans un Paris triste de novembre dont elle fera, des années plus tard "Chanson pour une absente [2]". Dans une semi-inconscience, malade de chagrin après avoir couché sa mère "au chaud de la terre", elle repart. À Gênes, grandes chambres blanches sur la mer, elle erre la nuit comme un oiseau de fièvre [3]. » À Paris, Jean, Régine et Claude attendent leur sœur chanteuse. Les étrangers à la famille sont invités par le frère aîné à quitter les lieux.

Barbara manque de s'évanouir de chagrin pendant les funérailles. Dans le caveau familial, dans le carré juif du cimetière de Bagneux, une certaine Esther Serf (née Brodsky) repose à présent tout près de ses aïeux d'origine slave. Barbara ne se consolera jamais de cette mort. Elle écrit aussitôt quelques chansons nostal-

---
1. *Ibid.*
2. (Barbara/Barbara).
3. Marie Chaix, *Barbara*, Calmann-Lévy, 1986.

giques, « Mon enfance[1] », « Rémusat[2] », et un requiem, « Chanson pour une absente[3] », qu'elle enregistrera à l'automne 1973. C'est une musique sans paroles, mais d'un dialogue intérieur, ou plutôt d'un climat. « C'est Paris... / C'est un matin, c'est un matin de novembre / C'est un matin qui n'est pas encore froid, novembre / C'est encore ensoleillé mais frileux / C'est un matin de novembre avec un temps de mars. [...] À la fois, comme une lente prière. »

Barbara décide de déménager sur-le-champ. L'appartement du XVIe arrondissement lui rappelle tellement sa mère qui s'y installait parfois plusieurs jours ! Elle désire tourner une page. « C'était triste Rémusat / Depuis que vous n'étiez plus là / Sans bottines, sans pèlerine / Mais avec un chagrin d'enfant / Je suis restée orpheline / Que c'est bête, à quarante ans[4] », chante-t-elle.

Elle loue un deux-pièces en duplex rue Michel-Ange (toujours dans le XVIe arrondissement), s'y installe au niveau inférieur et aménage une salle de travail à l'étage. Le 2 décembre 1967, à la maison de l'ORTF, Barbara chante « Pierre[5] » et « Le Mal de vivre[6] » à la demande de Maurice Béjart, lequel improvise une chorégraphie sur les textes de son amie, rencontrée au temps du cabaret. Puis, elle s'enferme pour préparer son premier passage à l'Olympia. Barbara a longtemps été *persona non grata* dans ce music-hall du boulevard des Capucines. Comme Lucien Morisse, d'Europe 1, Bruno Coquatrix nourrissait une sérieuse défiance à son égard. « Il trouvait Barbara ringarde, raconte Claude Dejacques. S'il a accepté de la faire venir à l'Olympia, c'est uniquement parce que Jean-Michel Boris, qui était à l'époque chef de plateau, a poussé

---

1. (Barbara/Barbara).
2. *Id.*
3. *Id.*
4. « Rémusat », (Barbara/Barbara).
5. (Barbara/Barbara).
6. *Id.*

dans ce sens[1]. » « J'ai découvert Barbara à l'Écluse, se souvient Jean-Michel Boris. Je faisais le tour des cabarets pour dénicher de nouveaux talents. Dès que je l'ai vue, ça a été le coup de foudre ! Je suis tombé amoureux de sa façon d'être. Je l'ai ensuite revue plusieurs fois à Bobino avec ses premières chansons. C'était magnifique et je n'avais plus qu'une idée : la faire chanter à l'Olympia... Cela n'a pas été une mince affaire. Bruno Coquatrix avait eu des mots malheureux sur elle, et elle ne voulait plus chanter ici[2]. »

Quoi qu'il en soit, à la fin des années 1960 Bruno Coquatrix et Lucien Morisse font leur *mea culpa* et sans rancune invitent Barbara à participer à un « Musicorama » mais en première partie. Barbara se montre dure en affaires : « J'ai dit à Lucien Morisse : "Je veux bien, mais pas en première partie. C'est tout ou rien." Lucien était un joueur. Très étonné, il m'a dit d'accord[3]. »

Le 22 novembre 1968, elle monte sur la scène mythique de l'Olympia pour enregistrer un tour de chant unique qui sera retransmis sur l'antenne d'Europe 1 le 4 février à 13 heures. Barbara triomphe et Coquatrix (« oncle Bruno », comme elle le surnomme) est aux anges.

À ce moment-là, Barbara en a assez d'apparaître comme *la* figure sombre dans le paysage de la chanson, lasse de cette image de mystérieuse dame en noir qui lui a collé à la peau du jour où elle a mis un pied dans la lumière. « Ça fait dix ans que je traîne cette étiquette à ma botte[4] », soupire-t-elle. Elle veut se montrer sous son vrai jour, se défaire de cette enseigne de chantre du malheur. Elle compose un poème qui sera désormais toujours reproduit dans les programmes de ses concerts. Reprenant un à un les lieux communs qui circulent à son encontre, elle écrit ceci :

---

1. Entretien de Claude Dejacques avec l'auteur.
2. Entretien de Jean-Michel Boris avec l'auteur.
3. « Pollen », entretien avec Jean-Louis Foulquier sur France Inter, 25 février 1987.
4. *France-Soir*, 24 janvier 1968.

Je ne suis pas une grande dame de la chanson.
Je ne suis pas une tulipe noire.
Je ne suis pas un poète.
Je ne suis pas un oiseau de proie.
Je ne suis pas désespérée du matin au soir.
Je ne suis pas une mante religieuse.
Je ne suis pas dans les tentures noires.
Je ne suis pas une intellectuelle.
Je ne suis pas une héroïne.
Je suis une femme qui chante.

Au même moment, Georges Moustaki la dépeint dans une chanson-portrait intitulée « La Dame brune ». « Pendant longtemps, elle m'a répété qu'elle voulait une chanson écrite sur mesure, explique-t-il. Alors, pour en finir, je me suis mis au piano et j'ai fredonné ce qui me passait par la tête : "Pour une longue dame brune / J'ai inventé / Une chanson au clair de la lune / Quelques couplets"[1]. » Elle lui en sera à jamais reconnaissante. « On a fait très peu de choses mais cette chanson, "La Dame brune", il a eu la gentillesse de venir la chanter à l'Olympia plusieurs soirs de suite, et on a même fait une tournée ensemble. C'est quelqu'un que j'aime[2] », déclare-t-elle.

Dans sa vie, Barbara a ses chagrins et ses bonheurs. Comme tout le monde. Mais elle ne peut nier que ses couplets prennent le plus souvent naissance les jours de tristesse, conférant à son répertoire le ton de la désespérance. Des images et des sentiments amplifiés par son interprétation, cette couleur noir deuil qu'elle arbore et son visage blafard. Barbara, qui demeure une longue silhouette nocturne, ne cessera de s'en défendre : « Chacun de nous promène son univers. Chacun de nous est mystérieux. On disait : Alice Cooper a un serpent autour de la taille. C'est quand même beaucoup

---

1. « La Dame brune » (Moustaki/Barbara-Moustaki).
2. « Pollen », entretien avec Jean-Louis Foulquier sur France Inter, 25 février 1987.

plus étrange, je vous assure, qu'un pauvre habit en velours noir. Oui, Cooper, il continue de le traîner, ou c'est un serpent qui le traîne, on ne sait plus... C'était les gens qui projetaient une chose, parce que moi, je ne comprenais pas. Déjà, à l'Écluse, on disait ça. Les femmes qui sont en noir, je ne sais pas, on ne leur fait pas remarquer, on dit que c'est élégant. Un moment, je me disais peut-être "Ils pensent que j'ai une chouette sur l'épaule". C'est vrai que mon physique n'était pas facile, je paraissais différente. [...] Je n'avais pas à lutter contre ça mais, à un moment donné, un jour, en scène, j'ai parlé. Ah... et il y a eu une sorte de réaction comme si j'étais une Martienne[1]. »

Au quotidien, Barbara apparaît davantage comme une femme gaie dotée d'un humour cinglant. Lorsqu'elle sent monter en elle le vague à l'âme elle choisit de s'isoler, portes et volets clos. « Elle a un humour juif qui lui fait prendre de la distance par rapport aux événements et qui la conduit à la dérision[2] », analyse Claude Dejacques.

Un humour bien à elle en effet, à peine descriptible, qui provoque l'hilarité de ses collaborateurs. Elle parle vite, enchaîne les idées, les pousse jusqu'à l'absurde et éclate d'un rire bien franc et communicatif. Elle rit tellement que parfois elle s'étouffe. Surtout elle s'amuse à jouer la diva friponne, sachant qu'elle surprendra et séduira. « Nous étions de passage à Marseille, raconte Jacques Rouveyrollis qui deviendra son éclairagiste attitré. Nous tournions avec toute l'équipe depuis des semaines. Alors, un matin, j'ai éprouvé le besoin de m'isoler. Un jour de relâche, j'ai donc appelé quelques copains pour aller jouer au foot sur la plage. Je ne sais trop comment, mais Barbara l'a su. Le matin, crampons aux pieds, j'ai tenté de sortir discrètement de l'hôtel, mais Barbara m'attendait dans le hall, maquillée, habil-

---

1. « Pollen », entretien avec Jean-Louis Foulquier sur France Inter, 25 février 1987.
2. Entretien de Claude Dejacques avec l'auteur.

lée de noir avec des bijoux, des châles et ses lunettes cerclées de strass. La Barbara qu'on connaît. Elle a tellement insisté pour m'accompagner que je n'ai pas eu le cœur de refuser. Arrivée sur la plage, elle s'est placée au bord des limites du terrain que nous avions fixées. Elle sautait et agitait ses bras en l'air dès que je touchais le ballon, me criait des encouragements. Les autres n'en croyaient pas leurs yeux [1]. »

Sur la route qui devait la mener au succès, Barbara a bien voulu se laisser enfermer dans cette image de « mystérieuse » qui lui valait les faveurs si longtemps espérées de ce public. Elle ne s'en cache pas, en fait même le thème d'une chanson intitulée « Ni belle, ni bonne [2] » : « Lorsque revient le soir / Sous les lumières / Anges du désespoir / Je suis la mystérieuse. » Ce qui n'enlève rien à la sincérité de ses textes ou de ses interprétations, mais ajoute à la complexité du personnage. Et à ses nombreuses contradictions : n'acceptera-t-elle pas d'ouvrir les portes de sa maison, en 1986, aux journalistes de *Paris Match* et de poser pour les photographes, dans cet intérieur qu'elle gardait jalousement ?

Le mystère lui va bien, le mystère est vendeur. Dès le 18 janvier 1968, l'Olympia affiche complet. Le 22 janvier, à l'occasion de son « Musicorama », Barbara fait un numéro inédit dans l'idée de brouiller cette image de dame tristesse et de surprendre. La critique est séduite, le public enchanté. Les musiciens qui accompagnent Barbara ont été sélectionnés par son nouvel arrangeur de scène et de studio, Michel Colombier : l'accordéoniste Roland Romanelli, le bassiste Michel Gaudry, Eddy Louiss à l'orgue et Michel Portal au sax et à la clarinette. « À l'époque, raconte Michel Colombier, l'un de ses arrangeurs lui avait dit que ses chansons n'étaient pas carrées. Elle voulait donc que j'y mette de l'ordre, ce que

---
1. Entretien de Jacques Rouveyrollis avec l'auteur.
2. (Barbara/Gnasia).

j'ai refusé. Ses chansons étaient parfaites telles quelles, je n'avais pas à y toucher. Qu'il y ait un temps de trop ici ou un temps de moins là, peu importe. L'œuvre de Barbara est très personnelle, on n'a pas à y insuffler des considérations scolastiques. On a juste à la servir [1]. » En lever de rideau, Barbara reprend un à un les titres de ses débuts, un répertoire composé de chansons de Fragson, Vincent Scotto, Félix Mayol, Georges Brassens, Jacques Brel et Léo Ferré. Emportée par la foule, à la manière de Sylvie Vartan dont elle admire les prestations tout en strass et paillettes, Barbara se lève de son piano, relève ses jupes et se met à danser une java en bord de scène sur l'air du « Grand Frisé [2] » : « Moi, quand j'danse avec mon grand frisé / Ah, je sais pas / Il a une façon de m'enlacer / J'en perds la tête / J'suis comme une bête. »

Le public, qui est debout, marque la cadence en tapant des mains. Au premier rang Mireille Darc, Françoise Hardy et Régine, la reine des nuits parisiennes pour laquelle Barbara a écrit une chanson : « Gueule de nuit [3] ». À l'entracte, dans le hall de l'Olympia, les spectateurs se demandent quelle mouche l'a piquée. En seconde partie de spectacle, Barbara reprend son tour de chant traditionnel : « Nantes », « Göttingen », « Une petite cantate », « Dis, quand reviendras-tu ? » et inaugure « La Dame brune » en solo. Elle est tout émue d'avoir conquis le public de l'Olympia, celui de la môme Piaf : « Elle pleurait de bonheur parce qu'elle était venue à l'Olympia pour tuer une légende : celle de Barbara-la-malheureuse, Barbara-l'incomprise, Barbara-la-morbide, lit-on dans *France-Soir*. Pour donner une image de Barbara-la-fantaisiste qui retroussait sa jupe au-dessus du genou et entourait son cou d'un boa pour plaire à son grand frisé [4]. »

En coulisse, « oncle Bruno » la serre dans ses bras et

---

1. *Chorus*, n° 23, printemps 1998.
2. (Ronn/Daniderff).
3. (Barbara/Barbara).
4. 24 janvier 1968.

l'invite à revenir à l'Olympia quand elle le souhaite. Sans plus attendre, Charley Marouani signe un contrat d'une semaine pour un tour de chant programmé début février 1969. À cette occasion, elle demande à Georges Moustaki de la rejoindre chaque soir sur scène pour chanter « La Dame brune », puis au cours de la tournée, ce qu'il accepte.

Le soir de la première, le Tout-Paris vient l'applaudir : Elsa Triolet et Aragon, Françoise Sagan, Yves Saint Laurent, Zizi Jeanmaire, Michel Piccoli et sa fille, Adamo, Nougaro, Nicoletta, Michel Fugain, etc. Aux spectateurs qui l'acclament à son entrée en scène, elle lance : « Je suis bien contente de chanter pour vous sur cette scène qui m'attirait tellement depuis le "Musicorama". »

Dirigée par Michel Colombier, avec Roland Romanelli à l'accordéon et Michel Gaudry à la basse, Barbara propose un tour de chant traditionnel, mélange d'anciens, de nouveaux titres et de reprises dont « Les Amis de monsieur » de Fragson, « La Complainte des filles de joie » de Georges Brassens, « Elle vendait des p'tits gâteaux », de Vincent Scotto et « Le Grand Frisé » signé Ronn et Daniderff. Elle chante notamment Moustaki avec Moustaki en personne, un duo, « La Dame brune », que la caméra de Raoul Sangla immortalise pour un nouveau « Discorama ». À cette occasion, le 11 mars 1969 la maison Philips sort un double 33 tours : « Une soirée à l'Olympia avec Barbara ».

La presse entérine le succès public : « Autant le clamer : le défi est tenu. Mieux, Barbara gagne les deux manches de son pari. Cocasse, maligne, espiègle, un tantinet "fofolle" pendant la première partie. [...] Quant au second round du récital, c'est une lente balade dans le jardin secret de Barbara[1] », écrit le journaliste Michel Delain dans *Paris-Jour*. « C'était vraiment une histoire d'amour entre Barbara et son public, conclut Jean-Michel Boris. Elle avait loué une chambre à l'hôtel Caumartin, tout près du music-hall, pour être plus près d'eux physi-

---

1. *Paris-Jour*, 7 février 1969.

quement et moralement. Dans la salle, il se passait quelque chose que je n'avais jamais vu auparavant et que je n'ai jamais rencontré plus tard. Les gens restaient et applaudissaient pendant une demi-heure, trois quarts d'heure. Ils ne voulaient plus quitter les lieux, il y avait un sentiment d'amour rare, exceptionnel[1]. »

Cet Olympia 69 va être le théâtre d'un événement que Barbara laisse deviner dans la presse dès le 7 février : « Dans mon métier, je ne triche jamais, déclare-t-elle. Ainsi, lorsque je n'aurai plus envie de chanter, je m'arrêterai. Je m'en irai. Un peu comme l'a fait Brel, qui est l'un des rares aventuriers de la chanson[2]. »

---

1. Entretien de Jean-Michel Boris avec l'auteur.
2. *Paris-Jour*, 7 février 1969.

Chapitre 7

Au plus beau bordel d'Afrique

À l'Olympia au soir de la dernière, le 17 février 1969, la majorité des spectateurs quitte le boulevard des Capucines. Dans la salle où les lumières se sont rallumées, une cinquantaine d'admirateurs restent assis, encore sous le charme. Ensemble, ils rappellent Barbara, persuadés qu'elle n'a pas encore quitté les lieux malgré l'heure tardive : « Dis, quand reviendras-tu ? » entonnent-ils comme chaque fois. Soudain, elle réapparaît vêtue d'un déshabillé de dentelle noir signé Mine Vergès avec ses lunettes de vue sur la tête. Simple et théâtrale Barbara fend le rideau et déclare : « Il faut que je vous dise... Ce soir... C'est la dernière fois que je chante à l'Olympia... à Bobino... où vous voulez... J'arrête... Je vais vous dire pourquoi, parce que je vous le dois, parce que c'est vous qui m'avez menée là, c'est pour vous et c'est par vous que je suis là. Il y a dix-sept ans, dix-huit ans, j'ai commencé, j'avais envie, c'est pas que j'avais envie de chanter, j'ai toujours chanté, quand on me demande : "Comment avez-vous commencé à chanter ?", je ne sais pas, je crois que je suis née comme ça.... Puis une chanson, sûrement... Ça ne pouvait pas être autrement, pour moi c'était mon second souffle, c'est ma religion, ma seule façon d'exister, parce que je ne m'acceptais pas, parce que je me trouvais moche... Parce que ci, parce que ça... Je n'ai pas mis longtemps à chanter. Quand on me dit : "Vous avez mis dix-sept ans, dix-huit ans", c'est faux.

J'ai mis un soir. C'était un soir en septembre à Bobino. Tout a éclaté. C'était un bonheur... C'était lourd... comme un chagrin, mais j'ai compris que, de toute façon, j'allais exister, devenir une femme qui chante. Moi, dans la vie, je trouve qu'il y a trois métiers qui se ressemblent d'une façon extraordinaire : religieuse, putain et le métier que je fais... C'est vrai, je le pense très sincèrement... mais d'une façon noble... Alors a commencé pour moi un chemin extraordinaire. Je suis partie en tournée, j'ai découvert des gens, ils m'ont dit : "Cela fait dix ans qu'on vous attend, alors on est heureux..." Et j'ai vu le visage de ces gens et j'ai chanté pour eux, et puis j'ai commencé à écrire des chansons, ça, je ne le savais pas non plus, que j'allais écrire des chansons. Ces chansons, quand on me demande : "Comment les écrivez-vous ?" c'est simple, je les écris avec ma vie. Quand je vous dis que je pars, ça ne veut pas dire que j'arrête ce métier, ça veut dire que j'arrête le tour de chant, parce que j'ai fait exactement ce que j'avais envie de faire et ça, c'est grâce à vous, et après je ne sais pas et je m'en fous, mais de toute façon je ne ferai que ce dont j'ai envie, exactement comme je l'ai fait jusqu'à aujourd'hui. »

En coulisses, l'équipe se fige. Musiciens, techniciens et assistantes s'interrogent. Barbara n'a jamais évoqué ce désir de quitter le métier. « Ce soir-là, je n'ai rien compris, se souvient Roland Romanelli, mais je crois qu'elle non plus. D'ailleurs, le lendemain matin, nous nous sommes remis au travail, nous avons répété et sommes partis en tournée. Nous n'avons plus parlé de ses adieux [1]. » Pourtant, par peur de lasser son public ou de se lasser elle-même, craignant de radoter, Barbara abandonne bel et bien le tour de chant en 1969, l'année de l'apothéose.

Ce départ est considéré comme un événement par les médias. Barbara est invitée au journal télévisé du soir pour évoquer cette retraite prématurée. Pas question pour

---

[1]. Entretien de Roland Romanelli avec l'auteur.

elle de revenir sur sa décision. « J'ai tenu moi-même à annoncer mon départ parce que je ne veux pas qu'on fasse de mal à mon public en lui racontant des mensonges, explique-t-elle. On me dit que partir après l'Olympia, c'est de la folie, mais je ne considère pas l'Olympia comme une consécration. Pour moi, c'était autre chose. Une prise de conscience. Je préfère m'en aller au moment où les choses sont les plus belles. J'écrirai, je chanterai toujours. Ce que je quitte, c'est le fonctionnariat de la chanson. Je ne veux pas être la "tantine" Barbara, la vieille cousine de province qui revient chaque année placer ses nouveaux couplets [1]. » Barbara quittera ses théâtres une fois ses contrats honorés. Il est prévu qu'elle sillonne la France avant de partir pour Israël, la Hollande, l'URSS, le Canada, le Japon et l'Italie. Ensuite, elle tirera un trait sur la scène. En revanche, elle envisage de reprendre un jour le chemin des studios pour livrer quelques enregistrements. Lors de son tour de chant marseillais, toujours soucieuse de rester en prise directe avec son public, elle marque une pause entre deux chansons. « On a cru que je quittais la scène, que j'allais vous abandonner, dit-elle. Ce n'est pas vrai. Je ne vous quitte pas, je vous emporte avec moi. On ne brise pas ainsi un grand et si merveilleux amour [2]. »

Dès lors, les rumeurs les plus fantaisistes circulent. On dit même que la dame brune pourrait se consacrer à la danse au côté de Maurice Béjart. Tout cela est faux. En 1969 toujours, son nom figure au générique du film de Nelly Kaplan, *La Fiancée du pirate*. Elle prête sa voix pour la chanson-titre de la bande originale, « Moi, je me balance », signée Georges Moustaki, paroles et musique, dont le 45 tours sort chez Philips en décembre 1969. « Moi je me balance / Dégraffez les cols blancs / De vos consciences / Moi, j'm'en balance / Mon lit est assez grand / Pour des milliers d'amants », chante-

---

1. *Télé 7 Jours*, 19 mars 1969.
2. *Ibid.*

t-elle, accompagnée par Michel Colombier et son orchestre.

Depuis qu'elle a officiellement abandonné les grandes salles de spectacle, Barbara ne se produit plus qu'à la Tête de l'Art. Situé sur la rive droite, au numéro 5 de l'avenue de l'Opéra, ce cabaret qui est la danseuse d'un certain Pierre Guerin, propriétaire d'une usine de machines à coudre, est le plus chic et le plus mondain de tous les établissements parisiens de cette catégorie. Le ticket d'entrée, qui comprend le repas et le spectacle, s'élève à deux cent cinquante francs, ce qui représente alors une coquette somme. À 22 h 30, les tables sont desservies et l'artiste entre en scène face à une petite centaine de quadragénaires, un public plutôt cultivé et un rien snob qui vient applaudir du bout des doigts Jacques Brel, Raymond Devos, Juliette Gréco, Cora Vaucaire, Anne Sylvestre, Amalia Rodriguez, Fernand Raynaud, les duettistes Poiret et Serrault, Catherine Sauvage, Léo Ferré ou Marcel Mouloudji. Régulièrement sollicitée pour occuper la petite scène du cabaret, Barbara demande à figurer au programme de fin d'année. C'est qu'elle a en horreur les fêtes de Noël et du Jour de l'an : ces soirs-là, elle préfère travailler. Seulement, avant d'entrer en scène, elle fait le tour des hôpitaux pour une distribution de cadeaux aux enfants malades. « Je la voyais souvent lorsqu'elle chantait à la Tête de l'Art, car ma maison de couture est à quelques mètres du cabaret, se souvient la couturière Mine Vergès. Elle venait me rendre visite avant d'aller se préparer dans sa loge. Barbara était une femme extrêmement généreuse, elle apportait toujours aux enfants malades des tas de jouets qu'elle avait choisis avec soin au Nain Bleu. Un jour, un petit est mort dans ses bras. Elle était traumatisée[1] ! »

Barbara ne dénigre en aucun cas ces récitals à la Tête

---

1. Entretien de Mine Vergès avec l'auteur.

de l'Art où elle se produira chaque fin d'année jusqu'en 1974. Elle s'y prépare avec autant de sérieux que s'il s'agissait de monter sur la scène de Bobino ou de l'Olympia. « La première fois que j'ai vu arriver Barbara à la Tête de l'Art, raconte Monique Perrey, l'éclairagiste du cabaret, elle avait dans ses sacs des kilomètres de velours frappé rouge, un marteau et des clous. Elle en avait recouvert les murs et les banquettes de sa loge, un lieu où elle restait enfermée pendant des heures à se concentrer. Nous passions beaucoup de temps aussi à régler les lumières. J'adorais l'éclairer, je lui disais toujours que ça me donnait l'impression de la maquiller. Elle apportait une foule d'objets personnels et son propre tabouret de piano. Elle était toujours ponctuelle. Un jour, elle est tombée gravement malade, une pneumonie, je crois, et a dû rester à l'Hôpital américain de Neuilly. Charley Marouani m'a téléphoné pour me dire qu'elle serait absente ce soir-là. Mais quelques heures avant le lever de rideau, elle est arrivée en blouse blanche, très pâle. Je ne sais pas trop de quelle manière elle avait embobiné les infirmiers, le fait est qu'une ambulance l'attendait dehors. Elle a avalé quelques cachets de Coridrane qu'elle avait toujours avec elle et elle a chanté ! Puis elle est retournée dans son lit d'hôpital. Elle ne voulait pas que Charley le sache, il aurait été fou de colère[1]. »

À la Tête de l'Art, Barbara est ovationnée chaque soir. Romy Schneider, Guy et Marie-Hélène de Rothschild, Serge Gainsbourg viennent applaudir la longue dame brune. « Et, au temps de leur amitié, Serge Reggiani venait l'encourager dans sa loge avant le spectacle, ajoute Monique Perrey. Plus tard, ce fut au tour du séduisant Roland Romanelli. Une année, elle lui avait acheté un costume pourpre pour qu'il illustre sa chanson "L'Homme en habit rouge[2]". C'était drôle et en même temps, qu'il était beau[3] ! »

---

1. Entretien de Monique Perrey avec l'auteur.
2. (Barbara/Barbara-Bourgois).
3 Entretien de Monique Perrey avec l'auteur.

Dans l'intimité de ce lieu exigu, l'effet Barbara est amplifié. Lorsqu'elle chante « Nantes », il se passe de longues secondes avant que l'on ose applaudir. L'éclairagiste profite de ce moment d'émotion pour « descendre le blanc et monter le bleu [1] ». Le public se fige : « Dans la salle, dit encore Monique Perrey, il se passait quelque chose d'indéfinissable. Les gens étaient fous d'elle. Il y avait toujours des fanatiques qui la guettaient à l'entrée du cabaret et d'autres qui l'attendaient à la sortie des artistes. Un soir, une femme lui a sauté dessus à la fin du spectacle. Elle était menaçante, elle lui affirmait que si elle ne l'invitait pas à dormir chez elle, elle se suiciderait dans la nuit. Barbara était atterrée. Elle avait peur pour cette fille et pour elle-même. Tracassée jusqu'au lendemain, elle m'a dit : "Et si elle avait vraiment mis fin à ses jours. Tu te rends compte [2] ?" »

Que va-t-elle devenir, la longue dame brune de la chanson, loin des théâtres, elle qui affirmait : « Chanter, c'est respirer, aimer, dialoguer » ? Quelques années auparavant, en 1967, elle avait rencontré Remo Forlani, personnage cultivé et éclectique. Coup de foudre. L'action se déroule sur le vaste plateau de télévision d'Issy-les-Moulineaux où deux présentateurs vedettes, Gérard Klein et Remo Forlani, animent « Les Rendez-vous du dimanche », une émission de divertissement. De 14 heures à 19 heures, les invités – peintres, gens de théâtre, de cinéma et de music-hall – se succèdent dans une atmosphère détendue proche de l'improvisation. Les téléspectateurs ne savent jamais à quel moment Klein et Forlani vont remercier leur convive pour s'entretenir avec le suivant. Les deux hommes eux-mêmes l'ignorent totalement. « C'était tout à fait informel, nous savions à peine qui nous aurions à interviewer

---

1. *Ibid.*
2. *Ibid.*

dans l'heure qui suivait[1] », raconte Remo Forlani. Les deux animateurs ne prennent pas vraiment l'exercice au sérieux, privilégiant le plaisir de ces instants partagés avec les artistes, sirotant devant des millions de téléspectateurs des litres de whisky savamment dissimulés dans quelques théières disposées sur la table. Un dimanche, tandis que la caméra tourne, Gérard Klein informe son compère que Barbara est sur le plateau et l'invite à aller la rejoindre. Remo Forlani n'a jamais eu l'occasion de rencontrer la chanteuse. En revanche, il connaît son répertoire. « J'étais allé l'écouter à Bobino où elle passait avec Serge Reggiani en première partie, explique-t-il. J'avais été subjugué, si bien que j'y suis retourné trois fois de suite... J'ai même subi à trois reprises le numéro de phoques jongleurs qui précédait la venue de la dame. C'est dire si j'étais amateur[2] ! »

Déjà fan, pas encore amoureux, Forlani est tout ému d'interviewer Barbara. Aussitôt, le cameraman lui emboîte le pas tandis qu'il s'approche du piano à queue noir derrière lequel, patiente, la chanteuse attend son tour. L'entretien dure longtemps, très longtemps. Ils discutent de tout, de rien, de sentiments aussi. « Je lui ai fait une longue déclaration d'amour[3] », reconnaît-il bien des années après. Quand il revient au centre du plateau, ses collaborateurs le taquinent : « Avoue que tu l'as draguée ! » Une fois l'émission terminée, alors que Barbara a quitté Issy-les-Moulineaux, Remo Forlani s'isole dans sa loge pour se démaquiller avant de quitter les lieux. Et Forlani reste là, rêveur. À cet instant, son assistante pousse la porte et lui murmure : « Barbara, au téléphone... Elle demande à te parler. » Naturellement, il pense à une plaisanterie de l'équipe, mais il reconnaît la voix de la chanteuse qui se fait suave à l'autre bout du fil. Elle lui propose de venir boire un verre chez elle, rue de Rémusat. Son chauffeur

---

1. Entretien de Remo Forlani avec l'auteur.
2. *Paroles et Musique*, janvier 1985.
3. Entretien de Remo Forlani avec l'auteur.

viendra le chercher. Un peu troublé tout de même, Remo Forlani s'engouffre dans la Mercedes qui l'attend au bas de l'immeuble et se dirige vers le pont Mirabeau. Arrivé chez Barbara, une nounou antillaise l'accueille et lui annonce : « Madame vous attend ! » Ils passent un long moment ensemble, Barbara et Remo Forlani, un instant visiblement délicieux puisque le présentateur est régulièrement convié à venir sucer du Zan et dévorer quelques cornichons autour du piano dans le secret de l'appartement. Mais Barbara chante de ville en ville donnant plus de deux cents galas par an, ces fameux contrats qu'elle doit honorer avant de quitter la scène, comme annoncé. Parce qu'elle est souvent loin de Paris, ses rencontres avec Forlani s'en trouvent espacées. « Je n'entendais plus parler d'elle pendant des semaines et, tout à coup, elle me téléphonait, m'envoyait son chauffeur pour que je vienne au plus vite, raconte-t-il. Quand nous avions un petit creux à 4 ou 5 heures du matin, elle commandait une choucroute pour dix personnes et demandait à son chauffeur d'aller la chercher. Quand la commande arrivait, nous n'avions plus faim. Eh oui, Barbara n'était pas Mme Tout-le-monde[1] ! »

Un an plus tard, Remo Forlani, qui est par ailleurs auteur de pièces de théâtre à succès, invite son amie chanteuse à assister à sa dernière création au Théâtre La Bruyère. Juste après la représentation, Barbara passe derrière le rideau et, en coulisse, se jette à son cou : « C'est très bien. Pourquoi ne m'écris-tu pas un rôle sur mesure[2] ? » Remo Forlani relève le défi et se met au travail au cours de l'année 1969. Aussitôt, dans le milieu la rumeur se propage : l'auteur du fameux *Guerre et paix au café Sneffle* et de *Lundi Monsieur* serait sur le point d'achever une nouvelle pièce de théâtre, avec Barbara dans le rôle principal. En effet, tandis que Forlani s'escrime sur les dialogues et rédige

---

1. *Ibid.*
2. *Ibid.*

les textes des chansons qui ponctuent le récit, Barbara les met en musique. « Travailler avec elle, c'était bien, dit-il. On a passé des journées entières à déconner et à s'engueuler en croquant des cornichons à la russe. Elle n'avait aucune conscience des horaires, elle pouvait avoir envie de travailler à 17 heures comme à 2 heures du matin. Moi, ça ne me dérangeait pas, je me pliais à son mode de vie. C'était excitant et amusant parce que la démarche était inhabituelle[1]. »

La pièce, qui se découpe en deux actes et sept tableaux, est terminée en un mois. Intitulée *Madame*, elle met en scène une femme (Barbara), qui règne depuis dix ans sur le Sphinx d'Or, un somptueux bordel, le plus beau de l'Afrique-Équatoriale. Le plus vide aussi, car au moment même où elle arrive en Afrique avec son époux pour exercer le plus vieux métier du monde, la maison va fermer pour cause de décolonisation. Toutes les filles sont parties. « Putain, je n'ai pas pu l'être, dit Madame. À minuit, ce 4 novembre-là, le bordel ferma ses portes et toutes les filles s'en allèrent. Moi, je suis restée. Pas pour faire la putain, pour soigner la goutte de Monsieur. » Mais Monsieur est mort depuis, lui léguant sa fortune. Alors, Madame vit seule dans cette demeure de rêve avec, pour toute compagnie, Mardi-de-la-Chandeleur (Yvan Labejof), le domestique noir, Nantes (Max Desrau), le soldat de carrière, Bernique, le douanier (Fred Personne) et Le Bouc (Harry Max) qui est planteur. Tous déchus. « Madame débarque avec ses bijoux et ses robes de Paris dans une Afrique indépendante que tout le monde déserte, explique Barbara. Alors, elle s'enferme dans son palais d'illusions qui ne sert plus à rien et dont elle revit l'histoire à travers les narrations d'un tragique et cocasse homme à tout faire noir, tout en s'inventant un passé et un présent à défaut d'avenir[2]. » Car Madame s'ennuie, souffre de chaleur, pianote nostalgique sur son bel ins-

---

1. *Paroles et Musique*, janvier 1985.
2. *Le Figaro*, 17 et 18 janvier 1970.

trument, se plaint de cette démocratie indigène qui les a tous laissés sans fonction. Un jour, un beau trafiquant italien (Claude Titre) passe par là. Amoureuse, Madame vient s'agenouiller à ses pieds pour lui chanter : « Je serai douce / Quand tu me diras de l'être / Je serai obéissante[1]. »

Ses compagnons s'interrogent. « Amoureuse ? Ça veut dire quoi, amoureuse ? » Et elle s'installe à nouveau au piano : « Voilà que sans savoir pourquoi soudain tu ris / Voilà qu'enfin tu as compris pourquoi tu vis / Car te voilà, oui te voilà / Amoureuse[2]. » Malgré ce chant d'amour, l'Italien ne restera pas dans cette atmosphère de fin de règne.

Et Madame replonge dans sa mélancolie. Elle demande sans cesse à Mardi-de-la-Chandeleur de lui rappeler le temps jadis où le bordel était plein, où il y avait de la vie. Il chante et elle reprend derrière lui : « De jolies putes vraiment / Et un vraiment bien beau bordel / Même qu'à Dakar / Ça, je peux le dire / Il n'y en avait pas de pareil / Il n'y en avait pas de pareil[3]. » Et c'est au tour de Jules César, le policier noir, d'intervenir. Il prévient : on a découvert cinq cadavres dans la cave de Madame. Probablement ses anciens amants. Madame sait parfaitement que Mardi-de-la-Chandeleur les a tous assassinés par jalousie mais elle décide de prendre les crimes à son compte. Que peut-elle encore attendre de cette vie, pesante et si ennuyeuse, qui s'écoule trop lentement ? Elle quitte le Sphinx d'Or en chantant ses regrets : « J'étais Madame, mais croyez-moi / Je voulais être fille de joie / Ces choses-là n'arrivent qu'à moi[4]. »

À l'annonce du projet rendu public par quelques indiscrétions, les producteurs se disputent le privilège de financer la pièce – événement rarissime. « C'était

---

1. « Je serai douce » (Barbara/Forlani).
2. « Amoureuse » (Barbara/Forlani).
3. « De jolies putes vraiment » (Barbara/Forlani).
4. « La nuit tu dors » (Barbara/Forlani).

délirant. Tout le monde voulait mettre de l'argent. On s'est retrouvés avec une somme considérable[1] ! » fanfaronne Forlani.

L'homme de théâtre a donc les moyens d'exécuter tous les caprices de sa star qui ne lui en passe aucun. Barbara veut une grande salle pour accueillir les millions de spectateurs qui, elle en est certaine, se bousculeront aux portes du théâtre. Jérôme Lo propose de les recevoir en son Théâtre Montparnasse. Mais non ! Ils considèrent qu'il est bien trop petit pour le futur duo à succès Barbara-Forlani. Ils optent pour le Théâtre de la Renaissance, situé au 20, boulevard Saint-Martin, qui compte huit cents sièges. Barbara demande que la réalisation des décors soit confiée à son ami le peintre Luc Simon, jadis rencontré à l'Écluse. Elle exige aussi d'être dirigée par un grand metteur en scène, sinon le meilleur. Roger Blin ou personne ! Forlani l'appelle aussitôt et le rencontre. Celui-ci lit la pièce, se dit séduit mais préfère connaître Barbara avant de s'engager. Lors du second rendez-vous, lunettes fumées et allure de diva, Barbara fait à son futur directeur l'honneur de se rendre dans son appartement. L'entretien se déroule calmement, on parle de la pièce, bien sûr. Mais, au beau milieu de la conversation, la chanteuse se penche assez discrètement vers Forlani : « Tu as vu ses pompes ? » Il hausse les sourcils et baisse le regard. Le metteur en scène porte des baskets, ce qui semble rédhibitoire aux yeux de Barbara. « Pas possible... Travailler avec un homme pareil, qui porte des tennis[2] ! » murmure-t-elle à Forlani. Et, sans explication, ils quittent brusquement l'inélégant. Dans la rue, Barbara et Remo s'éloignent bras dessus, bras dessous, pris de fou rire.

Plusieurs noms sont encore à l'étude. Finalement, ils tombent d'accord sur l'Italien Sandro Sequi, homme de théâtre et d'opéra renommé. Forlani prend contact et, avant de le présenter à Barbara, vérifie qu'il n'a

---

1. Entretien de Remo Forlani avec l'auteur.
2. *Ibid.*

commis aucune faute de goût vestimentaire. Il est engagé.

Le casting mené par Sandro Sequi se déroule sans souci. Outre Barbara, la pièce compte sept comédiens, que des hommes. L'équipe est au complet. Barbara propose de réunir la troupe une première fois dans son appartement afin de faire connaissance. Chacun lira son rôle à haute voix. « Elle nous est apparue très gentille, timide et attentive, se souvient Max Desrau, alias Nantes, le soldat de carrière déchu. Elle était complexée par rapport à nous, qui étions des comédiens professionnels. Elle était modeste [1]. »

Lorsqu'elle se retrouve seule avec Roland Romanelli, qui signe les arrangements musicaux de la pièce, Barbara demande à son ami de lui faire répéter son rôle. Curieusement celui-ci s'y oppose. « Je lui disais qu'il n'en était pas question, qu'elle n'était pas comédienne, que ce n'était pas son métier. Bref : qu'elle allait se planter [2] », explique le musicien.

Au théâtre, les répétitions débutent vraiment. « Ça a commencé à chauffer, se souvient Remo Forlani. C'était beaucoup plus compliqué qu'une pièce ordinaire. Il y avait une curieuse ambiance sur scène. Barbara ne communiquait pas facilement avec les autres comédiens, les rapports n'étaient pas toujours fameux. Il y avait des moments assez crispés et d'autres de grande rigolade [3]. » « D'autant que Sandro Sequi ne parlait pas bien français, poursuit Max Desrau. Il faisait de grands gestes pour se faire comprendre. Ça compliquait les choses. Et puis, deux jours avant la couturière, Yvan Labejof, qui jouait un rôle important puisqu'il était le domestique de Madame, a annoncé froidement au metteur en scène qu'il devait partir quelques jours faire du bateau en Martinique. Sequi a explosé. Au bout du compte, il est sagement resté

---

1. Entretien de Max Desrau avec l'auteur.
2. Entretien de Roland Romanelli avec l'auteur.
3. Entretien de Remo Forlani avec l'auteur.

à Paris[1]. » En plus, Remo Forlani met son grain de sel partout, ce qui agace le metteur en scène. Au bord de la crise de nerfs, Barbara lui demande de ne plus venir assister aux répétitions. Et l'auteur s'en va, docile mais déçu.

Tant bien que mal, la pièce se monte, les actes s'enchaînent. À présent, chacun connaît son rôle. Barbara essaie les costumes, tous plus somptueux les uns que les autres ; un délire de tissus haut de gamme ornés de magnifiques bijoux.

Le mardi 20 janvier 1970, le rideau se lève pour la couturière, représentation en costume et en temps réel, précédant la générale.

Quelques intimes découvrent les décors conçus par Luc Simon. « Le décorateur est un vieil ami. Il m'a mis des coussins partout, comme chez moi, j'aime être emmitouflée[2] », explique Barbara. Assisté de son amie, une débutante nommée Paloma Picasso[3], Luc Simon a fabriqué un décor hollywoodien. C'est qu'il a non seulement carte blanche mais il bénéficie en plus d'un budget illimité. Madame-Barbara évolue sur une scène envahie de dorures, de paravents, de poufs, de lustres majestueux, de peintures léchées. Il y a des miroirs partout et un billard aussi, un piano, une galerie qui mène aux chambres, un bar, des fenêtres recouvertes d'épais rideaux de velours, des rocking-chairs... Tout un mobilier acheté par Luc Simon et Paloma Picasso aux puces de Saint-Ouen et aux enchères à Drouot pour une somme de départ qui s'élève à quatre cent soixante-quatorze mille francs. La poussière qui recouvre ce mobilier tout droit sorti d'un tableau de Gustave Moreau suggère que le temps a passé sur cet intérieur d'une grâce déchue.

Dès le premier tableau, Madame fait son entrée, majestueuse, du haut de la galerie. Munie d'une carabine, elle s'adresse à Mardi-de-la-Chandeleur, Le

---

1. Entretien de Max Desrau avec l'auteur.
2. Entretien avec l'auteur.
3. Fille de Françoise Gilot et Pablo Picasso.

Bouc, Bernique et Nantes qui paressent et s'alcoolisent sans vergogne : « Vous allez, messieurs, ne rien faire du tout que boire vos sirops ! Dimanche 11 janvier 1970. Ailleurs, sûrement, de la neige. Ici, la chaleur. Tu ne peux plus te voir dans la glace : même les miroirs fondent. Il y a aussi ce petit lézard avec lequel ce matin encore tu jouais dans ton lit. À peine midi et c'est déjà un crocodile. (*Elle descend l'escalier et se plante devant les trois Blancs.*) Mais, vous, mes salauds, vous ne transformerez pas cette maison en bistrot ! Le Café du Commerce, merci bien. Ici c'est un bordel ! »

La couturière se révèle indispensable pour corriger certaines maladresses et tester les réactions du public. « Nous avons compris au bout de dix minutes que la pièce serait un échec, commente Remo Forlani. Tout le monde bâillait. Après l'entracte, il n'y avait plus personne[1]. »

Autour du metteur en scène et de l'auteur, les comédiens se réunissent à huis clos. On fume énormément, on boit aussi beaucoup en essayant de mettre sa matière grise au service de cette pièce dont la générale est prévue quelques jours plus tard. Plus personne n'y croit, sinon Barbara qui tente avec force de remonter le moral des troupes : « Ne vous inquiétez pas, ça va marcher. Cet après-midi, ils n'ont rien compris[2] ! »

Madame est annoncée tambour battant dans la presse et l'affiche est imprimée en sept couleurs, fait rarissime à l'époque. Par centaines, personnalités du show-biz et journalistes se préparent à assister à *la* pièce du siècle. Au soir de la générale, le jeudi 22 janvier 1970, pas un ne manque à l'appel. Forlani et Véra Korène, la directrice du Théâtre de la Renaissance, se postent à l'entrée pour accueillir les invités. En début de soirée, Remo quitte un instant son poste pour se faufiler jusqu'à la loge de Barbara et s'assurer que Madame se porte bien. Il pénètre dans la pièce que Luc Simon a aménagée

---

1. Entretien de Remo Forlani avec l'auteur.
2. *Ibid.*

comme un boudoir et où trône un piano pour que Barbara se délie les doigts.

Forlani a été bien inspiré d'aller prendre des nouvelles de la star. Il la trouve en crise, déchirant ses magnifiques costumes : « Je ne peux pas monter sur scène là-dedans. Je vais jouer avec mon déshabillé noir, je serais plus à mon aise. Et puis non ! Je ne vais pas jouer du tout parce que je suis aphone[1] », annonce-t-elle. Forlani parvient à garder son calme, il n'a pas le choix. Force est de constater qu'aucun son ne sort de la gorge de la chanteuse. Il rebrousse chemin et, sur les marches du théâtre, s'excuse mille fois au nom de toute l'équipe. La représentation est annulée. Véra Korène saisit l'occasion pour signaler à Forlani que, malgré le tapage médiatique, les réservations sont très faibles.

Séparément, ils triomphent. Ensemble, Barbara et Forlani échouent. Au lendemain de la générale, ce 23 janvier, la critique est assassine. « Les gens aiment leurs chanteuses, lit-on dans *France-Soir*. Ils aiment aussi, en fin de compte, les bonnes chansons auxquelles ils font un sort avec un instinct assez sûr. Mais ils se lassent, je crois, des travers et artifices où ils peuvent déceler une espèce de paresseuse suffisance. Peut-être que si, à propos de cette malheureuse incursion dans la comédie, la vedette de la chanson comprenait le danger que lui fait courir la tentation de céder à ce qu'il y a en elle de moins bon, Madame n'aurait-elle point perdu son temps[2]. »

Malgré tout, un 33 tours réunissant les chansons de *Madame* sort en février 1970 chez Philips avec « De jolies putes vraiment[3] », « Le 4 novembre[4] », « Regardez le regard des hommes[5] », « Ils étaient cinq[6] », « Je serai

---
1. *Ibid.*
2. 20 janvier 1970.
3. (Forlani/Barbara).
4. *Id.*
5. *Id.*
6. *Id.*

douce », « Le Passant », « Amoureuse[1] », « La nuit tu dors[2] ». Mais la pièce ne tiendra que trente soirs. Les fauteuils rouges du Théâtre de la Renaissance restent vides, on compte à peine une cinquantaine de curieux par représentation. Pour donner un coup de pouce à cette aventure, Régine a loué le théâtre pour une soirée spéciale au profit d'une œuvre caritative. Le Tout-Paris de la nuit est là, mais l'euphorie est retombée dès le lendemain. De son côté, toujours fidèle à son amie Barbara, Denise Glaser a demandé à son réalisateur Raoul Sangla d'aller sur place prendre quelques images. La diffusion de ce reportage lors d'un « Discorama » ne fait pas davantage affluer le public. La pièce sombre dans l'indifférence. Outre le texte en lui-même qualifié de « mélo infantile », Barbara n'excelle pas dans le rôle de cette « Madame » qui lui ressemble quelque peu. « C'était mauvais, conclut Roland Romanelli. Elle jouait mal, elle était déjà comédienne dans la vie et là, elle en rajoutait et ça sonnait faux[3]. » Et d'ajouter : « Elle a assez bien réagi face à l'échec. C'était une femme qui avait beaucoup d'humour. Je pense que les gens voulaient voir Barbara seule et chanter, comme ils la connaissaient. La preuve, c'est que même ses fans ne sont pas venus. Je garde un très bon souvenir de cette aventure, même si ce fut le bide le plus retentissant de ma carrière. Dans la vie, Barbara joue un jeu par pudeur. Derrière la façade, il y a quelqu'un de très gentil, compréhensif, attachant, malheureux. Les rapports sont simples avec elle, elle a ses allergies, ses enthousiasmes. C'est quelqu'un de vivant, quoi ! mais c'est un être en marge[4]. »

---

1. *Id.*
2. *Id.*
3. Entretien de Remo Romanelli avec l'auteur.
4. *Ibid.*

Chapitre 8

Léon aime Léonie

Il neige sur Paris, ce 1er janvier 1971. Faisant abstraction des regards qui convergent vers eux, Jacques Brel et Barbara déjeunent en tête à tête. « Une fois au restaurant, il a commandé mon menu car, c'est là une de ses manies, il veut que je mange comme si, seule, je me laissais mourir de faim[1] », raconte Barbara. Brel parle sans discontinuer à son amie, qui semble boire ses paroles. Entre la poire et le fromage, il lance : « On va faire un film ensemble ! » Elle manque de s'étouffer de rire, puis proteste : « Avec mon nez, je vais percer l'écran. Personne ne m'a jamais proposé de faire du cinéma, je suis bien trop laide. Dans la vie, je peux encore m'arranger mais à l'écran[2] ! » La réponse fuse : « C'est bien parce que tu es laide que j'ai besoin de toi[3] ! » Fin de la discussion. Brel demande l'addition.

La saisissant par la taille, Jacques Brel entraîne sa petite sœur spirituelle vers la voiture. À présent, ils roulent un peu au hasard et finissent par sortir de Paris en quête de contrées moins peuplées. Au volant, aussi concentré sur la route que sur son récit, il développe son idée de départ : « Le film va s'appeler *Les Moules*. C'est la simple histoire d'amour d'un homme et d'une femme de quarante ans qui n'ont rien d'exceptionnel. »

---

1. *Le Journal du dimanche*, 6 février 1972.
2. *Ibid.*
3. *Ibid.*

Barbara, qui avait d'abord pensé à une boutade, comprend enfin l'objet de ce rendez-vous : « C'est en roulant qu'il m'a lu son scénario. J'ai été tellement enthousiasmée que j'aurais voulu tourner tout de suite. C'est une histoire merveilleuse, baroque, romantique, tendre, cruelle, marrante [1]. »

La première fois que Barbara entend parler du grand Jacques, c'est à Bruxelles, au début des années 1950. Tandis qu'elle peine à dompter le public belge, Jacques Brel, de quatorze mois son aîné, se produit sur la Grand-Place à la Rose Noire, un cabaret de bonne réputation. À cette époque, il n'éprouve que du mépris pour cette débutante et ses compères qui bricolent des chansons qu'ils interprètent sans grand talent dans des cabarets de seconde catégorie. De pâles imitations des caves germanopratines.

À l'inverse, Barbara est pleine d'admiration pour le jeune Brel dont elle reprend dès sa création en 1954 « Sur la place ». Elle pousse la ferveur jusqu'à enregistrer un 25 cm de neuf titres intitulé « Barbara chante Brel » qui sortira en 1961.

Finalement, c'est sur la rive gauche qu'ils se rencontrent. Une grande amitié naît alors, un rien ambiguë. Ils tomberont un peu amoureux, deviendront vaguement amants. Quoi qu'il en soit, Jacques Brel devient le modèle masculin de Barbara, l'homme pour lequel elle se rend toujours disponible. « Avec lui, j'irais au bout du monde », dit-elle souvent. Lorsqu'en 1968 celui-ci se propose de reprendre l'Échelle de Jacob, Barbara, qui avait pourtant juré de ne plus chanter dans ces endroits exigus et décrépits, se résout à quelques tours de chant afin de faire entrer un peu d'argent dans la caisse du cabaret qui périclite, montrant ainsi à l'ami Brel qu'elle est bien de sa famille.

S'ils se voient rarement du fait de leurs vies nomades, Barbara et Brel gardent le contact. Ils se téléphonent ou s'envoient des messages par amis inter-

---

1. *France-Soir*, 28 janvier 1972.

posés. « Quand nous nous téléphonons, par exemple, nous ne parlons pas beaucoup. Il suffit de quelques mots pour que chacun sache si l'autre est heureux ou pas, triste ou gai. Il faut dire que nous nous connaissons depuis vingt ans. Je suis incapable de me rappeler notre première rencontre. Je sais seulement que je chantais déjà ses chansons, tout en n'étant pas encore une véritable professionnelle [1] », explique Barbara. Les précieuses soirées de retrouvailles ne s'achèvent en général qu'au lever du jour. « Il fallait les voir, c'était magnifique, se souvient Monique Perrey, qui a eu l'occasion de partager ces rares moments avec les deux chanteurs. J'ai le souvenir de nuits entières passées à rire et à refaire le monde en buvant des litres de bière à moitié couchés sur les trottoirs de la butte Montmartre [2]. »

En dépit de sa (prétendue) misogynie légendaire, Jacques Brel encourage la chanteuse dont il a appris avec le temps à apprécier le si singulier talent. « Barbara, c'est une fille bien, disait-il. Elle a un grain, mais un beau grain. On est un peu amoureux, comme ça, depuis longtemps. » La confiance s'est installée et, en 1966, il va jusqu'à lui présenter Charley Marouani, son propre impresario.

Cette année-là, Brel songe déjà à tirer un trait sur sa carrière de chanteur, ce qu'il fait effectivement quelques mois plus tard sur la scène de l'Olympia. « À l'époque, se confie-t-il, je n'allais pas bien, je chantais depuis plus de quinze ans, j'avais écrit plus de quatre cents chansons, j'en avais enregistré cent cinquante ou deux cents et, avec l'habitude, c'est bien connu, l'habileté remplace souvent l'envie... et on ne sait plus si on est habile ou honnête [3]. »

De février à mars 1967, Brel parcourt la France pour une tournée d'adieu à la scène. Par hasard, Barbara cir-

---

1. *Le Journal du dimanche*, 6 février 1972.
2. Entretien de Monique Perrey avec l'auteur.
3. *Paris-Normandie*, 10 février 1972.

cule dans le même sens à deux jours d'intervalle. Dans la ville de Romans, où Brel se produit pour la dernière fois, Barbara et son équipe sont invitées à participer au banquet donné après le spectacle. La comédienne Micha Bayard, présente ce soir-là, raconte : « À les voir assis côte à côte, on se rendait compte qu'il y avait une profonde complicité entre eux. » Barbara pousse loin l'admiration. Elle est à ce point fascinée par Brel qu'elle l'imite deux ans plus tard, en 1969. De la même manière, elle tirera sa révérence sur la scène de l'Olympia. Les raisons qui les poussent à quitter la scène sont si semblables que le public y voit une influence de l'un sur l'autre. Barbara s'en défend : « Il ne m'a aucunement influencée. Jacques est parti pour des raisons qui le regardent et que je crois savoir. Il les a expliquées longuement lui-même. De plus, Jacques est un homme qui pouvait, lui, écrire, faire des choses. Moi, je ne pense pas pouvoir écrire quelque chose, cela me paraît tout à fait impossible, ça viendra des autres, parce que moi, je n'ai pas le talent d'écrire. Je n'ai pas d'imagination[1]. »

Lorsque, en 1971, Brel décide de réaliser son premier film et d'offrir le rôle féminin principal à Barbara, celle-ci ne songe pas un instant à refuser : « On ne dit pas non à Brel ! C'est un aventurier. Faire un film avec lui n'est d'ailleurs pas une expérience mais une aventure[2]. » Malgré l'échec retentissant de sa prestation de comédienne dans *Madame* un an plus tôt, Barbara s'engage corps et âme dans le projet de son ami : « Je lui fais confiance. Je me remets entièrement entre ses mains. Je ne suis plus la longue dame brune de la chanson. J'obéis[3]. »

Depuis ses adieux à la scène, Jacques mène une brillante carrière d'acteur. En 1971, il a notamment à son actif *Les Risques du métier* d'André Cayatte, *La Bande*

---

1. *Télé 7 Jours*, 19 mars 1969.
2. *Pariscope*, 2 février 1972.
3. *Ibid.*

à *Bonnot* de Philippe Fourastié, *Mon oncle Benjamin* d'Édouard Molinaro et *Les Assassins de l'ordre* de Marcel Carné.

Avec ce long métrage, qui devait s'appeler *Les Moules* puis *Léon*, et qui sortira sur les écrans sous le titre de *Franz*, il entend assumer à lui seul les fonctions de scénariste, réalisateur, premier rôle. En outre, il composera lui-même la bande originale. « Quand le premier film est arrivé, explique-t-il, j'ai accepté de jouer pour voir. Et alors, j'ai eu envie d'écrire pour le cinéma. Sur le plateau, entre deux scènes, j'ai essayé de comprendre et d'apprendre la technique. Le reste, c'est-à-dire le désir de réaliser soi-même, ça s'est greffé en route. Comme une chose évidente. »

Il donne son premier coup de manivelle sur une plage de la mer des Antilles. Son titre est un hommage à Franz Jacobs, propriétaire d'un bar sur la plage de Knokke et ami de longue date. « Il ébauche la mise en scène de *Franz* à la Guadeloupe pendant des vacances à l'hôtel Caravelle, avec Miche et Isabelle, en février 1971, écrit Olivier Todd, biographe de Brel. Il se lève après 10 heures. Jacques se baigne peu – il nage mal –, bronze, lit un journal, travaille surtout la préparation et la réalisation de ce film. Méthode intéressante, il ne rédige pas un synopsis, mais des scènes les unes après les autres. Comme des chansons ? Comme des tableaux[1] ? »

L'auteur résume *Franz* par ces quelques mots : « Pourquoi toujours réaliser des histoires d'amour entre des gens au physique de don Juan et de madone ? Moi, j'ai voulu raconter l'amour chez des minables. C'est une histoire d'amour médiocre entre un gars et une fille au physique médiocre, à l'intelligence limitée et qui ne sont pas à la hauteur de leurs rêves[2]. » L'action se déroule dans une maison sinistre, la Pension du Soleil, située sur la plage de Blankenberge. Une bande de

---

1. Olivier Todd, *Jacques Brel, une vie*, Robert Laffont, 1984.
2. *Combat*, 2 février 1972.

fonctionnaires de l'administration des finances (Jules, Armand, Serge, Antoine, M. Grosjean, Catherine...) y passent ensemble leurs vacances. Dans ce décor gris sale, Léon (Brel), un benêt de quarante ans, personnage à la fois naïf, tendre et cruel, s'éprend de Léonie (Barbara), une femme laide du même âge, prude et qui minaude sans arrêt.

Lui, Léon, un rien mythomane, prétend avoir été missionnaire au Katanga et ressasse ses exploits d'ancien combattant en évoquant constamment le souvenir d'un certain Franz, son chef de tranchées mort jadis sur le champ de bataille. Il mime les gestes du héros et imite le bruit des balles, tel un gamin dans une cour de récréation. Léon le romantique invite Léonie à enfourcher une bicyclette pour sillonner les chemins avoisinants et à s'étendre sous les parasols de ces plages définitivement désertées par le soleil. Léonie demande à Léon : « Qu'est-ce que ça vous fait de vous promener avec moi ? — Ça me fait fier », rétorque-t-il. Délicat. Léon envoie chaque jour des messages à sa mère, omniprésente dans sa vie, par le biais d'un pigeon voyageur. Il énumère le nombre de crevettes qu'il a pêchées dans la journée ou rédige le bulletin de la météo locale.

Elle, Léonie, incarne la femme brune avec son « beau grain » qui se dit orpheline, seule au monde, et rit et pleure sans cesse de sa grande solitude. Elle est longue, sombre. « Michel Ardan, le producteur, aurait préféré engager Annie Girardot, Jacques voulait le physique de Barbara, son côté fou de cartomancienne. On lui aurait offert Marilyn Monroe ou Catherine Deneuve, et cinq cents millions de plus, il les aurait refusées[1] », précise Olivier Todd.

Il y a aussi Catherine (la blonde Danièle Évenou, alors égérie du petit écran) qui, à l'opposé de Léonie, apparaît avec la légèreté d'une Marie-couche-toi-là, jeune femme aguicheuse et volage dont les éclats de rire couvrent le brouhaha.

---

[1]. Olivier Todd, *Jacques Brel, une vie*, op. cit.

L'idylle peine à éclore entre Léon et Léonie : même pudeur, même timidité, même hésitation qu'à l'âge du premier baiser. Un rien jaloux, franchement stupides, parfaitement méchants (c'est ainsi que Brel les a imaginés), les convalescents de la Pension du Soleil s'amusent, par leurs plaisanteries obscènes, à empêcher la concrétisation de cette amourette naissante.

Au bord de la mer du Nord, avec le plat pays en toile de fond, tous ensemble ils pêchent la crevette, pilotent des chars à voile, assistent à des combats de coqs, font quelques excursions en bateau. Surtout, ils s'épient. Le soir venu, ils dansent et boivent, s'enivrent au son d'un piano mécanique assourdissant, sous les spots éblouissants, en rouge, en jaune, en bleu, de la guinguette du village.

La petite bande s'en prend à Léon, centre de toutes leurs plaisanteries, le traitant d'affabulateur. Pour eux, Léon n'a jamais foulé la terre du Katanga et Franz n'a jamais existé. Léonie change de camp et participe au lynchage collectif : « Vous êtes un con », lui lance-t-elle. Léon décide de mettre fin à ses jours. De son côté, Léonie plie bagages et rentre chez elle en train. Sur le quai de la gare, son époux et son enfant l'attendent sagement. Qui, de Léon ou de Léonie, a le plus affabulé ?

À l'évidence, Franz est un résumé des préoccupations bréliennes : les bourgeois et la bêtise, les femmes et l'amour. « *Franz*, c'est une chronique, une chanson d'une heure et demie, avec ce côté flamand pas rationnel, typique des pays rugueux, explique l'auteur. C'est un monde dans lequel se sont laissé enfermer des gens blessés mais qui ne souffrent pas, seuls mais qui ne sentent pas la solitude, des cons quoi, avec une espérance souriante et bien élevée. C'est un film sur la province[1]. » Barbara le comprend parfaitement. « Si vous voulez Brel, allez voir *Franz*, car c'est le plus fidèle portrait que l'on puisse faire de lui[2]. »

---

1. *Le Monde*, 5 février 1972.
2. *Ibid.*

143

Pour le tournage, Jacques Brel dispose d'un petit budget (1,3 million de francs), alloué par son producteur et ami Michel Ardan. « Brel apporte financièrement beaucoup à *Franz*, explique Olivier Todd, car il écrit le scénario, le met en scène et en est la vedette. Cette participation représente la moitié, sinon les deux tiers, du budget[1]. » En juin 1971, après quelques jours de repérages avec le directeur de la photographie Alain Levent, toute l'équipe arrive au pays de Brel, s'installe dans un hôtel de Blankenberge, à treize kilomètres de Bruges, entre Ostende et Knokke-le-Zoute. Une région que le grand Jacques pourrait parcourir les yeux fermés. Des dunes, des ports, des plages. Au côté du réalisateur et de Barbara (Léonie), Danièle Évenou (Catherine), François Cadet (Jules), Fernand Fabre (Antoine), Louis Navarre (Armand), Jacques Provins (M. Grosjean) et Serge Sauvion (Serge) se mettent en place. Sitôt arrivée, Barbara prend possession de sa chambre d'hôtel et, au bout de quelques minutes, le lieu est méconnaissable. On se croirait dans une loge de Bobino, dans sa « roulotte de luxe » ou dans ses appartements de la rue de Rémusat ou de Michel-Ange. Partout, des miroirs de toutes dimensions, du maquillage à foison, des châles, des colliers berbères, un thermos rempli de café, du Zan pour six mois et des photographies. Elle a même emporté ses draps de soie noire.

À peine le temps de se relaxer, Brel la convoque sur le plateau et lui indique une bicyclette. « J'avais l'impression d'être une enfant que l'on traîne à l'école, dit-elle. J'étais complètement désorientée. Jacques m'a dit : "Tiens, va faire du vélo !" en me présentant une bicyclette hollandaise au guidon surélevé avec lequel, le lendemain, je devais tourner la première scène. C'était la panique[2]. »

Barbara est d'autant moins à son aise qu'ici, au cinéma, elle n'a aucun repère. « Je n'avais jamais ren-

---

1. Olivier Todd, *Jacques Brel, une vie, op. cit.*
2. *Le Monde*, 5 février 1972.

contré Barbara par le passé, raconte Danièle Évenou. En Belgique, la première fois que je l'ai vue, elle fredonnait une de ses chansons : "Ils marchent le regard fier / Mes hommes / Moi devant et eux derrière / Mes hommes [1]." Je m'en souviendrai toujours. Nous avons tout de suite sympathisé. J'avais un chagrin d'amour terrible, elle a tout de suite trouvé les mots pour l'apaiser et m'a présenté un homme délicieux qui m'a fait tout oublier. Le tournage de la première scène était déjà insensé : à la fois furieuse et amusée, Barbara pestait contre Jacques qui l'obligeait à faire du vélo en robe blanche. Ce que c'était drôle, de voir Barbara en colère sur sa bicyclette [2] ! »

Sur le tournage, Jacques Brel s'en remet aux techniciens et se montre aussi attentif que modeste avec les acteurs. « C'est bien simple, raconte Barbara, je tremblais toute la journée avant de dire la moindre phrase. Sans Jacques, je n'aurais jamais pu tourner. Mais comme metteur en scène, il est extraordinaire de gentillesse, de patience et de compréhension. Il dirige ses comédiens comme il chante, avec autant de volonté et de tendresse [3]. »

Les jours défilent, les scènes se succèdent dans une atmosphère détendue. Si ce n'est que Barbara se révèle aussi changeante que la lumière du plat pays. La chanteuse, qui a coutume de diriger ses « hommes » sur scène, d'être la « patronne » et de tout contrôler, se heurte parfois au metteur en scène. Un jour, une violente dispute éclate et Barbara claque la porte d'une voiture et démarre. Elle ne sait pas conduire. Une fois son coup de colère apaisé, elle prend conscience du danger. Engagée sur l'autoroute, elle panique, range le véhicule sur le bas-côté, reprend ses esprits et rebrousse chemin. Brel l'attend de pied ferme : « Tu es complètement folle, tu aurais pu te tuer ! » Malgré tout, les dis-

---

1. « Mes hommes » (Barbara/Barbara).
2. Entretien de Danièle Évenou avec l'auteur.
3. *Le Monde*, 5 février 1972.

putes ne durent jamais et, entre deux orages, ils s'adorent.

Brel passe son temps derrière la caméra, l'œil rivé sur l'objectif. Les plans se succèdent et peu à peu Barbara disparaît ; elle n'est plus la mystérieuse dame en noir, la femme sophistiquée qui se présente face à son public élégante dans ses fourreaux dessinés sur mesure. Brel l'a oubliée et se concentre sur Léonie. Il insiste auprès de la maquilleuse : « Surtout, n'adoucissez pas ses traits, Léonie est laide, très laide. » Fiction oblige, Léonie se substitue à Barbara. Ainsi, la mante religieuse se trouve soudain démystifiée. Jacques Brel parvient à lui faire tourner la fameuse scène du char à voile, celle où la machine infernale perd la boussole sur la plage de Blankenberge et termine sa course dans une mer du Nord glacée. Trempée de la tête aux pieds, la robe collant à sa silhouette, le Rimmel dégoulinant, les cheveux ébouriffés comme un moineau, Barbara-Léonie sort de l'eau en pestant contre Brel-Léon. « En réalité, elle était vraiment folle de colère contre Brel, raconte Danièle Évenou. Elle lui disait "Mais c'est pas vrai, qu'est-ce que tu me fais là !", et lui riait aux éclats. En plus, elle mourait de froid. Je ne sais pas s'il l'a fait exprès pour s'amuser, mais Jacques a demandé que l'on refasse la scène plusieurs fois[1]. »

Durant les deux mois de tournage, Barbara ne sera pas parvenue à maîtriser sa peur. Sans cesse, elle va et vient nerveusement, mettant tout son sérieux au service de l'entreprise. « Je répète comme si c'était la scène de ma vie, confesse-t-elle. Pourtant je n'ai aujourd'hui qu'une chose à faire : ouvrir la porte et faire : "Oh !" Chaque scène est une épreuve. J'oublie toujours quelque chose. Je ne sais jamais si je suis ou non dans le champ de la caméra. Je ne comprends rien, rien ! Heureusement, Brel est là, solide, précis, un roc. Et puis, ce que je trouve dur, c'est de jouer à froid. Tout à coup, tu dois ouvrir une porte et avoir l'air bouleversée[2]. »

---

1. Entretien de Danièle Évenou avec l'auteur.
2. *France-Soir*, 21 juillet 1971.

La plupart du temps, Barbara préfère s'isoler dans sa chambre d'hôtel après les lourdes journées de travail qui la laissent physiquement diminuée. « Moi, je partais avec Jacques, nous allions nous promener à Knokke-le-Zoute, poursuit Danièle Évenou. Il avait une Jaguar, on écoutait Wagner en regardant la mer. C'était un rêve. Barbara voulait souvent rester seule. Elle déprimait. En fait, elle avait des hauts très hauts et des bas très bas. Quand ça allait, elle était extrêmement drôle mais, dans les moments de blues, elle se terrait, préférant ne pas être vue. Le reste du temps elle tricotait[1]. »

Le 14 octobre 1971 à minuit, cinq mois avant la sortie publique de *Franz*, une première copie de travail est projetée pour quelques intimes dans une salle bruxelloise. Le 2 février 1972, *Franz* est à l'affiche des cinémas parisiens. À cette occasion, Brel et Barbara sont les invités du « Grand Échiquier » de Jacques Chancel. Ils parlent peu, hésitent sans cesse, apparemment intimidés par les caméras de télévision. Jacques Brel explique qu'il a bel et bien écrit le rôle de Léonie en pensant à Barbara : « Parce que je connais Barbara depuis de longues années et qu'il me fallait quelqu'un qui fût Barbara, parce que je l'aime beaucoup et... parce que j'ai la faiblesse de croire qu'elle a confiance en moi. C'est très important. Surtout quand on débute. » Barbara, qui n'apprécie jamais d'apparaître sur le petit écran, daigne y revenir après quatre ans d'absence pour soutenir la création de son ami (et à sa demande). Elle semble toutefois lointaine, guère à son aise comme pressée de s'en aller : « Bien sûr, j'ai une totale confiance. Totale. D'ailleurs, ce n'est même plus une histoire de confiance, c'est une question qui me paraît indécente ! »

Les premières critiques du film sont assassines, parfois injustes. « Entre l'intimisme et l'expressionisme,

---
1. Entretien de Danièle Évenou avec l'auteur.

Brel a du mal à se décider et son style se ressent de ses hésitations, lit-on dans *Le Monde*. Quant à Barbara, choisie pour incarner Léonie, le moins que l'on puisse dire est que son étrange personnalité ne convient guère au rôle. Grand oiseau tombé d'ailleurs, elle est trop différente de Léon pour qu'il soit possible de croire à leurs élans de tendresse [1]. » Et encore : « Brel dirigé par Brel est assez bon, mais il est bien meilleur dirigé par autrui, écrit le critique de *Valeurs actuelles*. Barbara, pour ses chansons, a des fans dont nous ne sommes pas. À la voir aussi antiphotogénique, on ne s'étonne guère qu'elle ait autant tardé à débuter au cinéma [2]. »

Le 10 février 1972, *Franz* est tout de même classé sixième au box-office, derrière *French Connection*, *Le Viager*, *La Possédée*, *La Vieille Fille*, *Klute* et *La Folie des grandeurs*. Le film connaît un succès mitigé : soixante-dix mille entrées seulement en région parisienne.

Barbara accorde peu d'importance à ces articles et à ces scores. « Ce film, je l'aime, déclare-t-elle. *Franz* est une de mes plus belles aventures. Et Brel a été très courageux de m'ouvrir le premier les portes du cinéma. Eh oui ! Avec la tête que j'ai, personne d'autre ne m'aurait proposé un rôle [3]. »

Jacques Brel part de son côté rejoindre Claude Lelouch pour tourner *L'aventure, c'est l'aventure* et Barbara entre en studio enregistrer un nouvel album. Elle s'engage aussi, cette année 1973, au côté de Jean-Claude Brialy, réalisateur de *L'Oiseau rare*, dont elle est la vedette et qui connaîtra le même sort que *Franz*. Cette fois, elle joue Alexandra, une diva déchue et névrosée, drôle et comique, qui vit dans un univers nostalgique, au milieu d'une profusion de bibelots. Barbara ne joue pas vraiment, Brialy la laisse improviser. Alexandra lui ressemble-t-elle à ce point ? « Accélérez, Armand, accélé-

---

1. 8 février 1972.
2. 14 février 1972.
3. *France-Soir*, 28 juillet 1972.

rez, ils vont tout casser, dit Alexandra-Barbara. Vite, vite ! Faites attention ! Ils sont là comme des oiseaux. Oui, je sais bien, vous avez raison, je sais qu'ils m'aiment, mais c'est un amour qui m'angoisse tellement. Allons, accélérez et baissez les vitres. »

Elle disait, parlant de Jacques Brel : « Si Jacques était un élément, il serait le ciel et la mer. Une religion : l'amour. Un personnage historique : Don Quichotte. Un arbre : un chêne. Une musique : Wagner. Un animal : un alezan. Un sentiment : la tendresse passionnée[1]. » L'alezan s'éteint le 9 octobre 1978, des suites d'un cancer. Barbara a toujours été disponible pour Jacques. Malgré la peine qui la submerge, elle réconforte son épouse. Mais, face aux journalistes qui la harcèlent, elle se refuse à tout commentaire : « On ne peut pas parler de lui, de même qu'on ne peut pas exprimer l'amour. Il se ressent. »

Bien des années plus tard, elle composera « Gauguin », une chanson en hommage à Jacques-Franz. Par un jeu d'images superposées, Jacques Brel et Paul Gauguin, tous deux enterrés au cimetière d'Hiva Oa, aux îles Marquises, se confondent. Elle les imagine côte à côte dans l'au-delà, l'artiste peignant Amsterdam et le chanteur caressant les seins des femmes postimpressionnistes. Cette lettre à Jacques Brel est naturellement signée Léonie. « Souvent je pense à toi / Qui a longé les dunes / Et traversé le Nord / Pour aller dormir au soleil / Là-bas sous un ciel de corail / C'était ta volonté / Sois bien / Dors bien / Souvent je pense à toi[2] », chante Barbara.

---

1. *Le Journal du dimanche*, 6 février 1972.
2. « Gauguin » (Barbara/Barbara).

Chapitre 9

À Précy

Depuis qu'elle a fait ses adieux à la scène, Barbara se tourne vers le cinéma. Si elle joue peu, il lui arrive en revanche d'accompagner discrètement un film par le biais de la bande originale. C'est le cas avec « Moi, je me balance[1] » pour *La Fiancée du pirate* de Nelly Kaplan, avec « La Solitude[2] » pour *Aussi loin que l'amour* de Frédéric Rossif et avec « Églantine[3] » pour le film éponyme de Jean-Claude Brialy. Barbara est aussi l'auteur du thème musical de *La Femme rompue*, un long métrage signé Josée Dayan d'après le roman de Simone de Beauvoir. Durant ces quelques années placées sous le signe du septième art, elle laisse à d'autres la scène en espérant recouvrer bientôt l'envie de chanter en public. Ce retour n'est pas d'actualité, loin de là. « Il faut savoir se faire rare, déclare Barbara. Avec mon public, qui est toujours mon amant le plus étonnant, je veux préserver le désir. Comme lorsque l'on s'aime, il ne faut pas se voir trop souvent[4]. »

Absente de la scène, Barbara travaille énormément, passant le plus clair de son temps dans le mini-studio d'enregistrement qu'elle a installé au niveau supérieur du duplex de la rue Michel-Ange. Elle s'installe der-

---

1. (Moustaki/Moustaki).
2. (Barbara/Barbara).
3. *Id.*
4. *France-Soir*, 28 janvier 1972.

rière son piano à queue, lunettes sur le nez et stylo en main. Elle perd toute notion du temps. Elle noircit des centaines de pages et enregistre des kilomètres de bandes magnétiques. Ainsi compose-t-elle « Quand ceux qui vont[1] », « Drouot[2] », « La Colère[3] », « Au revoir[4] ». Pour compléter son prochain album dont l'enregistrement doit se dérouler aux mois de mars et d'avril 1970, elle prévoit d'ajouter les chansons de *Madame* écrites avec Remo Forlani. Elle sollicite Jean-Jacques Debout qui lui écrit deux textes empreints de légèreté que Barbara met en musique : « Hop-là[5] » et « Le Zinzin[6] ». « Ces chansons, nous les avons créées ensemble, en nous amusant, raconte ce dernier. Mais, durant les séances de travail, j'ai constaté qu'elle était toujours inquiète. Elle n'a jamais vraiment été certaine d'écrire des chefs-d'œuvre. Même lorsque la chanson était achevée, elle changeait encore un mot, une phrase. Elle se mettait toujours en danger[7]. »

« Je trouve ses textes magnifiques, dit-elle à propos de Jean-Jacques Debout. C'est quelqu'un qui a tant de dons, qui est doué pour tant de choses. C'est un homme qui fait magnifiquement les omelettes, qui cuisine le poulet au citron, qui écrit merveilleusement bien. Je l'ai enfermé pendant six mois. Wertheimer est formidable[8]. »

Encore une chanson et Barbara pourra rejoindre son orchestrateur Michel Colombier et les cinquante musiciens qui l'attendent au studio Gaîté. Claude Dejacques la presse de composer cet ultime titre – c'est la dernière fois qu'ils travaillent ensemble puisqu'il se sépareront

---

1. (Barbara/Barbara).
2. *Id.*
3. *Id.*
4. *Id.*
5. (Barbara/Debout-Romanelli).
6. (Barbara-Debout).
7. Entretien de Jean-Jacques Debout avec l'auteur.
8. « Opus », France Culture, 30 octobre 1993.

juste après, au moment où le directeur artistique quittera la maison Philips.

Depuis de longs mois déjà, Barbara peine à donner naissance à une chanson. Les brouillons s'amoncellent tout autour du piano, faisant un tapis sur la moquette grise. Auprès d'elle, Roland Romanelli lui souffle quelques accords pour parfaire la mélodie. Ce n'est qu'au tout dernier moment, juste avant d'entrer en studio, que Michel Colombier reçoit la cassette. « Il lui manquait une chanson pour boucler un album, se souvient-il. Elle a fouillé dans ses tiroirs et en a sorti un vieux titre qu'elle jouait un peu à la façon de la sonate *Clair de lune* de Beethoven. Pierre, son chauffeur, m'a apporté la cassette, m'a regardé droit dans les yeux et m'a dit : "Il faut que vous en fassiez un tube. La patronne en a besoin." Évidemment, elle ne lui avait rien demandé, mais il l'aimait tellement ! J'ai fait les arrangements sans imaginer ce que la chanson allait devenir[1]. » Il s'agit de « L'Aigle noir[2] ».

Arrivé au mois de mai dans les bacs des disquaires et dans les stations de radio, « L'Aigle noir », dédié à sa nièce Laurence (la fille de Régine), prend rapidement son envol. Au cours de l'été, Barbara est la première surprise : son titre passe en boucle sur les ondes et figure au sommet des hit-parades. « L'Aigle noir », la chanson qui donne son nom à l'album, est le tube de l'été. « Un beau jour, ou peut-être une nuit / Près d'un lac, je m'étais endormie », chante-on dans tout le pays. Barbara accueille avec méfiance cet engouement inattendu pour cette mélodie aux couleurs sombres. Au fond, elle n'apprécie guère ce mouvement de foule. « Il faut se méfier du tube car, ensuite, il faut en écrire un second, répète-t-elle. J'ai plutôt essayé d'oublier que c'était un succès[3]. »

Cet oiseau de proie qui vient hanter ses nuits, va et

---

1. *Chorus*, n° 23, printemps 1998.
2. (Barbara/Barbara).
3. *France Culture*, 30 octobre 1993.

vient, la frôlant de son aile, lui échappe totalement. Tel est le sort de tous les tubes, ils se banalisent, on finit par s'en lasser. « Une chanson est une résonance de ce que vous traversez vous-même. Si l'on prend le cas de "Parlez-moi d'amour", on ne connaît que le refrain[1] », ajoute-t-elle.

Cette idée que ses chansons finissent par devenir une sorte de vieux refrain que l'on fredonne machinalement a tendance à l'effrayer d'autant que ses chansons à elles, lourdes de sens, évoquent souvent un moment tragique : « Nantes[2] », « Une petite cantate[3] », « Rémusat[4] », « Quand ceux qui vont[5] », « Au cœur de la nuit[6] » ou « L'Aigle noir[7] ». Pour cette dernière, la figure de l'oiseau noir se confond avec le fantôme de Jacques Serf, son père, disparu jadis à Nantes et revenu de l'au-delà pour hanter les nuits de sa fille aînée. Barbara chante ses remords et ses regrets, ce temps perdu à se détester ou, pis, à s'ignorer. « Dis l'oiseau, ô dis, emmène-moi / Retournons au pays d'autrefois[8] », chante-t-elle.

« L'oiseau de proie rejoint son ciel, sans elle, mais il est l'image de sa délivrance, imagine Marie Chaix. Le vagabond de "Nantes" a enfin trouvé le repos dans son cœur, elle aura le droit de préférer vive et quitter ce deuil-là. De son vol protecteur, l'oiseau continuera de peupler les nuits de bruissements d'ailes pour que ceux qui dorment sous terre "finissent enfin de mourir"[9]. »

Malgré elle, cette chanson deviendra rapidement la plus populaire de l'ensemble de son œuvre au même

---

1. *Ibid.*
2. (Barbara/Barbara).
3. *Id.*
4. *Id.*
5. *Id.*
6. *Id.*
7. *Id.*
8. « L'Aigle noir » (Barbara/Barbara).
9. Marie Chaix, *Barbara*, Calmann-Lévy, 1986.

titre que « L'Hymne à l'amour[1] » reste le titre le plus caractéristique d'Édith Piaf ou « La Mer[2] » pour Charles Trenet, « L'Auvergnat[3] » pour Georges Brassens, « Ne me quitte pas » pour Jacques Brel, « L'Eau vive[4] » pour Guy Béart et « Le Métèque[5] » pour Georges Moustaki.

Moins d'un an plus tard, la sortie d'un album intitulé « La Fleur d'amour » est annoncée. Il arrivera dans les bacs le 7 mars 1972. Il contient entre autres « C'est trop tard[6] », une chanson signée Jean-Jacques Debout, et des titres estampillés Barbara tels que « L'Indien[7] » et « L'Absinthe[8] ». À son corps défendant, elle fait un nouveau tube avec « Vienne[9] », chanson romantique inspirée d'une missive imaginaire destinée à son compagnon Roland Romanelli. « C'est une lettre qu'elle m'a envoyée à la suite d'une dispute, raconte le musicien. Quand ça n'allait pas entre nous, elle agissait toujours de la même manière, elle cherchait à me surprendre ou à me faire rire. Elle me téléphonait en pleine nuit et disait : "Vous êtes Roland Romanelli ? Ici Dalida" ou : "Allô, je suis bien chez Jean-Michel Jarre ?" Cette lettre donc, je l'ai ensuite mise en musique. Nous n'étions jamais allés à Vienne. Ce n'est que bien plus tard que je l'ai emmenée là-bas[10]. »

Privée de tout contact avec le public, Barbara travaille sans répit, écrivant et enregistrant un nombre impressionnant de chansons en un temps record. Ainsi,

---

1. (Piaf/Monnot).
2. (Trenet/Trenet).
3. (Brassens/Brassens).
4. (Béart/Béart).
5. (Moustaki/Moustaki).
6. (Barbara/Barbara-Debout).
7. (Barbara/Barbara).
8. (Barbara/Barbara-Botton).
9. (Barbara/Barbara-Romanelli).
10. Entretien de Roland Romanelli avec l'auteur.

en septembre de la même année, la maison Philips publie « Amours incestueuses », un 33 tours qui contient notamment « Rémusat[1] » et « Perlimpinpin[2] ». Barbara enregistre aussi « La Ligne droite[3] », coécrite avec Georges Moustaki. « J'avais fait cette chanson, Barbara l'a trouvée sur mon piano, raconte ce dernier. Aussitôt, elle s'est installée derrière le clavier et nous avons composé la musique. À cette époque, elle venait souvent chez moi ou j'allais chez elle. On fumait de l'herbe, on riait beaucoup. Catherine Lara venait nous rejoindre et on jouait toute la nuit. Elle a enregistré sa version de la chanson et moi la mienne. Ce n'est pas vraiment un duo[4]. » Enfin, la jeune Catherine Lara appose son nom sur l'album. Avec Barbara, elle crée deux chansons : « Clair de nuit[5] » et « Accident[6]. »

Insatiable, la maison de disques harcèle Barbara qui se met au travail en espérant pouvoir livrer une dizaine de nouveautés au cours de l'année 1973. Mais elle a tant écrit ces derniers temps, tant travaillé ; elle se sent peu inspirée. Il lui faut trouver un auteur. L'information circule dans le métier.

Le nom du jeune François Wertheimer, un poète-né que l'on trouve à coup sûr à l'Alcazar, est évoqué. Une amie lui indique l'endroit où il est possible de rencontrer le jeune auteur. Un soir d'automne 1972, Barbara descend les marches du cabaret. « On a bu un pot, se souvient François Wertheimer. C'était une femme assez impressionnante, je ne dirais pas terrorisante. Finalement, elle n'est pas du tout comme on l'imagine ; inaccessible ou hiératique. Elle est marrante, très sympa[7]. »

---

1. (Barbara/Barbara).
2. *Id.*
3. (Moustaki/Barbara).
4. Entretien de Georges Moustaki avec l'auteur.
5. (Barbara/Lara).
6. (Barbara/Lara-Barbara).
7. Entretien de François Wertheimer avec l'auteur.

Les deux artistes passent un long moment ensemble. Il lui propose de la raccompagner chez elle, s'excuse : il n'a qu'un vieux camion bringuebalant. « Elle m'a invité à boire un dernier verre chez elle, poursuit-il. Je connaissais "Nantes" et "L'Aigle noir", bien sûr, mais je dois avouer que je n'écoutais pas ses disques très souvent [1]. » Toute la nuit Barbara et François Wertheimer travaillent au piano. Tandis qu'elle lui fredonne les morceaux choisis de son répertoire, il lui fait découvrir ses propres créations. Le courant passe. Vers 7 heures du matin, ils se quittent avec la promesse de se revoir vite. Barbara lui commande une première chanson en guise d'essai.

À l'inverse de la dame brune, François Wertheimer a le verbe facile. Lorsqu'il est inspiré, il peut composer un texte d'un seul coup. Ce premier jet est souvent le bon si bien qu'ensuite, il n'y a rien à ajouter, rien à retirer.

Durant neuf mois, Barbara et Wertheimer vivent côte à côte. Il l'observe, apprend à saisir la personnalité et l'univers de cette femme qui lui était jusque-là inconnue. Rue Michel-Ange, il lui soumet un à un ses textes qu'elle s'applique à mettre en musique, des refrains tout à fait conformes à la personnalité de Barbara. « Elle n'est pas un personnage très difficile à recevoir, explique Wertheimer. Elle s'exprime assez facilement, c'est quelqu'un qui est malgré tout assez extraverti, facilement lisible. J'écrivais les paroles au fur et à mesure. Je les lui donnais et elle travaillait au piano. Je n'avais pas grand-chose à dire. Je n'ai pas vraiment collaboré à l'écriture des mélodies. En revanche, j'ai suivi ça de très près. On se voyait tous les jours, à ce moment-là, c'était passionnant et passionné, un peu dur parfois parce qu'elle avait un caractère très affirmé [2]. » Jour après jour, l'album se construit. Wertheimer

---

1. *Ibid.*
2. *Ibid.*

apporte « Le Minotaure[1] », « Là-bas[2] », « Les Hautes Mers[3] », « Monsieur Capone[4] » et « Je t'aime[5] ». Sous sa plume, Barbara, qui par le passé avait incarné une mystérieuse puis une longue dame brune, se meut en « louve solitaire[6] ». « Aux matins froids, aux reflets grèges / Aux soleils, frissons de l'hiver / Je suis la louve solitaire », écrit Wertheimer.

Et elle s'extasie encore lorsqu'il lui soumet « Marienbad[7] ». La figure qui est décrite la fascine : « Vous aviez les allures d'un dieu de lune inca / En ces fièvres en ces lieux, en ces époques-là[8]. »

Amoureux fou de Delphine Seyrig, l'héroïne de *L'Année dernière à Marienbad*, François Wertheimer juxtapose les images de ces deux femmes qui, à l'entendre, ont tant de points communs. Il va jusqu'à dire qu'elles seraient semblables. Cette chanson romantique, Barbara la place désormais dans tous ses tours de chant.

Après le succès retentissant de « L'Aigle noir », Barbara est plus que jamais poursuivie par ses fans. Une foule de jeunes filles, notamment les élèves du lycée La Fontaine situé à une centaine de mètres de son appartement, font le guet au bas de l'immeuble. « Barbara provoquait l'hystérie, se souvient Jean-Jacques Debout, qui eut l'occasion de l'accompagner en tournée. À Montréal, des filles se roulaient à ses pieds. Elle trouvait toujours les mots pour les calmer mais, au fond, elle en avait peur[9]. » La chanteuse étouffe, en souffre et s'en plaint souvent. Wertheimer est sensible à cette phobie et compose le portrait d'une femme-vedette qui

---

1. (Wertheimer/Barbara).
2. *Id.*
3. *Id.*
4. *Id.*
5. *Id.*
6. « La Louve » (Wertheimer/Barbara).
7. (Wertheimer/Barbara).
8. « Marienbad » (Barbara/Wertheimer).
9. Entretien de Jean-Jacques Debout avec l'auteur.

cherche un peu d'oxygène et de tranquillité pour travailler. Ainsi naît « L'Enfant laboureur[1] ». « Mes secrets sont pour vous, mon piano vous les porte / Mais quand la rumeur passe, je referme ma porte[2] », écrit François Wertheimer. « Je suis parti de l'idée qu'il fallait lui laisser son territoire pour qu'elle puisse cultiver son jardin, explique-t-il. Et pourquoi un enfant ? Parce qu'elle avait une grande fraîcheur, une certaine naïveté, des sentiments très entiers et des réactions brusques. Et laboureur car, quand elle travaillait, je la voyais chaque jour cultiver son jardin[3]. » En 1973, la liste des chansons qui vont constituer l'album n'est pas encore close.

Cette année-là, Barbara décide de quitter Paris. Elle a toujours aspiré à vivre à l'écart de la foule, plutôt à la campagne. Longtemps, elle n'a pas eu le choix, logeant là où ses compagnons voulaient bien l'installer. Avoir un « chez-elle » est encore un rêve quand, en 1965, elle dit : « Lorsque j'aurai assez d'argent, j'achèterai une maison. Et à ce moment-là, il y aura une bibliothèque chez moi[4]. »

Au milieu des années 1960, en effet, Barbara part souvent rejoindre son ami de l'Écluse, André Schlesser, et sa femme Maria Casarès, dans leur maison de campagne située à Alloue, en Charente-Maritime. « Elle a très vite été envahie et souhaitait se réfugier dans un endroit bien à elle, se souvient Gilles Schlesser, le fils de "Dadé". Le presbytère du village où mon père avait sa maison était à vendre. Elle s'est renseignée, a même failli l'acheter. Mais elle a finalement renoncé pour une raison que j'ignore[5]. »

En 1973, Roland Romanelli visite une demeure ancienne située dans un village en bord de Marne, à une trentaine de kilomètres de Paris, tout près de la ville de

---

1. (Wertheimer/Barbara).
2. « L'Enfant laboureur » (Barbara/Wertheimer).
3. Entretien de François Wertheimer avec l'auteur.
4. *Femme d'aujourd'hui*, 28 mai 1965.
5. Entretien de Gilles Schlesser avec l'auteur.

Meaux. Le propriétaire, un décorateur, désire s'en séparer. Roland Romanelli insiste pour y conduire Barbara, persuadé qu'elle ne saura résister au charme de la maison. « Elle n'avait pas vraiment l'intention de poser ses bagages, se souvient-il. Elle voulait pouvoir, à tout moment, prendre ses valises et quitter le lieu qu'elle habitait. Quand j'ai vu cette maison, j'ai tout de suite pensé à elle, je me suis dit qu'elle y serait heureuse. Elle semblait vouloir rester à Paris mais, quand je l'ai emmenée visiter la bâtisse de Précy, elle a été tentée. Pourtant, elle a encore hésité. Je lui ai dit que, si elle ne la prenait pas, je l'achèterais. Et Charley Marouani, de son côté, a insisté car, depuis longtemps, il la serinait pour qu'elle investisse cet argent qu'elle dépensait en broutilles. Las de la voir dilapider sa fortune, il lui a très vite confisqué son chéquier et l'a mensualisée. Quand elle a eu une carte bleue entre les mains, je n'en parle même pas, elle avait l'impression de ne pas dépenser d'argent. Finalement, elle a acheté Précy[1]. »

« Ses hommes », qui sont ses musiciens et son imprésario et auxquels elle dédia une chanson, s'occupent du déménagement sous l'œil de François Wertheimer qui en profite pour croquer l'événement. Il livre la dernière chanson, « Ma maison », qui décrit une Barbara maîtresse en sa demeure. « Ma maison est un bois, et c'est presque un jardin / Qui danse au crépuscule autour d'un feu qui chante / Où les fleurs se mirent dans un lac sans tain[2] », chante-t-elle.

Pour la première fois de sa vie et pour toujours, Barbara défait complètement ses valises et achète des meubles années 30. « Précy est un choix de solitude[3] », dira-t-elle souvent.

Précy-sur-Marne, un village de campagne, compte environ quatre cents habitants, une église, une boulangerie, une boucherie et une école. Au 2, rue de Verdun

---

1. Entretien de Roland Romanelli avec l'auteur.
2. « Ma maison » (Barbara/Wertheimer).
3. « Opus », France Culture, 30 octobre 1993.

vit désormais Barbara, dans une immense demeure à son image. « *A priori* hautaine et inaccessible vue de l'extérieur, mais avec un joli jardin ensoleillé au centre [1] », observe un ingénieur du son qui a longtemps travaillé avec la chanteuse. À Précy, l'enfant laboureur plante des rosiers, installe un banc sous un arbre, fait brûler des bûches dans la grande cheminée de pierre. Il y a une cuisine au rez-de-chaussée et une tunisienne, une chambre très sombre (la sienne) au premier étage qui jouxte une salle de travail meublée d'un piano droit – son tout premier piano, acheté en 1969. Il y a encore une tonnelle, de grosses poutres, trois pianos noirs et deux chiens, un chat, des bijoux, des châles noirs, des boîtes en argent, un paravent, un rocking-chair, des livres (très peu) et, un peu partout, les cadeaux offerts par son public.

Amateur d'objets en tout genre, Barbara fait parfois le tour des antiquaires parisiens et visite au matin les salles de Drouot, sujet d'une chanson poignante en hommage à « Ceux qui pour quelques sous rachètent pour les vendre / Des trésors fabuleux d'un passé qui n'est plus [2] ». « J'ai l'amour des vieux objets, dit-elle. Je suis souvent allée à Drouot. J'aime beaucoup sentir les objets, les toucher, ils ont un parfum, une histoire. Mais Drouot, c'est terrible aussi, on voit des gens se séparer d'objets qui sont toute leur vie pour quelques sous. C'est pathétique [3]. » Naturellement, elle ignore que tout ce mobilier ainsi que ses costumes de scène et ses partitions seront tristement dispersés aux enchères quelques mois seulement après sa mort. Pour l'heure, Barbara est enfermée à Précy où elle tricote en se balançant dans son rocking-chair devant le poste de télévision allumé. Le reste du temps, elle cultive « Monsieur jardin ». Parfois, rarement, elle se hasarde dans la cuisine. « C'était souvent immangeable, se souvient

---

1. Entretien avec l'auteur.
2. « Drouot » (Barbara/Barbara).
3. « Opus », France Culture, 30 octobre 1993.

Roland Romanelli. Je préférais préparer moi-même le repas. Elle faisait bouillir de l'eau dans une casserole qui ressemblait plus à une bassine. À l'autre bout de la cuisine, elle épluchait vaguement des légumes et les jetait dans la marmite sans regarder si ça tombait dedans ou pas. C'était un carnage, il y en avait partout. Quand elle s'occupait du jardin, c'était pareil. En robe noire avec des châles, il fallait la voir enlever des grosses mottes de terre qu'elle balançait n'importe où, derrière elle, pour planter une toute petite graine et ensuite elle remettait la terre et donnait des grands coups de pelle. Franchement, elle était meilleure sur scène [1]. »

Barbara règne sur Précy où elle vit seule la plupart du temps. Elle s'attache assez vite à cette jolie demeure, à laquelle elle dédiera en 1981 une chanson intitulée « Précy jardin ». « Ô jardin de Précy / Précy / Ô que j'aime tes soirs de mélancolies », chante-t-elle. Dans cette maison, Roland Romanelli, qui reste parfois une semaine entière dans les périodes de travail intense, a sa chambre. Quelque temps après l'installation de Barbara dans le petit village de Seine-et-Marne, William Sheller, chargé des orchestrations de l'album « La Louve » cosigné avec Wertheimer, occupe, lui, la chambre d'ami pour six mois. « On s'entendait bien, se souvient-il. Quand on rentrait du studio, elle aimait me faire une omelette. Elle, elle ne mangeait pas, elle tournait autour de la table en grignotant un demi-citron ou un yaourt. Et puis, la nuit, elle remuait sans cesse des tiroirs. J'avais tout le temps l'impression qu'elle déménageait. Il y avait dans chaque pièce une lampe rouge allumée comme une veilleuse. Elle aimait la nuit. Elle arrivait le matin en me disant : "Je n'ai pas dormi, mais j'ai trouvé des choses." Parfois, au contraire, elle n'avait pas envie de sortir et on ne la voyait pas pendant deux jours [2]. »

---

1. Entretien de Roland Romanelli avec l'auteur.
2. *Chorus*, n° 23, printemps 1998.

À Rémusat, à Michel-Ange, à Précy, Barbara semble sans cesse jouer à cache-cache avec la solitude ; la fuyant souvent, la cherchant parfois. C'est qu'elle n'a pas, comme elle dit, « le talent de vivre à deux ». « Je ne l'ai jamais eu, explique-t-elle. Si c'est pour vivre seule à deux, ce n'est pas la peine. Il vaut mieux être seule-seule. Le quotidien tue la vie des couples, il y a la magie du moment où l'on décide de vivre ensemble, mais après... Est-ce que les hommes et les femmes sont faits pour vivre ensemble ? Une passion doit brûler tout le temps. C'est difficile, le couple, c'est difficile... Mais je ne veux pas en parler parce que je ne connais pas. Je sais que les plus belles histoires d'amour sont impossibles. Quand elles deviennent possibles, c'est autre chose, c'est la durée qui les rend belles[1]. »

Après la sortie de « La Louve », qui connaît un grand succès, Barbara aspire enfin, au bout de quelques années d'absence, à renouer avec sa plus belle histoire d'amour : son public. Charley Marouani réserve le Théâtre des Variétés[2] du 14 février au 3 mars 1974 et Barbara annonce son grand retour à la scène : « J'ai seulement pris quelque distance avant de retrouver l'envie d'entrer en scène. Je suis une aventurière de la chanson, non une fonctionnaire... Pour chaque aventure, il faut savoir préserver la passion. Il ne faut pas continuer sa vie, il faut chaque fois la recommencer. » Et d'ajouter : « Ce qui explique ma retraite, c'est qu'à la fois j'ai cette passion de chanter et, quelquefois, j'ai honte de ce dérisoire-là, qui est de monter sur des lumières. C'est pourtant une chose que j'aime, de chanter et de m'en aller, vous comprenez ce que je veux dire ? Et peut-être que je m'enferme après, c'est vrai. Parce que ça me fait peur. »

Au Théâtre des Variétés, elle impose le tarif : aucun billet ne doit être vendu plus de quinze francs, ce qui lui est accordé. Enfin, Barbara sort de sa loge, s'avance

---

1. « Opus », France Culture, 30 octobre 1993.
2. 228 places.

sur scène où seul Roland Romanelli l'accompagne. Elle chante vingt-sept chansons, parmi lesquelles « Chapeau bas », « L'Indien », « Perlimpinpin », « Ma plus belle histoire d'amour », « Mes hommes », « Y aura du monde », « L'Aigle noir », certains textes de Jean-Jacques Debout et bon nombre d'œuvres de François Wertheimer. Elle termine par « Nantes » et « Le Mal de vivre ».

L'enregistrement public du concert sortira en novembre 1974.

Cette fois, malgré le succès de ce récital, la scène n'a pas l'effet escompté sur sa santé morale. Celle qui n'a de passion que pour ces instants où, dans la lumière, elle chante, communique avec son public, tente de mettre fin à ses jours. « Si elle n'avait pas réussi à se faire entendre, je ne sais pas si elle serait encore vivante [1] », pense Jean-Jacques Debout. Dans la nuit du 3 au 4 juin 1974, un ami tente de l'appeler à plusieurs reprises mais le téléphone est constamment occupé. Il sait qu'elle ne va pas très bien depuis quelque temps, elle semble déprimée. Il prévient la police. Le policier de garde à la gendarmerie d'Esbly, André Guilleteau, reçoit l'appel. Il envoie deux collègues qui arrivent à 5 h 30 devant le portail. Ils sonnent, en vain. On fait prévenir la femme de ménage de la chanteuse, Alice Lagrange, qui habite dans la rue et possède un double des clés. Les gendarmes trouvent Barbara coiffée et maquillée, vêtue d'un déshabillé noir, les bras en croix. Sur la table de chevet, sept tubes de barbituriques, évidemment vides. Les pompiers arrivent peu de temps après avec un médecin. Hospitalisée d'urgence à l'hôpital de Meaux, Barbara échappe de justesse à la mort. En 1978, pour son retour à l'Olympia, elle évoquera, plutôt guillerette, l'épisode dans une chanson, « Les Insomnies [2] » : « Mais au ciel de mon lit / Y aurait les

---

1. Entretien de Jean-Jacques Debout avec l'auteur.
2. (Barbara/Barbara).

pompiers de Paris [...] / Si après l'heure, c'est pas l'heure, avant ce ne l'est pas non plus. »

Avec Roland Romanelli pour seul accompagnateur, elle renoue avec Bobino du 29 janvier au 2 mars 1975, puis part en tournée au Canada, au Japon et aux Pays-Bas. En 1976, avec Mine Vergès et Charley Marouani, elle retrouve son ami Maurice Béjart à Venise où elle tourne avec Jorge Donn *Je suis né à Venise*. Elle y incarne la mort au cimetière. « C'est la seule fois où je lui ai confectionné un vêtement rouge[1] », raconte la styliste. Du 6 au 26 février 1978, Barbara fait un triomphe sur la scène de l'Olympia, celle-là même où, près de dix ans auparavant, elle disait vouloir quitter ses théâtres. Elle loue une chambre à l'hôtel Caumartin et, le soir venu, chante pas moins de vingt-trois titres. Vêtue d'un fourreau noir, Barbara entre en scène discrètement, presque timidement, par le côté droit et s'installe directement au piano. Souriante. Accompagnée de Roland Romanelli, elle commence le récital : « Chapeau bas », et « Fragson » (en hommage à l'auteur de ses débuts), « Quand ceux qui vont », « Au bois de Saint-Amand », « La Mort », etc. Chaque soir, c'est le même scénario. Une fois le spectacle terminé, elle retourne s'asseoir, épuisée, dans sa loge tandis que les techniciens débranchent les instruments. Elle fait poser une table dans le couloir des artistes pour recevoir les demandeurs d'autographes. Elle est la seule chanteuse française à mettre cette barrière entre elle et son public. Elle *les* aime et *les* craint à la fois. Ils ne sont pas avares de mots doux : « Merci, Barbara, c'était vraiment merveilleux. C'est toujours un bonheur de vous voir. » Et elle leur sourit. Les femmes sont attentionnées : « Ce n'est pas fatigant de tant vous donner sur scène ? Prenez bien soin de vous. Soyez prudente, songez à vous reposer. »

1. Entretien de Mine Vergès avec l'auteur.

Pendant ce temps, dans la salle, des dizaines de jeunes gens de la révolution 68 la réclament pendant vingt, trente, quarante minutes... Elle cède et revient : « Je ne peux pas chanter, la sono est débranchée. » Mais ils insistent : « Ça se rebranche, une sono ! Éric [1], rebranche-nous ça ! » Barbara est amusée, flattée elle propose : « On va faire une chose. Tous autour du piano, mais je ne veux pas entendre une mouche voler. » Ils forment un cercle autour du piano. « C'est moi qui choisis les chansons, on n'est pas au restaurant ! » lance-t-elle. Elle entonne alors « Madame » pour cette poignée de fidèles qu'elle connaît parce qu'ils la suivent de théâtre en théâtre : « Je reçois à l'instant où je rentre chez moi / Votre missive bleue, Madame [2]. »

« Je passe des bras des gens de Bordeaux à ceux de Saint-Étienne, confie-t-elle face à la caméra de François Reichenbach, qui filme la tournée de cet Olympia 78. Je revois les mêmes visages et je les reconnais toujours, même après de très longues années sans les voir. Moi, j'ai une très grande mémoire de leurs visages. Si je leur dis une chose, ils savent que c'est comme ça, que je ne vais pas leur mentir, que je ne vais pas faire semblant. C'est une chose qui passe entre eux et moi. Nous savons, c'est inexplicable et impalpable. Ce n'est pas la peine de dire ces choses-là [3]. » Le soir de la dernière, encore tout émue, elle se dresse au bord de la scène, le micro serré entre ses deux mains pâles qui sortent du velours noir. Va-t-elle encore tirer sa révérence ? « Je voudrais vous dire que ce qui s'est passé pendant trois semaines, le spectacle que vous avez fait, c'était tellement extraordinaire, prodigieux, que personne n'en est revenu, personne n'a compris, dit-elle. J'ai vécu enfermée de ma loge à vous, de ma chambre d'hôtel à ma loge pour ne pas perdre une parcelle de cet amour que vous m'avez donné. Je peux

---

1. Entretien d'Éric Alvergnat avec l'auteur.
2. (Barbara/Barbara).
3. *Barbara*, reportage de François Reichenbach, TF1, 27 novembre 1979.

vous affirmer que c'est exceptionnel, que ce n'est jamais arrivé. Même les gens du métier ne comprennent pas ce qui s'est passé. Peut-être vous et moi. Peut-être vous et moi... Parce que quand on me demande d'expliquer la vérité de ce qu'il y a entre vous et moi, pour qui que ce soit, elle est là quand vous êtes là, quand je suis là et je sais que ce sera toujours comme ça. Si je chante, c'est pour vous et c'est pour vous, parce que moi, je n'aurais jamais osé revenir. Vous savez que ma vie, c'est vous, et ce n'est pas un mot que je vous dis là. C'est vrai que cette plus belle histoire d'amour, c'est vous. Ce qui s'est passé là, c'est fou, je le porte en moi inscrit en lettres de feu. Et je vous remercie de vous [1]. »

---

1. *Ibid.*

Chapitre 10

La piste aux étoiles

Barbara a chanté, les tempes brûlantes, lors de cet Olympia 78 puis dans les villes de province tout au long d'une tournée triomphale. Portée par son public, entourée de ses compagnons de scène, elle s'est sentie reine. Mais à la fin de l'année 1979, une fois la rumeur passée, ses hommes retrouvent leurs familles. Quant à Barbara, elle rentre à Précy où personne ne l'attend vraiment. La transition est brutale ; elle la plonge à nouveau dans ce silence, à la fois recherché et redouté, de sa maison à la campagne. Un sentiment semblable à celui qu'elle ressent après chaque concert. « Comme une déchirure, comme un arrachement, explique-t-elle. Vous savez, lorsque je sors de scène, je suis comme un vieux chiffon, prostrée, anéantie. Je n'existe plus[1]. »

La chanteuse erre de sa chambre à coucher à sa salle de travail. L'on songe à cette chanson écrite par elle à cette époque-là et qui dit : « Comme épave perdue / Je me cogne et me brise / [...] Je suis seule[2]. » Elle décide de prendre le large à bord de son piano-vaisseau. Elle se remet à l'écriture et ses pensées vagabondes donnent naissance à une dizaine de nouveaux titres. Et, pour la première fois depuis 1973, elle retourne en studio avec Roland Romanelli et Michel Colombier, lequel s'est

---

1. *IIIe Génération*, février 1990.
2. « Seule » (Barbara/Barbara).

exilé depuis peu à Hollywood où il s'est spécialisé avec succès dans la musique de films. Fidèles à la longue dame brune, ils ont tous deux abandonné leurs travaux en cours pour s'installer à Précy et ne se consacrer qu'à elle. Les arrangements des nouvelles chansons sont ainsi élaborés, en famille. Dès le 11 novembre 1980 et pour un mois, le studio Davout – qui est au dire de Barbara « pas superbe, plutôt poussiéreux, dégueulasse peut-être, mais qu'est-ce que ça fait[1] ? » – devient le théâtre du travail minutieux de trois compères qui ne comptent pas les heures. Jusqu'au 11 décembre, ils étudient chaque nuance de cet album qui comprend douze plages rassemblées sous le titre provisoire de « Mille chevaux d'écume »

Le mois de janvier 1981 correspond à la sortie de cet album finalement intitulé « Seule ». La couleur des chansons, un rien mélancolique, est conforme à la pochette du disque sur laquelle figure une photographie de Barbara, penchée pensive à la fenêtre de Précy. Elle est sobrement vêtue et porte de larges lunettes noires. Visiblement, « Il automne[2] » dans sa vie : « À pas furtifs / À pas feutrés / À pas craquants / Désespéré. » Ses admirateurs retrouvent dans ses textes un univers familier ; des états d'âme confiés à voix basse. « Mes chansons sont comme autant de photos en musique, dit-elle. C'est un véhicule du quotidien. Tout à coup, un air qui vous remémore des odeurs. J'ai l'avantage de pouvoir dire tout haut ce que les gens pensent au fond d'eux-mêmes[3]. » Que ce disque est sombre ! Y figure également « La Musique[4] » qui s'adresse à un amour perdu : « C'est vrai que je t'avais promis / Lorsque nous nous sommes quittés / Que là où tu vivrais ta vie / Ma musique t'accompagnerait. » Barbara nostalgique rend hommage à un amour de jeunesse qu'était Fragson :

---

1. *France-Soir*, 5 février 1982.
2. (Barbara/Barbara).
3. *La Croix*, 27 octobre 1981.
4. (Barbara/Barbara).

« Pendant que sur mon mur, dansait la Loïe Fuller / Sous l'œil enamouré et l'air patibulaire / De Fragson, Fragson. » Et ces insomnies qui se confondraient presque avec la mort : « Mourir ou s'endormir, ce n'est pas du tout la même chose / Pourtant c'est pareillement se coucher les paupières closes / Une longue nuit, où je les avais tous deux confondus / Peu s'en fallut, au matin, que je ne me réveille plus[1]. » « Dormir ou s'endormir ? » questionne-t-elle. Et la mort, omniprésente dans son œuvre, apparaît aujourd'hui « Belle comme une épousée, dans sa longue robe blanche / En dentelles[2] ». Dans un entretien à *Libération* Barbara dit clairement et en prose tout ce qui est suggéré dans le disque : « L'amour, le sexe ? Je ne peux pas m'imaginer chanter sans, confie-t-elle. Ça a été extrêmement important dans ma vie, mais les choses se calment. Les hommes m'ont accouchée. Je dis "les hommes" parce qu'on a longtemps cru que je vivais avec des dames ; je n'ai pas démenti, ça aurait pu arriver[3]. » Il aurait vraiment foutu le camp le temps du lilas, le temps de la rose offerte ? En effet, rien n'est plus pareil. C'en est fini de l'amour furtif et fou auquel elle croyait tant. « Chaque fois qu'on aime d'amour / C'est avec jamais et toujours [...] / On refait le même chemin / En ne se souvenant de rien[4] », chantait-elle jadis. En effet, à cinquante ans, après avoir affiché son goût pour l'aventure, elle renonce face à « l'amour magicien » : « Il fallait qu'un jour / Pour moi ce soit la fin du voyage [...] / Amour magicien / Passe ton chemin [...] / Ma fête est finie[5]. » Enfin, dans cet album de la maturité, Barbara rend hommage à « Cet enfant-là[6] ». Est-il celui qu'elle n'a jamais eu ? Ou plutôt le fils de l'un de ses hommes, si proche d'elle ? Elle crée la confusion dans une

---

1. « Les Insomnies » (Barbara/Barbara).
2. « La Mort » (Barbara/Barbara-Romanelli).
3. *Libération*, 18 novembre 1993.
4. « À chaque fois » (Barbara/Barbara).
5. « L'Amour magicien » (Barbara/Barbara).
6. (Barbara/Barbara-Romanelli).

chanson au propos doux-amer : « Cet enfant-là / N'a rien de moi / Mais vous ressemble. »

Quatre ans après l'Olympia, Barbara envisage de présenter ses nouvelles chansons sur scène. Pas question pour elle de revenir dans un music-hall parisien comme « une cousine de famille ». Elle en a assez de zigzaguer entre la rue de la Gaîté et le boulevard des Capucines, le circuit traditionnel. « Je voudrais une grande salle, annonce-t-elle. Même un hangar, pourquoi pas, qu'on aménagerait pour la fête... Ou l'Opéra-Comique, parce qu'il a une âme de velours, ou le Châtelet, bien sûr, parce qu'il est superbe, qui n'en rêve pas ? Ou le Casino de Paris, parce qu'il est grand et chaud... ou Mogador, parce que ce serait drôle : c'est là que j'ai passé une audition à mes débuts[1]. »

Au début de ces années 1980, la formule Zénith (salles modulables, spécialement conçues pour les concerts) n'existe pas encore. À Paris, les chanteurs à la recherche de grands espaces sont contraints d'investir le Palais des Sports ou le Palais des Congrès, davantage adaptés aux spectacles visuels mais dont l'acoustique laisse à désirer. De plus, il est impensable pour Barbara de passer de l'atmosphère feutrée des théâtres à celle, froide, d'un Parc des Princes par exemple.

Au mois de mars 1981, assise sur la banquette arrière de sa Mercedes, la chanteuse se laisse conduire sur le boulevard périphérique, direction Précy. Il fait jour. Par la fenêtre, elle aperçoit le sommet d'un chapiteau, une tente blanche à rayures jaunes. « C'est ici, sors à la prochaine porte ! » lance-t-elle à son chauffeur. L'homme au volant n'a pas le temps de voir l'édifice de toile, mais il obéit à sa patronne brusquement exaltée. Et la roulotte de luxe emprunte la bretelle qui descend vers la porte de Pantin. Il s'agit bel et bien d'un cirque qui se dresse au beau milieu du terrain vague, jonché de carcasses de voitures et de canettes rouillées.

---

1. *France-Soir*, 4 février 1981.

Les bottes couvertes de boue, Barbara pénètre dans la tente à l'abandon. « Je vais chanter là ! » affirme-t-elle. Malgré la terre humide qui recouvre le sol, l'aspect délabré du lieu, le vent glacé qui s'infiltre de tous côtés, elle tient à faire ici son retour sur scène à la fin de l'année, en plein hiver. Elle ne peut qu'aimer cet univers, celui des gens du voyage, une famille à laquelle elle estime appartenir. « Parce qu'ils sont humbles, commente-t-elle. Ils ne demandent rien, ils font leur travail. Ils ne pensent pas à la célébrité [1]. »

Charley Marouani tente de l'en dissuader. Il n'est pas le seul. L'espace en question n'est pas plus vaste que l'Olympia (qui contient deux mille deux cents places assises) malgré les apparences, mais il est excentré et en si mauvais état ! Pragmatique, l'imprésario visite le cirque en songeant à l'investissement nécessaire à sa métamorphose. L'aventure est assez peu ordinaire, le risque immense. « Que n'ai-je entendu, alors ! se souvient Barbara. C'était de la folie, je courais à l'échec. Moi, j'étais sûre que c'était là qu'il fallait que je chante. Peut-être la démarche était-elle audacieuse, mais j'aime prendre des risques. Réinventer ailleurs. »

Barbara aura le dernier mot. Elle se produira en effet à Pantin, sous ce chapiteau, à partir du 28 octobre. À coups de millions de francs, le cirque se transforme lentement en salle de concerts. On ôte la toile pour en dresser une autre flambant neuve, on installe un rideau de scène, une moquette rouge par-dessus la terre boueuse, on dresse des tentures. À la seule vue de cette scène démesurée, ces deux mille sièges en plastique, le bar à l'entrée, la sono, les nombreuses rampes de projecteurs, un visiteur égaré jurerait que l'on se prépare à recevoir Johnny Hallyday, David Bowie ou l'un des groupes de hard-rock qui font fureur à l'époque : Trust, AC/DC. Pendant ce temps, un long travail de préparation débute à Précy. Barbara et Roland Romanelli

---

1. Propos recueillis par Lucien Bodard, 29 octobre 1981.

composent le tour de chant : vingt-cinq chansons sont prévues au programme, trente avec les rappels. Aux classiques, comme « Pierre », « Göttingen », « Le Mal de vivre », « Ma plus belle histoire d'amour » et « L'Aigle noir » s'ajoutent des titres issus de son dernier album : « Seule [1] », « La Mort [2] », « Mille chevaux d'écume [3] ».

Barbara étudie la possibilité de chanter debout, davantage que par le passé, d'arpenter l'espace du piano au rocking-chair, de placer les musiciens au bord de la scène. Cette évolution nécessitant un relais au piano, Charley Marouani est chargé du recrutement. « J'ai été contacté par son agent, raconte Gérard Daguerre, un Basque alors âgé d'une petite trentaine d'années. À l'époque j'étais le musicien attitré de Sylvie Vartan. C'est Barbara qui avait demandé à me rencontrer [4]. » Gérard Daguerre devra donc seconder Roland Romanelli, l'homme-orchestre qui, lorsqu'il accompagnait seul Barbara, passait tour à tour du piano Fender au synthétiseur, de l'accordéon traditionnel à l'accordéon électrique.

Six mois durant, le trio Barbara-Romanelli-Daguerre se réunit. Tous les jours sauf le dimanche. Dans une aile de sa maison, un véritable petit théâtre a été aménagé et baptisé « la Grange-aux-loups ». C'est ici qu'ils répètent, travaillent les orchestrations jusqu'à la perfection. Même si « le courant est très bien passé entre nous trois [5] », comme l'affirme Gérard Daguerre, la tension est montée à l'approche de l'échéance. Les coups de colère ont remplacé les éclats de rire. À force de s'entendre dire que Pantin est une pure folie, Barbara, qui est d'un naturel inquiet, se surprend à douter. L'angoisse la gagne. « Vous pensez qu'*ils* vont venir ? » demande-t-elle sans cesse.

---

1. (Barbara/Barbara).
2. (Barbara/Barbara-Romanelli).
3. (Barbara/Barbara).
4. Entretien de Gérard Daguerre avec l'auteur.
5. *Ibid.*

Malgré son appréhension, elle refuse de s'impliquer dans la promotion du récital. « La télé, ce n'est pas ma conception du spectacle, rétorque-t-elle. Ma conception du spectacle, c'est la paillette. Il y a à la télévision une gravité qui m'ennuie [1]. » À peine accordera-t-elle quelques entretiens aux journalistes de presse écrite. À la demande de la chanteuse, la campagne d'affichage mise en place pour annoncer le spectacle est réduite au minimum car elle n'apprécie guère de se voir placardée sur les murs comme un simple produit : un yaourt, un adoucissant ou une boisson gazeuse. « Je ne l'ai jamais fait, je ne vais pas commencer aujourd'hui à rabattre ; ces choses-là, il ne faut les accepter que si tu es obligée de le faire [2] », affirme-t-elle. Au moment des derniers préparatifs, la styliste Mine Vergès apporte les costumes de scène. Après bien des discussions, des essayages et des prises de bec, Barbara se décide à troquer sa traditionnelle robe longue pour un pantalon très évasé aux chevilles et une tunique mi-longue, le tout en velours noir corbeau. « Nous allions souvent chez Dreyfus, au marché Saint-Pierre, raconte Mine Vergès. C'était toute une affaire, une véritable révolution, elle se cachait sous des chapeaux et des lunettes pour qu'on ne la reconnaisse pas. Elle adorait choisir avec moi les tissus. Elle ne voulait que du velours noir. À première vue, elle était toujours habillée pareil et, pourtant, les modèles étaient chaque fois différents. Il était impératif pour elle d'être à son aise dans ses habits de scène et de veiller à ce que les contours de sa silhouette soient bien dessinés [3]. »

Sur la scène de Pantin, l'équipe au complet répète le spectacle ; c'est l'heure des dernières mises au point. Malgré la moquette et les tentures, il fait frais. Le chauffage ne sera mis en route qu'à partir de la première. En jean et gros pull, enveloppée dans son grand

---

1. *Télérama*, 21 novembre 1979.
2. *Le Matin*, 27 octobre 1981.
3. Entretien de Mine Vergès avec l'auteur.

châle noir, chapeautée, Barbara grelotte. « Jacques, tu peux me mettre un projecteur dans le dos ? J'ai froid[1] », demande-t-elle à l'éclairagiste Rouveyrollis.

En patronne, Barbara dirige ses hommes : « Bon. Je veux bien y aller, les enfants, mais il faut me mettre un fil, là. J'ai pas de mou, je ne peux pas répéter[2]. » Et encore : « Les pieds de mon tabouret sont blancs, on ne voit que ça de la salle, il faut les peindre ou les scotcher. Et les câbles gris, là... on peut pas en avoir des noirs[3] ? »

La chanteuse ne voit pas les heures filer. À peine prend-elle le temps de partager un maigre repas chinois avec les membres de son équipe. Il est déjà minuit et demi : « Je veux que l'on fasse l'entrée en scène au moins vingt fois. Il n'y a rien de plus horrible qu'une entrée ratée [...]. Je suis prête aussi à voir tout ce que vous voulez pour les rideaux. Et je veux aller travailler en salle, à la console, pour déterminer les mélanges de sons que je désire[4]. »

« Consciencieuse », « méticuleuse », « perfectionniste », « exigeante » ; ses hommes cherchent le mot juste. Plus les années passent, plus elle est reconnue et plus elle a peur.

« J'ai besoin d'être là avec tous ceux qui préparent la soirée, dit-elle, avec tous ceux qui m'entourent, régisseurs, musiciens, machinistes, car si nous ne sommes pas totalement ensemble, s'il n'y a pas de bonheur en coulisse, le spectacle s'en ressent[5]. »

Barbara met un soin particulier à trouver l'emplacement du piano, calculé au centimètre près. Elle ne veut négliger aucun spectateur ; elle sera vue aussi bien du premier rang que du dernier. Pour cela, elle fait venir tous les musiciens et techniciens disponibles, demande

---

1. *Le Matin*, 27 octobre 1981.
2. *Ibid.*
3. *Ibid.*
4. *Ibid.*
5. Marc Chevalier, *Mémoire d'un cabaret, l'Écluse*, La Découverte, 1987.

que chacun prenne place dans la salle et la conseille : « Et du fond, on voit bien ? Et là, au premier rang ? » Le cas échéant, elle déplace elle-même l'instrument, en appui sur la pointe des pieds. Omniprésente sur scène, en coulisse, en régie lumière avec Jacques Rouveyrollis et au son avec Éric Alvergnat, elle veille au moindre détail.

Elle avait rencontré ce dernier en 1977, par l'intermédiaire de Charley Marouani. Pour l'Olympia, déjà, Éric Alvergnat avait innové en confectionnant pour la dame brune un micro secret relié à la cabine son. Entre deux chansons, lorsque les lumières s'éteignaient, Barbara donnait ses instructions. « Au départ, elle était ravie et ça se passait plutôt bien, se souvient l'ingénieur du son. Elle me demandait de modifier la réverbération de sa voix, de mettre plus ou moins de graves. Très vite, elle s'est mise à me hurler dans les oreilles, ça n'allait jamais. À tel point qu'on ne pouvait pas rallumer les lumières, nous avions des conversations entières par le truchement de ce petit micro [1]. » Jean-Michel Boris s'était étonné de cette méthode sophistiquée. « Je n'avais jamais vu ça avec aucun artiste [2] », confie-t-il.

Le jeune technicien regretterait presque son idée lumineuse. Pourtant, à l'occasion du mégaconcert de Pantin, il invente un autre gadget. « Là, je lui ai suggéré de faire elle-même le son et j'ai collé sur le piano une boîte avec deux gros boutons fluorescents – à cause de sa myopie – pour régler les basses et les aigus. Elle passait son temps à les tourner dans tous les sens [3]. »

Barbara est plus proche de « l'enfant laboureur » décrit par François Wertheimer que du volatile auquel, tube oblige, on la compare souvent. La chanteuse est avant tout une femme précise et dotée d'une capacité de travail étonnante. Lorsque le rideau se lève à 21 heures, quel que soit le lieu où elle se produit, elle

---

1. Entretien d'Éric Alvergnat avec l'auteur.
2. Entretien de Jean-Michel Boris avec l'auteur.
3. Entretien d'Éric Alvergnat avec l'auteur.

est dans la salle depuis le petit matin. « Quand elle est là à 10 heures, elle dit qu'elle est en retard[1] », précise Mine Vergès. En tournée, elle tient à assister à l'arrivée des camions et accompagne les hommes qui déchargent les instruments, son rocking-chair et ses malles de voyage.

Elle participe activement à la transformation de la salle, et, avant d'entrer en scène, s'isole longtemps. Au Cheval Blanc à Bruxelles, pas de loge. Chez Moineau, rue Guénégaud, les artistes disposent d'un couloir étroit pour se préparer dans l'intimité. À l'Écluse, outre une entrée distincte pour les artistes, il a été prévu un cagibi, un seul pour tous les chanteurs, comiques, illusionnistes et marionnettistes inscrits au programme. Ils cohabitent plusieurs heures durant dans cet espace exigu jusqu'à l'irrespirable. Assise sur un tabouret, sa trousse de maquillage sur les genoux, un miroir de poche à dix centimètres de son visage, Barbara se poudre, dessine ses yeux de biche, ajoute une touche de rouge à lèvres, se farde joues et paupières. Elle se coiffe aussi, minutieusement, et enfile son costume de scène. Arrivée aux alentours de 21 heures, la chanteuse de minuit s'installe pour la soirée en attendant que Léo Noël prenne la parole et l'annonce. Toujours bousculée par les allées et venues, parfois houspillée parce qu'elle est forcément dans le passage, Barbara tente de se concentrer et, surtout, de dompter sa peur. De 1958 à 1963, pendant donc six ans, elle observe ce rituel, reproduit inlassablement ces gestes avec une lenteur voulue.

Dans ces longues minutes qui précèdent l'entrée en scène, ses musiciens, techniciens et assistants sont chargés de veiller à ce que personne ne rôde à proximité. Malheur au directeur de théâtre, bien intentionné mais imprudent, au journaliste intrépide, à l'admirateur kamikaze. Bien malin celui qui parviendra à échapper à la vigilance des gardiens et à se faufiler jusqu'à la

---

1. Entretien de Mine Vergès avec l'auteur.

roulotte mobile, bouquet de fleurs à la main et sourire aux lèvres. « Un soir, se souvient Éric Alvergnat, une dizaine de minutes avant d'entrer en scène, j'ai vu quelqu'un franchir la porte de sa loge. Trop tard pour le rattraper par la manche ! C'était le directeur du lieu, un type d'une cinquantaine d'années avec un costume, une cravate, bien coiffé. Il venait la remercier et l'encourager. J'étais ennuyé et curieux, je l'avoue, de voir dans quel état il allait en sortir. Ça s'est passé en une fraction de seconde. La scène à laquelle j'ai assisté m'a fait penser aux dessins animés de Tex Avery, quand les personnages sont aussi secoués que s'ils s'étaient électrocutés. Elle a hurlé, je me demande même si elle ne l'a pas saisi par le col pour le sortir. Il est parti en courant, cravate de travers, cheveux ébouriffés, dans tous ses états [1]. »

Qu'elle prenne possession du lieu pour un jour ou deux mois, Barbara réinvente l'espace. En un rien de temps, elle déballe ses malles et transforme la loge en boudoir. Sur la table, les cosmétiques s'amoncellent et côtoient toutes sortes de médicaments, de fleurs, son thermos à café, des télégrammes en pagaille, un peigne, du Zan, des produits démaquillants, un magnétophone, quelques bijoux, ses lunettes noires... Sur la banquette, elle étale châles, jeans, gros pull-overs, déshabillés de dentelle et chapeaux. Seuls ses costumes sont à part : « Les gens mettent leurs vêtements sur leurs habits de scène. Personne ne doit les toucher ! On ne touche pas les habits de scène. On peut les tuer. Ils ne voient jamais la lumière. À partir du jour où le couturier vient les apporter, ils ne voient plus jamais la lumière. Ce sont d'autres pulsions, d'autres énergies [2]. »

« Barbara n'est pas capricieuse, elle est exigeante [3] », nuance Jean-Yves Billet, son interlocuteur chez Mercury/Universal. Si elle met tant de soin à régler les

---

1. Entretien d'Éric Alvergnat avec l'auteur.
2. « Pollen », entretien avec Jean-Louis Foulquier, France Inter, 25 février 1987.
3. Entretien de Jean-Yves Billet avec l'auteur.

menus détails d'un spectacle, c'est uniquement pour préserver ce qu'elle nomme « la magie du moment ». En effet, lorsque le rideau s'ouvre, la chanteuse se métamorphose et entre, sinon en transe, du moins dans un état second. Rien ne doit la contrarier lorsqu'elle se trouve face au public : « Il n'y a pas de travail scénique. Aucun. C'est clair ? Jamais de travail, de gestuelles, jamais de la vie. [...] Je vais à mon piano, je chante, des gestes naissent et des attitudes qui sont aussi dans ma vie, et c'est tout. Parfois, en visionnant des vidéos, je dis : "Ce n'est pas possible ! Je n'ai pas fait ça !" Je vois des pieds en l'air. Le renversement dans le piano a été fait un jour, comme ça, je l'avais senti, et après je l'ai ressenti et refait. Dans la vie, je ne peux pas, ça va faire mal aux reins. Les gestes ne se travaillent pas : ils sont un prolongement. Les refaire, ce n'est pas un automatisme : je retrouve ma colère, comme je retrouve mon chagrin et je chante "Nantes", comme je retrouve une désespérance tous les soirs si je chante "Le Soleil noir". En revanche, si je ne reviens pas à tel endroit, la lumière ne peut pas suivre, ça, d'accord. Mais le geste, au départ, il est venu, et après il est resté. Peut-être disparaîtra-t-il[1]. »

Le jour de la première à Pantin, le 28 octobre 1981 vers 16 heures, Barbara fait la balance (traditionnelle vérification de chaque élément technique du spectacle) avec ses musiciens. Une séance qui dure parfois trente minutes avec d'autres artistes et toujours près de deux heures avec elle. Ensuite elle s'isole. Barbara investit une roulotte trouvée sur place qui lui tient lieu de loge, une roulotte où elle aurait dormi si elle ne s'était heurtée au refus catégorique de sa compagnie d'assurances. La salle est comble de deux mille admirateurs âgés de quinze à soixante-cinq ans. Enfin, le rideau s'ouvre. Les spectateurs assistent non pas à un récital

---

1. « Pollen », entretien avec Jean-Louis Foulquier, France Inter, 25 février 1987.

traditionnel mais, pour la première fois, à un show Barbara.

Sous les lumières sophistiquées de Jacques Rouveyrollis, au son de l'instrumental de « Pierre », rendu grandiloquent par les orchestrations de Roland Romanelli, Barbara s'offre une entrée théâtrale. Lors du dernier Olympia, la chanteuse était arrivée côté piano et s'y était installée presque timidement. À Pantin, le fléchage blanc au sol indique le chemin à suivre : elle arrive des coulisses, marche lentement au centre du plateau vers son public, un pied devant l'autre telle une équilibriste sur un fil, les bras tendus vers *eux*, les paumes vers le ciel.

Le Tout-Paris du cinéma, des lettres, du théâtre, de la politique et du music-hall occupe les premiers rangs : Mort Shuman, Annie Girardot, Philippe Chatel, Michel Drucker, Sylvie Vartan ou Bernard Lavilliers. François Mitterrand, tout récemment élu président de la République, est lui aussi présent. La première chanson du spectacle, « Regarde[1] », écrite le soir de son élection, lui est dédiée : « Un homme / Une rose à la main / A ouvert le chemin / Vers un autre demain », chante Barbara, et elle se penche pour tendre au chef de l'État une rose rouge, symbole qu'ils partagent.

Le perfectionnisme poussé à l'extrême porte ses fruits. L'alchimie Barbara, celle du physique, de la voix, des gestes et des textes, ajoutée à l'incongruité du lieu, provoque un enthousiasme contagieux. Barbara s'est libérée. « Bouger, dit-elle, devient un besoin. Je suis restée très longtemps une femme à son piano, qui ne bougeait pas. L'arrivée des synthétiseurs m'a fascinée. Le vrai mariage, c'est le synthétiseur et le violoncelle, du moins c'est ce que j'aimerais. Cette écriture-là, pour les synthés, m'a apporté beaucoup de choses et j'avance avec elle. Ça permet de rêver des sons qui sont étranges sans être incongrus[2]. »

---

1. (Barbara/Barbara).
2. *Les Inrockuptibles*, décembre 1993.

La mutation physique et celle de la gestuelle s'accompagnent d'un changement radical de la voix. Le public constate, dès les premières chansons, qu'elle s'est fragilisée, ajoutant à l'émotion. « Un soir, se souvient Gérard Daguerre, Barbara a perdu sa voix, elle était totalement aphone. Elle a hésité jusqu'à la dernière minute à annuler la soirée. Finalement, elle est entrée sur scène et a dit au public : "Je suis désolée, je ne vais pas pouvoir chanter ce soir." Les gens hurlaient dans la salle, l'applaudissaient, l'encourageaient, fervents, passionnés ! Alors, elle s'est installée au piano et elle a commencé à jouer pour leur montrer qu'aucun son ne sortait de sa gorge. Et c'est le public qui a chanté toutes les chansons. Nous nous sommes contentés de les accompagner musicalement[1]. »

Barbara chante Barbara : « Monsieur Victor », « Ma maison », « Les Insomnies », « Pierre », « Le Mal de vivre », « L'Aigle noir », « Mes hommes », « Göttingen », « Ma plus belle histoire d'amour », etc. Le cirque ne désemplit pas jusqu'à la dernière représentation. « Ce n'est pas une victoire, c'est un triomphe de la victoire, note Jacqueline Cartier dans les colonnes de *France-Soir*. Je n'ai jamais vu de gens pendus au rideau de scène pour le forcer à se rouvrir sur l'idole, je n'ai jamais vu une salle non pas applaudir debout mais écouter debout deux, trois chansons et bientôt quatre[2]. »

Bouleversée par cet accueil, Barbara écrit « Pantin », qu'elle chante le dernier soir, le 22 novembre 1981, lunettes sur le nez, feuilles de papier à la main : « Pantin espoir, Pantin bonheur / Pantin, on recommencera[3]. »

Il est tard, elle tente de disparaître, mais ne se résout pas à abandonner le chapiteau tant le public la réclame. Trois quarts d'heure de rappels, c'est exceptionnel.

---

1. Entretien de Gérard Daguerre avec l'auteur.
2. *France-Soir*, 30 novembre 1981.
3. « Pantin » (Barbara/Barbara).

« La dernière de Pantin, évoque-t-elle neuf ans plus tard, est une chose inoubliable. Ils m'en ont fait beaucoup... Mais ça, je ne peux même pas le dire. Il n'y a pas de mots. J'étais déjà entrée dans ma loge, j'étais déjà un vieux chiffon, prostrée, n'entendant plus rien... Au bout de vingt minutes, Charley Marouani est venu me dire : "Il faut que tu viennes." Et c'est seulement en ressortant de ma loge que j'ai compris qu'ils étaient encore là à chanter. C'était absolument fantastique. Lorsqu'on a connu cela, on ne peut plus se plaindre de rien[1]. »

Elle reprend et, avec elle, ils chantent « L'Aigle noir ». Tenant à la main un bouquet de roses du jardin de Précy, elle longe le bord de la scène pour les offrir d'un geste ample, généreux. Elle écarte les bras, les referme sur elle, une manière d'enlacer son public, et part cette fois pour de bon, dans un nuage de fumigènes. Aux commandes, Jacques Rouveyrollis projette une phrase lumineuse sur le rideau noir à présent clos : « Ma plus belle histoire d'amour, c'est vous. »

Désormais, trois générations d'admirateurs suivent Barbara. Pourtant, les prestations scéniques de la chanteuse, qui ont évolué d'année en année, laissent sceptiques certains compagnons du passé. Peu à peu, influencée par Michel Colombier et Roland Romanelli, la formation piano-basse-accordéon s'est enrichie de batteries, d'un accordéon électronique, de percussions et de synthétiseurs. Ce qui fait dire à Claude Dejacques, François Rabbath, François Wertheimer et bien d'autres qu'avec cette surenchère instrumentale et son maniérisme exacerbé, Barbara est devenue une caricature d'elle-même. Elle aurait perdu quelque chose. Mais quoi ?

En 1982, l'année où le ministre Jack Lang décerne le prix national de la Chanson à Barbara à l'Opéra de Paris, l'aventure de Pantin se poursuit. Quelques semaines avant la première, le réalisateur Guy Job avait

---

1. *IIIe Génération*, février 1990.

demandé la permission de filmer le spectacle en vue d'une diffusion télévisée et de la commercialisation d'une vidéo. Barbara s'était montrée plus qu'hésitante. Sa précédente expérience avec François Reichenbach, lors de son tour de chant à l'Olympia en 1978, lui avait souverainement déplu. Certes, elle avait laissé la caméra s'introduire dans les coulisses au moment des répétitions et même dans sa loge alors qu'elle se concentrait, elle lui avait aussi, très volontiers, confié ses sentiments du moment. Mais la chanteuse, peu avare de contradiction, l'avait ensuite reproché à Reichenbach : « Tu as volé mon âme », lui aurait-elle dit. Comme il a dû se montrer convaincant, Guy Job a obtenu la bénédiction de Barbara à condition que les techniciens ne gênent personne, ni la chanteuse ni son public. Elle a imposé qu'hommes et machines se confondent dans l'obscurité, le mieux étant de les recouvrir de noir et de les installer dans des nacelles suspendues au-dessus du public. Barbara a même menacé : qu'elle aperçoive une seule caméra et elle cesserait de chanter. Enfin, elle ajoutait une dernière clause au contrat : si au bout du compte la vidéo ne lui plaisait pas, on jetterait toutes les bandes à la poubelle. Guy Job a voulu relever le défi. Il a engagé sept cameramen qui ont pris place dans le ciel de Pantin, invisibles dans leurs costumes de ramoneur.

De plus en plus soucieuse de son image, Barbara tient à superviser la réalisation de la vidéo en question. Omniprésente dans le studio de montage, arrivant une heure avant les techniciens (Béatrice de Nouaillan et Serge Gauvin), demeurant sur place une heure après tout le monde, Barbara construit son film comme elle l'entend : « Elle a pris une chambre d'hôtel tout près, se souvient Guy Job, mais je crois qu'elle a le plus souvent dormi dans la salle de montage. Pendant des semaines, on a fait de la dentelle, en choisissant le son du soir où il y avait le plus d'émotion et l'image où elle était la plus belle. [...] Nous avons mis trois jours à monter "Nantes", par exemple. »

Finalement, elle a tant travaillé que son nom figure au générique en tant qu'assistante. « Je voulais donner ma vision de Pantin, explique-t-elle. Je voulais qu'on comprenne ce qui m'avait été donné. Il fallait me rendre intacte [1]. » Le vendredi 5 novembre 1992, le film est programmé sur TF1. « Pierre Bouteiller voulait le montrer en deux fois une heure, alors je lui ai répondu que ce n'était pas *Dallas*, s'indigne Barbara. Couper Pantin, c'est comme me couper un bras. C'est comme ça ou je ne laisse rien sortir. Il a visionné et a dit OK [2] ! »

Du spectacle, Barbara a donc conservé l'essentiel : les chansons dans leur intégralité, quelques effets spéciaux et la magie du dernier soir.

Tandis que Guy Job voyage aux États-Unis où il fixe sur pellicule le spectacle d'Yves Montand, Barbara se rend à l'usine où les cassettes vidéo du récital sont en cours de fabrication. Elle demande à visionner l'une des mille premières bandes mises en boîte, prêtes à être commercialisées. Le son lui semble imparfait, elle insiste pour qu'on les passe au pilon. « Elle m'a appelé, je me suis fâché et j'ai demandé à l'usine de la virer, raconte le réalisateur. Elle avait raison sur le fond, il fallait les refaire ces cassettes, mais ce n'est pas de cette manière qu'on procède. L'artiste a le droit d'intervenir, mais le metteur en boîte, c'est moi et la technique, c'est mon domaine [3]. »

Guy Job et Barbara conserveront toutefois de bonnes relations. « On ne vit pas une pareille aventure sans être amis. C'est un peu comme si on avait fait la guerre [4] », confie-t-il.

---

1. *France-Soir*, 5 novembre 1982.
2. *Télérama*, 27 octobre 1982.
3. *Paroles et Musique*, janvier 1985.
4. *Ibid.*

Chapitre 11

Elle chante, il tue

Le 22 novembre 1981, Barbara quitte la scène sur une promesse : « Pantin, on recommencera[1] ! » Puis elle disparaît pendant cinq longues années. En dehors du cercle des intimes, nul ne sait ce qu'elle prépare ni même si elle envisage de revenir un jour au-devant de la scène. On la dit malade, une de ces rumeurs qui courent dès qu'elle s'absente trop longtemps. « Mais c'est parce que j'aime le public et parce que j'aime qu'il m'aime que je me prive de lui, explique-t-elle souvent. C'est pour revenir intacte, vierge, sur scène. Je ne veux en aucun cas risquer de truquer ou d'être une caricature de moi-même[2]. » Voilà cinq ans que la chanteuse vit une belle histoire avec un grand blond qui a ce côté mauvais garçon qu'elle affectionne. Dès l'instant où ils ont échangé quelques compliments dans les coulisses de Pantin le soir de la dernière, Barbara et Gérard Depardieu sont restés en contact, se parlant presque quotidiennement. Par sa mâle présence, il a comblé un vide affectif. Barbara se sent de moins en moins « comme épave perdue[3] ». Cet homme massif, plus jeune qu'elle d'une génération, est un peu le fils spirituel du défunt Jacques Brel et de Barbara elle-même. En tout cas, il a du chanteur bruxellois la sensibilité et

---

1. « Pantin » (Barbara/Barbara).
2. *France-Soir*, 25 janvier 1986.
3. « Seule » (Barbara/Barbara).

la véhémence et de Barbara « la violence, la passion, la folie. Le sens du jeu et le goût du risque[1] », comme elle dit. Ni père, ni frère, ni fils, ni amant, l'acteur est un peu son double au masculin ; il devient son allié dans la vie et le restera jusqu'au bout. « Barbara, c'est plus qu'une amie, c'est la famille », dit-il souvent.

Après les coulisses de Pantin, leur amitié se scelle au cours d'un dîner. « Je devais être la seule en France à ne pas avoir vu ses films[2] », avoue-t-elle. Une lacune qu'elle mettra un point d'honneur à combler au plus vite. À table, Barbara se penche vers Gérard Depardieu pour lui faire part d'un projet qui lui tient à cœur. Il s'agit d'une sorte de comédie chantée, à la manière de *Hair* ou de *Starmania*. Rien n'est encore écrit sinon ce fil conducteur : c'est l'histoire de Lily Passion, une chanteuse qui rencontre David, un assassin.

« C'est pour nous ! » s'exclame l'acteur. Dans l'instant, Barbara se met au travail. Les semaines, les mois passent. La chanteuse peine à construire ce spectacle à deux voix, un travail inhabituel qui exige une grande rigueur d'écriture. Longtemps, elle reste confrontée à la page immaculée. À force de ne rien lui soumettre, elle craint que Gérard Depardieu n'ait oublié la promesse faite dans l'euphorie de leur rencontre. « Je n'osais plus lui parler de l'histoire et c'est lui qui est revenu vers moi parce que c'est un homme d'une grande exactitude, Gérard, d'une grande fidélité et d'une grande générosité. Il a toujours été présent dans les moments difficiles, il m'a dit : "Il faut les traverser, traverse-les." Et il a toujours été présent au bout des couloirs[3] », confie-t-elle.

Avec le soutien permanent de l'acteur qui, à moto, fait de fréquents allers-retours entre Paris et Précy, la chanteuse jette ses idées sur le papier, rature, recommence. Elle songe un instant à embaucher un parolier.

---

1. *France-Soir*, 25 janvier 1986.
2. *Libération*, 9 décembre 1985.
3. *Ibid.*

« Dès que Barbara m'a raconté son idée, je ne l'ai plus lâchée, raconte Gérard Depardieu. Il fallait absolument qu'elle aille jusqu'au bout de cette chanson fleuve et surtout qu'elle l'écrive toute seule [1]. » Encouragée mais un peu perdue, elle rédige pas moins de soixante scénarios et enregistre trois ou quatre cents cassettes.

Rapidement, Roland Romanelli, William Sheller et Luc Plamondon se greffent au tandem. Le premier cosigne les musiques avec la chanteuse, le deuxième règle les arrangements tandis que l'auteur de *Starmania* participe à l'écriture des textes. Une première version de *Lily Passion* est élaborée par cette équipe dont la collaboration se révèle plutôt fructueuse. Le scénario prévoit vingt-deux chansons et trois personnages : Lily, David et Sébastien. « Depardieu m'a dit : "Sébastien, tu ne le trouveras pas", explique Barbara. Je pensais à Jessie Garon. Mais Depardieu avait raison : Sébastien n'était qu'une béquille pour écrire [2] », explique Barbara. C'est sa technique d'écriture : quelle que soit la nature de l'ouvrage, elle note toutes ses idées puis, le moment venu, élague pour conserver l'essentiel.

Barbara renonce rapidement à cette version de *Lily Passion* et met ses compagnons musiciens à l'écart pour suivre sa propre idée. Roland Romanelli s'étant opposé ouvertement aux modifications, c'est la rupture définitive avec l'accordéoniste, la fin d'une histoire d'amour et d'une amitié vieille de vingt ans. « Le spectacle, tel qu'elle l'avait imaginé, était fabuleux, mais au moment de préparer les musiques, j'ai senti que quelque chose n'allait pas, explique-t-il. Pour moi, ce que nous faisions n'était pas bon et c'était mon devoir de le dire même si, sous l'effet de la colère, j'ai eu le tort d'en parler à Gérard Depardieu et pas directement à elle [3]. » Barbara reçoit mal les critiques de son ami : « Elle m'a dit : "Alors, comme ça je fais de la merde ?

---

1. *Le Journal du dimanche*, 2 janvier 1986.
2. *Libération*, 9 décembre 1985.
3. *Les Inrockuptibles*, du 3 au 9 décembre 1997.

Dans ce cas tu n'as plus rien à faire ici." Je suis parti sur-le-champ. Nous ne nous sommes jamais revus[1]. »

Dans la foulée, mais cette fois par courrier, William Sheller est remercié à son tour. « Si le spectacle avait été monté différemment, ça aurait été un véritable chef-d'œuvre, estime-t-il. Il y a eu une version magnifique avec orchestre. On devait sortir le disque avant la création du spectacle. Et puis la bande a mystérieusement disparu. Il y avait une tout autre orchestration. Ce que c'était beau ! Ça n'avait rien à voir avec ce qui a été présenté sur scène. Un bon quart du livret a été supprimé. Un personnage qui représentait le destin a même été oublié et c'était comme enlever la servante dans une pièce de Racine. Musicalement non plus, ça n'a pas été servi à la hauteur du propos. Je trouve même que ça a été salopé. Mais quand on prend la version de base, la version qu'elle a écrite elle-même, qu'elle a tapée toute seule à la machine, qu'elle a enregistrée de son côté sur son magnétophone, je vous jure que c'était un chef-d'œuvre, une splendeur[2]. »

Lily Passion se fera sans Roland Romanelli ni William Sheller, sans Roger Planchon ni Hans Peter Klaus non plus, deux metteurs en scène sitôt choisis sitôt remerciés. Barbara n'est pas toujours tendre avec ses partenaires de travail, il est fréquent qu'elle collabore avec deux ou trois musiciens, réalisateurs ou arrangeurs avant de trouver celui qui, jusqu'au bout, sera du voyage.

Pour *Lily Passion*, elle décide de son costume de scène, tient à ne pas refaire l'erreur de *Madame*. On se souvient qu'elle avait perdu un temps fou en habillage, pour finalement déchirer ses vêtements dans un moment de fureur. « Tout, elle a tout refusé, les robes les plus somptueuses. Vous savez ce qu'elle a exigé que je lui recopie à l'identique ? Son vieux peignoir de répétition », grogne le styliste Agostino Cavalca, qui

---

1. Entretien de Roland Romanelli avec l'auteur.
2. *Chorus*, n° 23, printemps 1998.

escomptait bien fabriquer des perruques multicolores et près de cent trente costumes pour David et Lily. Devant ses réticences, elle lui avait rétorqué : « Vous préférez habiller les ouvreuses [1] ? »

En fin de compte, la chanteuse confie la mise en scène de *Lily Passion* à Pierre Strosser, un homme d'opéra. « Je suis arrivé tardivement sur le projet, explique ce dernier. Barbara y travaillait déjà depuis quatre ou cinq ans. Mais avec un œil neuf, j'ai pu lui apporter ma sensibilité. Mon problème a été d'assimiler profondément ses désirs et d'y introduire notre collaboration. Il y a dans tout ce qu'elle fait des sommets à la limite de la fragilité, mais ce sont les moments qui chez elle me touchent le plus et j'espère que le spectacle le reflétera [2]. » Barbara, quant à elle, apprécie sa discrétion, ses points de vue qu'il sait imposer sans violence : « Avant son arrivée, il existait encore de nombreux personnages périphériques autour de Gérard et de moi. Pierre nous a tout de suite dit que, en tant que simple spectateur, il préférait déjà que l'intrigue se réduise à nous deux, qu'il fallait faire le vide, alléger la représentation [3]. » Tandis que *Lily Passion* prend forme, Gérard Depardieu se trouve en Mauritanie pour le tournage de *Fort Saganne*. Là-bas, il reçoit régulièrement des cassettes en provenance de Précy parce qu'elle tient à l'informer des moindres modifications. « Un jour, je lui ai même envoyé le bruit de la pluie à Précy, se souvient Barbara. Il disait qu'il mourait de chaleur, là-bas. »

Enfin, quelques semaines avant le lever de rideau prévu au Zénith de Pantin le 21 janvier, les deux compères se retrouvent chaque jour au Théâtre des Amandiers, à Nanterre. Ils répètent sans relâche, apprennent à occuper la scène à deux, à se mouvoir l'un en face de l'autre.

À l'instar des récitals de Bobino, de l'Olympia ou de

---

1. *L'Express*, du 17 au 23 janvier 1986.
2. *Paris Match*, février 1986.
3. *Le Journal du dimanche*, 2 janvier 1986.

Pantin, *Lily Passion* est un pari qui enthousiasme Barbara autant qu'il l'inquiète. Elle en perd à nouveau la voix, comme en 1981. Cinq ans plus tôt, elle avait consulté des médecins qui lui avaient prescrit des piqûres de cortisone, un traitement qui s'était révélé parfaitement inefficace. Il l'avait de surcroît rendue dépendante et elle en souffrait. Cette fois, elle décide de s'en remettre à un professeur de chant, Christiane Legrand. « Nous avons travaillé ensemble, à raison de deux ou trois fois par semaine, se souvient le professeur. Pour Barbara, le succès était un problème, il fallait tenir. Elle était si tendue, dans un tel état de stress avant *Lily Passion* que sa langue se crispait. Je lui ai conseillé de penser davantage à sa posture, de mieux se tenir, de respirer davantage, de décoincer ce cou raide qui soulevait son larynx et bloquait sa voix. C'était une femme très intelligente mais submergée par son affectif. Je lui ai conseillé de prendre exemple sur Depardieu, qui était sur scène comme un tronc toujours enraciné[1]. » Ainsi Barbara a recouvré sa voix au fil des séances.

Les lumières de Jacques Rouveyrollis et André Diot (rencontré jadis sur le plateau de « Discorama ») sont savamment élaborées, les décors de Jean Haas somptueux de sobriété... Dans les rues de Paris, les photographies de Barbara et Gérard Depardieu circulent sur les autobus. Le mystère reste entier, rien n'a été divulgué sinon ce slogan : « Elle chante, il tue. » Et nul n'en saura davantage avant le lever de rideau. Pour l'heure, le Zénith est un bunker entouré de grillages, protégé par des vigiles. Seuls quelques journalistes triés sur le volet sont autorisés à y pénétrer.

Le 21 janvier 1986, date de la première, un cortège de célébrités fait le déplacement jusqu'à Pantin. Le monde politique, représenté par quelques ministres (Simone Veil, Laurent Fabius, Robert Badinter, Pierre Joxe et Jack Lang) côtoie les grands noms du cinéma : Catherine Deneuve, Fanny Ardant, Roger Hanin (avec

---

1. Entretien de Christiane Legrand avec l'auteur.

Danielle Mitterrand), Nicole Garcia, Jean Rochefort, Jean Carmet, François Périer, Robert Hossein, Marcel Carné et encore Juliette Binoche. Dans la salle, les chanteurs se saluent : Juliette Gréco, Colette Renard, Michel Jonasz, Yves Montant, Jacques Higelin, Véronique Sanson et William Sheller.

Bernard-Henry Lévy est là, lui aussi, au côté de Marguerite Duras, tout émue : « Il y a deux femmes extraordinaires : elle et moi », répète-t-elle tout en cherchant son sac à main égaré quelque part au milieu des trois mille fauteuils rouges du chapiteau.

La scène du Zénith est un immense trou noir. Le tonnerre gronde et après un éclair, la voix de Lily s'élève dans l'obscurité. « Nous ne nous appartenons pas, dit-elle. Nous ne décidons en rien de notre vie. Nous sommes des otages de forces qui nous animent, qui nous dirigent, qui nous ordonnent. Nous devons obéir[1]. »

L'espace s'illumine. Aux extrémités de la scène, deux pianos noirs, au centre un gros ballon gris foncé prénommé Lucien, un rocking-chair et un mur coulissant à deux portes. Devant, il va neiger, au fond la mer va dérouler son tapis de vagues. Placés dans un coin du plateau, discrets, les musiciens : Gérard Daguerre et Patrice Peyreras aux synthés, Richard Galliano à l'accordéon et Marc Chantereau aux percussions.

Pendant près de deux heures, Barbara-Lily et Gérard-David vont tout simplement raconter l'histoire de Barbara ; une femme qui a eu à choisir entre la prostitution et la musique, une chanteuse de minuit qui se dévoile dans ses chansons. Lily Passion entre en scène, longue, en dentelles noires. Elle est une chanteuse solitaire dont la seule raison de vivre est de se produire de ville en ville, de théâtre en théâtre, face au public, sa belle histoire d'amour. Arrivée à l'âge mûr, Lily dresse un bilan : « J'ai passé plus de temps avec ma peur, dans les coulisses de théâtre, que de temps à regarder vivre

---

1. « Berlin » (Barbara/Barbara).

ceux que j'aimais... Il faut que je parte. » Elle aspire à faire ses adieux, à poser ses bagages auprès d'un homme. Fataliste, elle attend qu'il apparaisse, que ces forces occultes qui nous gouvernent le fassent surgir. Quant à Gérard Depardieu il incarne David, un assassin blond qui tue avec un couteau chaque soir dès que Lily entonne son « Tango indigo [1] ». Le lendemain matin, la presse relate les deux événements : Lily a triomphé et l'assassin blond a frappé. « Il déjoue toutes les polices et ne laisse pour indice qu'une branche de mimosa... Elle chante, il tue... Ça ne peut plus être un hasard », conclut Lily. Dès lors, elle se sent coupable de ces crimes : Lily fait ses adieux à la scène, sa raison de vivre, et part à la rencontre de l'assassin. Seule dans les rues, à minuit, elle chante pour l'attirer : « J'ai tout quitté / Je n'ai pas peur / Je viens / Les mains nues / Je viens vers toi. » Il apparaît, silhouette massive, de cuir vêtu. Lily et David font connaissance : David lui reproche de vivre comme un héron, dans ses théâtres qui sont autant de bulles protectrices et de susciter l'émotion en réveillant les douleurs de ceux qui viennent l'écouter et de les abandonner ensuite. « Sous les lumières qui vous font des gueules de héros, t'en connais des phrases, t'en connais des mots », gronde-t-il. Lui, au contraire, se sent l'âme d'un justicier puisqu'il tue les « fragiles » pour apaiser leurs souffrances.

Lily tombe amoureuse de cet homme peu recommandable qui a été élevé dans un bordel déserté par une femme qui s'appelait Prudence et qui cachait son argent sous les lames du parquet. Il se dit être riche de tout un univers proche de celui de Lily, elle qui se promène avec un sac de mica rempli de fouillis bleu. Il possède des châteaux, des forêts, des lacs, des torrents, des oiseaux d'acier... La chanteuse ne demande qu'à le suivre dans son île aux mimosas, où il se réfugie en rêve. « Emmène-moi dans ton île / Loin des rumeurs de la ville / Je n'ai jamais dit je t'aime / À nul autre qu'à

---

1. (Barbara/Barbara-Plamondon).

moi-même[1] », chante-t-elle. Et David s'enflamme, lui promet de ne plus tuer, de lui apprendre tout ce qu'elle ignore : à aimer un homme, surtout, un seul homme.

Mais un certain Lucien, son imprésario (symbolisé par un fameux gros ballon gris foncé), vient la chercher car le public scande son nom, la réclamant avec ferveur : « J'entends la foule qui crie mon nom / Lily Passion, Lily Passion [...] / J'ai peur mais j'avance, j'avance, car j'aime[2]. » Elle quitte David au petit matin avant qu'il ne se réveille et sans un mot. « L'amour n'est pas de mon voyage », semble-t-elle déplorer. Et David abandonné recommence à tuer sur sa voix.

Lily reprend sa vie de star, les théâtres, les journalistes qui se bousculent pour recueillir quelques mots : « Mon piano n'est pas un objet, monsieur, c'est un piano, c'est tout, dit-elle. Je ne suis pas morbide, mais je pense souvent à la mort... Si je n'avais pas chanté, j'aurais été prostituée, ce sont des femmes formidables... » David entend se venger d'avoir été quitté par son « héron ». Elle a peur, une peur si forte qu'elle la paralyse : plus aucun son ne sort de sa bouche. Il lui souffle les paroles d'une chanson qui est la leur : « Toi que j'ai souvent cherché / À travers d'autres regards [...] / Pour le temps qu'il me reste à vivre / Je stopperai mon piano ivre[3]. »

Lily est tiraillée entre ses deux amours, David et ce public qui l'espère de ville en ville. Le tueur l'encourage à reprendre la route, lui promet qu'ils se retrouveront plus tard : « Ta vraie passion de vivre, ce n'est pas moi, c'est eux. Tu n'aurais pas dû les quitter, alors chante pour eux[4]. » Lily remonte sur scène et présente sa nouvelle chanson : « Ma plus belle histoire d'amour[5] ».

---

1. « Emmène-moi » (Barbara/Barbara-Plamondon).
2. « Lily Passion » (Barbara/Barbara-Plamondon).
3. « Qui sait » (Barbara/Barbara-Plamondon).
4. *Ibid.*
5. (Barbara/Barbara).

Le rideau retombe chaque soir, pendant un mois, sur cette aventure autobiographique. C'est un succès. Main dans la main, Barbara et Gérard Depardieu reviennent saluer. Bien qu'il soit retenu chaque jour par le tournage de *Tenue de soirée* – le film de Bertrand Blier où il partage la vedette avec Miou-Miou et Michel Blanc – Depardieu est fidèle au rendez-vous. De la même manière, il se rend disponible pour s'échapper de Paris avec Barbara à l'occasion de la tournée qui, dès le 25 février 1986, les mène en France, en Suisse puis s'achève en Italie fin avril.

Le spectacle conçu pour la scène du Zénith se révèle difficile à transporter. En province, il ne rencontrera pas le succès escompté. *Lily Passion* aura été à l'origine de nombreuses ruptures avec des amis de longue date et de la déroute d'un producteur, Albert Koski, qui y laissera plusieurs millions de francs.

À ceux qui prétendaient que Barbara devenait une caricature d'elle-même, *Lily Passion* est un pied de nez. « J'avais envie de faire une chanson un peu plus longue, explique-t-elle. Une sorte de réflexion qui m'a assaillie un jour chez moi, assise par terre. Je me suis dit que j'allais finir par m'imiter, être un otage, la prisonnière de mes chansons. »

Barbara a longtemps espéré reprendre *Lily Passion* avec Depardieu. Il n'en sera plus jamais question. Restent ce souvenir et cette amitié indéfectible qui les lie l'un à l'autre. Pour l'acteur, *Lily Passion* aura été une aventure exceptionnelle, comme il le lui écrit en 1988 : « Chère Barbara. Je viens juste de raccrocher. Ta voix n'est pas près de me quitter. Il y a une pépite d'or au creux de mon oreille pour le reste de la journée. Ta voix m'a toujours paru s'élever vers le ciel. Ton âme est un son, une mélodie. Tes mots, par miracle, se matérialisent. Tu vis avec ta voix. Ce sont des rapports de couple. Elle te quitte puis elle revient toujours. Personne ne pourra s'immiscer entre vous. Grâce à toi, grâce à *Lily Passion*, j'ai pu m'échapper, quitter l'autoroute pour un chemin de fortune. J'ai appris à connaître ta patience, cette forme silencieuse de la tolérance et de ton talent. Je me sentais ensuite un peu coupable, j'avais peur de ne pas être à la hauteur, mais toi, quel que soit ton état, tu ne doutais jamais. Et, à l'heure de la représentation, rassuré, je te rejoignais sur l'île aux mimosas [1]. »

---

1. Gérard Depardieu, *Lettres volées*, Lattès, 1998.

Chapitre 12

« Vigilons ! »

À peine a-t-elle ôté les habits de Lily Passion que Barbara en fait confectionner d'autres : de ses fameux costumes de velours noir porteurs d'ondes qui ne voient jamais la lumière du jour, ne connaissent que l'atmosphère des théâtres. Après un intermède new-yorkais en juillet 1986 où, au Metropolitan Opera, Mikhaïl Barychnikov a improvisé une chorégraphie tandis qu'elle chantait « Pierre », « Une petite cantate » et « Le Mal de vivre », la chanteuse s'apprête à reprendre son tour de chant traditionnel. Sa rentrée est prévue pour le 16 septembre 1987 au Théâtre musical de Paris-Châtelet. « Le mois de septembre, ce n'était pas vraiment mon affaire, commente-t-elle. Il fait trop jour quand on sort. Et j'aime la nuit. Mais je me suis souvenue que j'avais écrit "Ma plus belle histoire d'amour" un 15 septembre et ça me plaît aussi de savoir que je commence en même temps que Johnny. C'est quelqu'un que j'aime[1]. »

A priori, tout un monde sépare Barbara et Johnny Hallyday. Pourtant, ces deux artistes estampillés Philips se sont liés d'amitié dans les années 1960. Barbara, qui admire le côté bête de scène de Johnny Hallyday, ne manque jamais d'aller saluer son copain rocker lorsque celui-ci se produit à Paris et inversement. Quand leurs chemins se croisent, si par chance ils disposent de

---
1. *France-Soir*, 12 septembre 1987.

quelques heures de liberté, les deux compères s'échappent pour aller dévorer des rollmops et boire du cidre dans l'anonymat d'un boui-boui du Marais. Jacques Rouveyrollis, l'éclairagiste de Barbara qui travaille aussi sur les concerts de Johnny, se souvient : « Hallyday m'avait dit un jour : "Fais-moi les lumières que tu as faites pour Barbara." Et elle, quand j'avais mis un stroboscope en coulisse pour rendre l'effet de flash intermittent, avait ri : "Tu me prends pour Johnny [1] ?" » Dès le début de l'année 1987, son esprit est tout entier à la préparation du tour de chant. La chanteuse de minuit va renouer avec sa plus belle histoire d'amour, avec ce public qui avait vainement espéré que, lors de *Lily Passion,* Barbara chanterait ses éternelles chansons, de « Dis, quand reviendras-tu ? » à « L'Aigle noir ».

Plongée dans l'angoisse parce que septembre lui semble tout proche, Barbara ouvre un journal intime qui sera reproduit dans le programme du récital. « Jean-Albert Cartier m'ouvre les portes du Châtelet pour une durée de trois semaines, note-t-elle. Merci. [...] Commence un travail de collaboration : gammes, écoutes, faire, défaire, refaire, défaire. Les mêmes chansons, mais tout est différent. J'élague les textes, j'enlève ce que, momentanément, je n'ai plus envie de chanter. Je construis ce spectacle comme tous les autres, avec l'image de vous [2]. » Chaque matin, les musiciens sonnent à 11 heures au portail de la maison de Précy. La chanteuse les attend, l'œil rivé sur sa montre. Elle exige que ses hommes soient ponctuels. Gérard Daguerre remplace désormais Roland Romanelli à la direction musicale, Marcel Azzola porte son accordéon en bandoulière, Michel Gaudry attend le signal derrière sa contrebasse et Jean-Louis Hennequin s'installe au synthétiseur. Ils accompagneront Barbara sur scène mais, pour l'heure, seul compte le travail quotidien des

---

1. *Chorus*, n° 23, printemps 1998.
2. Programme du Châtelet, 1987.

répétitions. Marcel Azzola, qui a eu l'occasion d'accompagner nombre de chanteurs de cette envergure, ne cache pas son admiration : « Au travail, Barbara est plus que perfectionniste, c'est plus que du professionnalisme. Elle est méticuleuse à un point inimaginable. Chaque mesure est ciselée [1]. »

Le spectacle est encore à l'état de puzzle. C'est un travail de patience, un chantier qui durera tout l'été. « Peur. Peur. Insomnies. Nausées [2] », écrit-elle dans son carnet de bord. Cette peur lui pèse, elle craint de décevoir son public. De plus en plus nombreux, de plus en plus fervent. Depuis quelques années s'est formé un petit groupe d'admirateurs qui la suit de théâtre en théâtre. Certains louent des chambres d'hôtel dans les villes où elle passe, d'autres ont acheté des caravanes. Chaque soir, ces admirateurs (âgés de trente à cinquante ans) occupent les premiers rangs. Barbara les connaît un peu ; elle entretient avec ceux qu'elle appelle ses « oiseaux » des relations à la fois chaleureuses et distantes par téléphone tout au long de l'année. Si elle ne les situe pas toujours physiquement, elle les devine.

Pierre par pierre, avec l'exigence qui caractérise la chanteuse, l'édifice prend forme, le récital se construit, les éclairages se précisent et forment un ensemble cohérent sur les plans de Jacques Rouveyrollis. Quant à l'ingénieur Alvergnat, qui a abandonné la console aux deux boutons fluorescents pour une autre bien plus sophistiquée, il peaufine la sonorisation. Les heures, les jours, les semaines défilent à toute allure. « J'ai peur, mais j'avance quand même », chantait Lily-Barbara l'année passée.

« Gérard Daguerre arrive tous les matins, note encore Barbara. Il me regarde, il rit. Il sait. J'ai déconstruit pendant la nuit. Oui. On recommence tout, encore et encore. Rigueur. Rigueur pour pouvoir se laisser

---

1. Entretien de Marcel Azzola avec l'auteur.
2. Programme du Châtelet, 1987.

aller à toutes les folies[1]. » Dans ces moments de tension, seul Gérard Depardieu est autorisé à entrer sans frapper. Plus occupé qu'un chef d'État, l'acteur s'accorde presque quotidiennement quelques heures de liberté pour sillonner les routes de campagne et rejoindre sa Lily, prendre de ses nouvelles. « Elle a, avec Gérard Depardieu, le même type de relations qu'avec Jacques Brel que j'ai longtemps accompagné, raconte Marcel Azzola. Quand nous avions enregistré le dernier album de Brel au studio 77, Barbara venait souvent le voir, il y avait beaucoup de tendresse entre eux. Ces artistes sont fragiles, ils ont besoin d'affection. Avec Gérard Depardieu, c'est pareil, beaucoup d'amour, ils sont un peu comme frère et sœur. Une grande complicité les unie[2]. »

Cette fois, pour annoncer son spectacle, Barbara refuse catégoriquement toute campagne d'affichage. Charley Marouani enrage, mais elle sait se montrer ferme avec son agent : pas de photographie sur les murs de Paris, pas même le fameux cliché de Bettina Rheims qui représente simplement un châle noir jeté sur un rocking-chair. La chanteuse n'a plus aucun doute : *ils* viendront peupler chaque soir pendant trois semaines les quelque mille huit cents fauteuils rouges du théâtre. « Oui, c'est décidé, aucune affiche, dit-elle. Je le veux comme un rendez-vous d'amour... un pari, une folie peut-être mais on ne se placarde pas sur les murs pour un rendez-vous d'amour... Et puis montrer quoi ? Encore ma tête : "C'est moi, me voilà, venez me voir..." À coups de millions. Non, je trouve ça très démodé. Moi, je le connais bien, le chemin des gens que j'aime, sans panneaux indicateurs. Alors, on verra bien[3]. »

Sur la scène prestigieuse du Théâtre musical de Paris-Châtelet, quelques jours avant la première, elle supervise tout, plus précise d'année en année, presque

---

1. *Ibid.*
2. Entretien de Marcel Azzola avec l'auteur.
3. *IIIe Génération*, février 1990.

maniaque. « Mais ce n'est pas ma voix d'hier que j'entends là, lance-t-elle. Tu as bougé quelque chose ? Tu as bougé la tour, au jardin ? Tu dis ? Tu l'as avancée de dix centimètres ! Mais trente millimètres ça fait une différence... Mais bien sûr... Quoi ? Tu m'entends moins ? Mais qu'est-ce que je dois faire, me coucher dans le piano ? "Il pleut sur Nantes..." Eh bien qu'est-ce qu'il y a ? Vous dormez ? Je n'ai pas ma voix, là[1] ! »

Tout est en place : le rocking-chair, le piano-concert de laque noire, un homme à l'accordéon, un autre au synthétiseur, un troisième à la contrebasse, le tout sous la direction du quatrième. Il y a une femme aux cheveux couleur corbeau, sobrement vêtue d'un pantalon trompette et d'une tunique de velours noir. En apparence, rien n'a changé. « Pourtant, confie-t-elle, mon désir de chanter est neuf, intact. Ma fatigue plus grande. Mon corps plus douloureux. Mes mains plus douloureuses. Je deviens obéissante. Tous les traitements. Oui. Mais pouvoir chanter[2]. »

Au Châtelet, ce 16 septembre 1987 soir de la première, le public ne perçoit rien de cette fatigue. Au contraire, il retrouve cette fureur qu'il apprécie tant dans le jeu scénique de la dame en noir. En revanche, les textes, qui traduisent toujours ses préoccupations de l'instant, ne sont plus tout à fait les mêmes. Jadis, Barbara nourrissait son répertoire de monologues intérieurs comme des lettres et chacun pouvait s'y reconnaître, y retrouver ses propres mélancolies. Cette manière de se raconter, personnelle et inédite, l'avait différenciée des autres et conduite au succès. Jusqu'alors donc, face aux malheurs du monde, Barbara avouait sa « superbe impuissance d'intervention », souhaitant simplement et vaguement pour les autres la paix universelle. Elle laissait les révolutions aux révolutionnaires de carrière. « C'est vrai, concède-t-elle, je signe de préférence des chansons, pas des manifestes. Je ne

---

1. *Le Nouvel Observateur*, 18-24 septembre 1987.
2. Programme du Châtelet, 1987.

veux pas qu'une cause serve ma publicité. C'est facile d'être un héros en signant un texte. Je ne critique pas ceux qui le font, mais il y a des batailles clandestines dont je n'ai pas à me vanter. Les gens savent bien ce que je pense, je n'ai pas l'impression de passer pour une femme d'extrême droite[1]. »

Si « Göttingen » semblait vouloir réconcilier anciens combattants et fils de nazis (« Les enfants, ce sont les mêmes / À Paris ou à Göttingen »), il s'agissait d'un acte d'amour impulsif, d'une chanson écrite dans un élan et portée par un irrésistible désir d'enterrer la hache de guerre. Si plus tard, en 1973, elle enregistrait « Perlimpinpin[2] », ce n'était qu'une chanson timidement engagée ou clairement pacifiste : « S'il faut absolument qu'on soit / Contre quelqu'un et quelque chose / Soyons pour le soleil couchant / En haut des collines désertes / Soyons pour les forêts profondes. »

Dès le début des années 1980, Barbara est davantage tournée vers le monde extérieur. Elle se mire de moins en moins dans son miroir, préférant suivre attentivement les nouvelles qui lui parviennent dans son refuge par poste de télévision interposé. Elle écrit alors « Mille chevaux d'écume[3] », enregistrée en 1981, comme un résumé de l'actualité : « Un cargo s'est perdu avec son équipage / Un tout petit garçon est gardé en otage [...] Ils étaient des enfants au cœur de l'innocence / On les a fusillés pour crime d'insolence [...] / De folie en furie / On a honte de vivre. »

Jusqu'à présent, s'occuper des misères du monde ne l'avait pas effleurée comme si elle avait déjà fort à faire avec ses propres blessures. Mais face à son auditoire, chaque année plus nombreux et sur lequel elle a conscience d'exercer une influence certaine, elle décide de prendre les armes. « Le Soleil noir[4] » marque la

---

1. Propos recueillis par Pascal Sevran.
2. (Barbara/Barbara).
3. *Id.*
4. *Id.*

transition. « J'ai serré les poings, pour m'ordonner de croire / Que la vie était belle, fascinant le hasard [...] / Mais un enfant est mort / Là-bas quelque part / Mais un enfant est mort / Et le soleil est noir. »

À nouveau, le 10 mai 1981, Barbara saisissait sa plume à l'occasion d'un événement politique cette fois. Seule devant son poste de télévision où défilent les images d'une foule en liesse au soir de l'élection de François Mitterrand, Barbara s'émerveille et prend publiquement position pour celui qui succède à Valéry Giscard d'Estaing. Elle s'enflamme, comme la majorité des Français, pour l'homme, le politique, pour cette gauche en laquelle elle se reconnaît et qu'il porte au pouvoir. Pour cet espoir qu'il fait naître dans la jeunesse française. Elle se précipite sur son piano et compose « Regarde[1] ». « Regarde / Quelque chose a changé / Tout semble plus léger / C'est indéfinissable. / Un homme / Une rose à la main / A ouvert le chemin / Vers un autre demain », écrit-elle. François Mitterrand découvrira cette chanson quand il viendra applaudir Barbara à Pantin. En retour, il demande à ce que l'on diffuse « Göttingen », l'une de ses chansons préférées, au générique d'une émission dont il est le seul invité, le 16 septembre 1988, alors qu'il brigue un second septennat. La même année, Barbara ira chanter en duo avec Higelin lors de l'un de ses meetings à Paris. Réélu président, François Mitterrand épinglera la médaille de chevalier de la Légion d'honneur à sa robe noire.

Ainsi, en septembre 1987, le Châtelet devient davantage le théâtre de ses convictions que de ses émotions. En public, elle lance : « Soyez gentils, quand vous rentrerez ce soir, chez vous, choisissez un pull et offrez-le à un SDF » et, avec ses proches, dans le privé, elle

---

1. *Id.*

ouvre le débat : « Vous ne trouvez pas l'on vit une époque épouvantable ? »

Sur le programme, elle jette encore ces quelques mots : « Tchernobyl. Les otages. Libération de Sakharov. Il dit : "Je continuerai pour les Droits de l'homme." Prostitution chez les enfants. Drogue. Les boat-people, rejetés à la mer à mort [...] Les enfants de novembre ont écrit une chanson brève et superbe : "Plus jamais ça." Mesure de racisme contre les homosexuels. Censure, on fusille les libertés. Coluche, tu nous manques. »

Et le rideau s'ouvre sur « Perlimpinpin[1] », « Le Soleil noir[2] », « Raison d'État[3] », « Tire pas[4] », « Qui est qui[5] », autant de chansons-manifestes qui défendent tour à tour l'enfance opprimée, l'homosexualité honnie, la délinquance, le racisme. « La colère ne m'a jamais quittée, dit-elle. Il y a toujours une révolte chez moi. Je pense qu'il est important d'être un homme ou une femme en colère : le jour où nous quitte la colère ou le désir, c'est cuit[6]. »

Le public découvre sa plus récente colère, la plus forte aussi. Il s'agit de « Sid'amour à mort[7] », dont les droits sont réservés à l'association Act Up. « Ô sida, sida / Danger sida [...] / Mais qui a mis l'amour à mort / Mon amour malade / Ma douleur d'aimer [...] / Ils sont morts d'amour / Sid'assassinés », dit la chanson. La lutte contre le sida devient le grand combat de sa vie. « Toujours, j'ai essayé de parler d'amour, explique-t-elle. Il m'a paru évident de parler du sida qui, quelque part, est un grand mal d'amour[8]. »

Sur les routes de France, elle martèle son discours de mise en garde contre cette « Maladie d'amour / Où l'on

---

1. (Barbara/Barbara).
2. *Id.*
3. *Id.*
4. (Barbara/Barbara-Romanelli).
5. (Barbara/Plamondon-Barbara).
6. *Les Inrockuptibles*, décembre 1993.
7. (Barbara/Barbara).
8. *L'Express*, 4 novembre 1993.

meurt d'aimer[1] ». Mais, toujours convaincue qu'une chanson n'est pas une action, en 1988, une fois terminée la tournée qui a suivi le Châtelet, elle décide d'une année sabbatique et part en campagne. Elle se consacre entièrement à la prévention contre la maladie. Barbara est notamment révoltée par la non-information résultant d'une culture judéo-chrétienne pour qui « amour » et « mort » sont à bannir du langage politiquement correct. Elle enrage : tout ce temps perdu à contourner les tabous, quand il fallait expliquer, prévenir. « Il paraît invraisemblable que l'on n'ait pas montré comment on met un préservatif. Il n'y a toujours pas de distributeurs dans la quasi-totalité des lycées. Certains parents pensent qu'il ne faut pas laisser entrer l'amour dans les lycées. Mais alors, il faut laisser entrer le sida ? On va regarder mourir les enfants, c'est ça[2] ? » Elle ajoute : « Le préservatif est une affaire de vieux cons. C'est à ce combat que je m'accroche avec force[3]. »

En 1988, à la demande de la chanteuse, Jacques Attali, qui est alors conseiller de François Mitterrand, organise un dîner. Une assemblée est réunie autour de Barbara : Claude Evin (ministre de la Santé), Jacques Séguéla (publicitaire) et le médecin spécialiste du sida, Willy Rozenbaum. La discussion est longue. « Mais ça ne s'est pas très bien passé[4] », révèle Jacques Attali.

Entre désinformation et surinformation, Barbara suit de près le sujet. Elle conserve les brochures, critique les messages publicitaires abscons et pudibonds, collectionne les coupures de presse pour les étudier. Rien de tout ce qu'elle lit ne la satisfait. Dès lors, elle part mener son action discrète sur le terrain. Son seul objectif : communiquer autrement. « Où allons-nous vraiment ? questionne-t-elle. On a honte d'exister dans ce monde frileux. Ne baissons pas les bras. Continuons à

---

1. « Sid'amour à mort » (Barbara/Barbara).
2. *Libération*, 21 octobre 1992.
3. *Ibid.*
4. Entretien de Jacques Attali avec l'auteur.

nous battre, comme les infirmières qui sont toujours présentes. Il faut vigiler. À force d'être frileux, ce sera l'hécatombe. Ces morts sont les nôtres. Il ne faut pas cesser d'espérer, il faut rester ensemble, les yeux ouverts[1]. »

À l'Institut Pasteur, à l'hôpital Bichat et à l'hôpital Beaujon, elle part à la rencontre des médecins et des personnes atteintes du sida. Rapidement, elle fait installer une ligne téléphonique à Précy, rien que pour *eux*, pour qu'*ils* puissent la joindre à tout moment s'*ils* ont peur ou s'*ils* désirent tout simplement parler. Elle voit « des malades solitaires qui appréhendent de prévenir leur famille, des pères découvrir en même temps l'homosexualité et le sida de leur fils, des hommes et des femmes mourir en colère[2] ». À leurs côtés, elle reste souvent muette. Elle *les* écoute. Quelquefois, elle reste là des nuits entières pour *les* accompagner jusque dans leur ultime sommeil. Peu à peu, Barbara pénètre là où l'information n'est pas diffusée, là où le danger est maximal : les lycées et les maisons d'arrêt de Montluc, des Baumettes, de Fresnes, de Fleury-Mérogis, de Poissy, de Lille, de Lyon ou de Versailles.

Dans la plupart des prisons de France, des salles sont aménagées et nombre de chanteurs y font escale le temps d'un concert. Ce fut le cas de Jacques Higelin, de Michel Jonasz, de Michel Delpech, de Jane Birkin, de Véronique Sanson, de Johnny Hallyday et bien d'autres encore. Les détenus peuvent choisir de se rendre au concert ou non. Les places sont réservées à l'avance et le spectacle se déroule sous haute surveillance.

Quand Barbara chante pour les femmes détenues en maisons d'arrêt, ce n'est pas seulement une bonne action ou une distraction, mais le seul moyen pour elle de pénétrer cet univers et de chaque fois lancer son message.

Barbara peaufine ces récitals avec les moyens du

---

1. *Libération*, 21 octobre 1992.
2. *L'Express*, 4 novembre 1993.

bord. Toutefois, elle réclame au minimum un piano quart de queue, demande aussi à s'isoler dans une salle, devant un miroir, et réclame un bouquet de fleurs. Arrivée à 9 heures du matin pour chanter en fin d'après-midi, elle se concentre, s'imprègne des lieux, comme s'il s'agissait d'entrer sous les feux du plus prestigieux théâtre parisien. Elle s'installe au piano, face à ce public peu ordinaire qui, bien souvent, ignore le répertoire de l'artiste. Une jeune détenue de Fleury-Mérogis insiste pour que Barbara chante son tube. « Madame, vous allez chanter "Le corbeau noir"[1] ? » demande-t-elle au lieu de « L'Aigle noir. »

Sur scène, Barbara tente de nouer le contact. « Je suis très heureuse d'être venue, annonce-t-elle. Merci à vous d'être descendues. Si on me l'autorise, après, je viendrai vous voir là-haut. Est-ce qu'on peut allumer les lumières ? J'ai envie de vous voir, c'est normal[2]. » Et elle entonne : « Drouot », « Gauguin », « Une petite cantate », « Sid'amour à mort », « Ma plus belle histoire d'amour », « L'Île aux mimosas », « Göttingen », etc. Très vite, les prisonnières comprennent qu'elle n'est pas simplement venue les distraire, leur faire oublier leurs malheurs, mais qu'elle vient prévenir d'un danger. « J'ai un public très jeune, explique-t-elle, et depuis trente ans que je chante "Ma plus belle histoire d'amour", quand cette saleté de sida est arrivée, ce n'était pas possible de ne pas leur dire de se protéger. Aujourd'hui, je ne suis pas venue seule, j'ai demandé à un médecin formidable de l'Institut Pasteur de m'accompagner. Si vous avez des questions à lui poser[3]. » Et, après le récital, tandis que Barbara signe des autographes et offre des cassettes, le docteur Gilles Pialoux se tient à la disposition des prisonnières. « L'objectif pour elle, c'était d'apprendre le b a ba de ce combat,

---

1. Cassette vidéo enregistrée à Fleury-Mérogis. Propriété de M. Rouland.
2. *Ibid.*
3. *Ibid.*

puis d'entrer dans les prisons, explique-t-il. Elle avait une obsession : être claire. Dès 1987, elle avait compris que les messages de prévention contre le sida ne l'avaient pas été, au point que l'on entendait tout et son contraire [...]. Elle tutoyait la violence des lieux, leur relatif délabrement, le tout avec un incroyable respect[1]. »

De façon tout à fait confidentielle, Barbara fait des dons à diverses associations, Act Up, Sol en Si, Amnesty International ou les Restos du Cœur. « Parmi les rares artistes impliqués dans cette lutte contre le sida, révèle un communiqué des dirigeants d'Act Up à la mort de la chanteuse, Barbara a été la seule à nous soutenir sans faille, sans réserve et sans interruption. Avec nous, elle se battait pour les prisonniers, les étrangers, les homosexuels, les prostitué(e)s, les toxicomanes. Grâce à son soutien, nous avons pu mener un combat qui lui tenait à cœur. Aujourd'hui, les militants d'Act Up Paris sont tristes. Avec la mort de Barbara, c'est à la fois une figure de la culture gay et lesbienne ainsi qu'un modèle singulier d'engagement sans concession dans la lutte contre le sida que nous perdons. »

Le 6 février 1990, trois ans après le Châtelet, Barbara fait son retour sur scène à Mogador, là où, bien des années auparavant, la jeune Monique Serf avait fait ses premiers pas de mannequin-choriste. Ce nouveau récital révèle combien le sujet « sida » la préoccupe. En hommage à ces femmes de Montluc, des Baumettes et d'ailleurs, Barbara chante pour la première fois « Rêveuses de parloir[2] », chanson dédiée à toutes ces prisonnières auxquelles elle a rendu visite et qu'elle a quittées avec chagrin dans la grisaille des établissements pénitentiaires.

Juste après avoir chanté « Ma plus belle histoire d'amour », Barbara saisit le micro et fait les cent pas sur

---

1. *Libération*, 26 novembre 1997.
2. (Barbara/Barbara).

scène. Puis, s'installant sur son fauteuil à bascule qu'elle fait glisser jusqu'au bord de la scène, elle s'adresse aux spectateurs : « Cet amour peut me donner le droit de dire à ces enfants qui sont les vôtres, qui sont dans la salle, qui pourraient être les miens, que les préservatifs ne sont pas faits pour se les mettre sur la tête. Il faut absolument que ces préservatifs, vous les mettiez toujours, chaque fois. Permettez-moi d'insister, c'est important car le vaccin, bien sûr, ils vont le trouver, mais, en attendant, à part l'abstinence (chacun fait comme il veut), à part la fidélité (chacun fait comme il dit), il n'y a rien d'autre que ces maudits préservatifs. Je vous le dis non pas comme un médecin mais, modestement, comme une femme qui chante, qui vous a toujours parlé d'amour et à qui vous avez toujours répondu amour. Je vous demande de me croire, je vous demande de les mettre. Vous pensez bien que j'aurais préféré vous parler d'autre chose, mais je me sens le devoir de vous parler de ça. Je vous en prie, ces préservatifs il faut les mettre... Mais comment on fait ? Il faut les acheter, ça coûte cher, il faut aller chez le pharmacien, c'est compliqué. Alors, je vous en ai apporté, des préservatifs, ils sont dans le hall, on ne va pas les prendre maintenant, on les prendra tout à l'heure, ils sont dans des paniers très jolis. On ne va pas en faire un fromage, on va les prendre. Toi, t'en as pris combien ? Moi, trois et toi ? Moi, huit. Pour vous préserver, pour préserver les gens que vous aimez, préserver les enfants, les femmes, les hommes. Nous sommes tous concernés par cette histoire, on ne va pas passer la soirée là-dessus mais je vous demande simplement de me croire et je vous demande surtout de ne pas en faire des ballons. »

En effet, à la sortie, le public découvrira ces paniers pleins de préservatifs offerts par Durex.

Chapitre 13

Sans un adieu

À la fin des années 1980, tout porte à croire que la boucle est bouclée. « Qu'elle fut longue la route ! » Barbara a triomphé au Châtelet, il lui aura donc fallu pas moins de trente années pour enjamber la Seine, traverser le pont qui sépare l'Écluse du prestigieux Théâtre musical de Paris, le quai des Grands-Augustins du quai des Orfèvres. Cela mérite bien une ritournelle. Barbara modifie les paroles de « Mémoire, mémoire [1] », une chanson extraite de *Lily Passion*. « Dans ma vie de recluse / Je me revois parfois / Sur la scène de l'Écluse / Faisant mes premiers pas [...] / Ce fut un long voyage / Avant que je revienne / J'ai bouclé mon parcours / J'ai traversé la Seine », écrit-elle. Le chemin de la gloire pourrait encore s'achever en 1992, au moment où la maison Philips/Polygram édite l'intégrale des chansons de Barbara sous forme d'un coffret de treize CD sous le titre « Ma plus belle histoire d'amour, c'est vous ». Cet ensemble rétrospectif est réalisé en accord avec la dame brune qui participe à toutes les étapes du projet, donnant son point de vue sur les moindres détails de maquette, du choix des enregistrements à celui des photographies illustrant les livres, etc. « À aucun moment elle n'est capricieuse, explique Jean-Yves Billet. En revanche, elle est extrêmement exigeante. Dans le métier, on dit toujours qu'elle l'est

---

1. (Barbara/Barbara).

autant que Claude François ou Michel Sardou[1]. » Cette intégrale retrace, comme il se doit, la carrière discographique de la longue dame brune depuis le tout premier 45 tours réalisé à Bruxelles en 1954 par Jack Say – du temps où Barbara cheminait au côté de Claude Sluys – et qui comprenait deux titres : « L'Œillet rouge » de Brigitte Sabouraud et « Mon pote le gitan » de Jacques Verrières. Cette somme s'achève naturellement par ses toutes dernières créations : « Vol de nuit[2] », « Rêveuses de parloir[3] », « Gauguin[4] », « Sid'amour à mort[5] », « Précy jardin[6] », « Raison d'État[7] », « Tire pas[8] » et « Coline[9] », un texte de Jacques Attali sur une musique de Schubert.

Au début des années 1990, à soixante ans révolus, Barbara a toujours « la folle envie de chanter ». Charley Marouani réserve la salle de concert du Palais des Congrès pour une série de récitals programmés en février 1993. Barbara rend public ce projet un an plus tôt, exprimant toutefois quelques réticences quant à la froideur ambiante de cette salle, l'une des plus vastes de la capitale : « Palais, pas Congrès, je déteste, déclare-t-elle. Il n'y a pas plus d'artistes que de Congrès dans cette salle, non ? Je vais un peu la transformer pour que vous n'ayez pas l'impression d'entrer dans un bunker. Faire oublier ce rideau qui ressemble à une chemise à carreaux, mettre des tapis rouges, un arrondi de velours, une avancée vers vous. Travailler avec cet espace-là, accepter d'être petit dans ce grand truc et arranger l'extérieur. Je poserai peut-être deux

---

1. Entretien de Jean-Yves Billet avec l'auteur.
2. (Barbara/Barbara).
3. *Id.*
4. *Id.*
5. *Id.*
6. *Id.*
7. *Id.*
8. *Id.*
9. (Attali/Schubert).

rocking-chairs sur scène : l'un pour chanter, l'autre pour me reposer[1]. »

Barbara ne chantera pas au Palais des Congrès : un communiqué évasif annonce que la série de récitals est annulée pour cause de maladie. Son retour sur scène est reporté. Autre lieu, autre date. Elle s'en va plutôt retrouver les planches du Théâtre musical de Paris-Châtelet à partir du 6 novembre 1993 et jusqu'au 31 décembre. Elle se sent parfaitement à son aise dans ce lieu aux velours rouges et aux boiseries dorées qu'elle a quitté six ans plus tôt sous les roses. Dans cette perspective, Barbara rassemble autour d'elle les membres de son équipe : Gérard Daguerre au piano, aux synthétiseurs et à la direction musicale, Jean-Louis Hennequin aux synthétiseurs et aux percussions, Serge Tomassi à l'accordéon, au bandonéon et aux synthétiseurs, Jacques Rouveyrollis réinventera l'espace par ses éclairages.

À six mois de la première, les répétitions débutent. Chaque matin le trio Daguerre-Tomassi-Hennequin arrive à Précy. Barbara les attend dans la Grange-aux-Loups. Plus encore que par le passé, la discipline est militaire. Barbara attend de ses hommes un comportement irréprochable fondé sur le respect. Qu'ils se montrent ponctuels et travailleurs, d'une disponibilité absolue sinon c'est la porte. « Un jour, un technicien est arrivé avec cinq minutes de retard, se souvient Jean-Yves Billet. Barbara ne lui a pas adressé un regard. Elle m'a demandé de le mettre dehors. C'était sans appel[2]. » Pour eux, la question ne se pose même pas : lorsqu'ils s'engagent à la suivre, ils se mobilisent au point de prendre leurs distances avec femmes et enfants. Les épouses n'en tiennent pas rigueur à la dame en noir car Barbara sait s'y prendre, leur envoyant régulièrement des cadeaux destinés aux enfants, s'inquiétant de leur

---

1. *Télérama*, 18 mars 1992.
2. Entretien de Jean-Yves Billet avec l'auteur.

état de santé lorsqu'elle téléphone aux aurores pour parler à Serge, Gérard, Jacques ou Jean-Yves.

Les répétitions peuvent commencer. Réunis dans ce minuscule théâtre perdu en pleine campagne, sous la houlette de la chanteuse, entre éclats de rire et regards noirs, ils revoient les arrangements de scène, la place des instruments, se concertent pour le choix et la programmation des chansons. Quand midi sonne, on apporte des sandwichs que l'on avale rapidement tout en continuant à travailler. Et le soir, tard, le trio est invité à partager une omelette puis autorisé à quitter la bonne dame de Précy qui les remercie en les embrassant chaleureusement. On oublie toutes les querelles jusqu'au lendemain. « Elle savait maintenir avec ses musiciens une certaine distance, tant géographique que temporelle, tout en faisant comprendre que cette distance ne signifiait pas l'éloignement, raconte Jean-Louis Hennequin. Nous savions tous que, même si nous n'avions pas travaillé avec elle depuis un certain temps, Barbara avait le pouvoir de nous mobiliser instantanément pour un projet et arrivait toujours à tirer le meilleur de chacun. Elle pouvait nous amener à nous dépasser, comme un catalyseur d'énergies et de talents[1]. »

Si le tour de chant en question ne comporte que très peu de nouveautés sinon « Le jour se lève encore[2] », « Pleure pas[3] », « Sables mouvants[4] » et « Lily[5] », qu'elle emprunte à Pierre Perret, Barbara tient à revoir les orchestrations des vingt-quatre chansons sélectionnées. Moralement, elle fouette ses hommes qui s'en plaignent parfois. Quand la pression est trop forte, on les voit sortir fumer une cigarette dans le jardin. L'école Barbara est la plus rigoureuse de toutes. « Nous

---

1. *Les Inrockuptibles*, 3-9 décembre 1997.
2. (Barbara/Barbara).
3. *Id.*
4. *Id.*
5. (Perret/Perret).

travaillions énormément avant de monter sur scène, il fallait avoir la santé, se souvient Gérard Daguerre. On reprenait mille fois le même morceau. Et, malgré cela, quand nous quittions la maison, tard le soir, Barbara passait la nuit à écouter des centaines de fois ce que nous avions fait dans la journée et qu'elle avait enregistré sur des bandes. Le lendemain, systématiquement, elle nous accueillait avec le regard noir : "J'ai écouté... Ça ne va pas !" Avec Barbara, pour changer une note, ça pouvait prendre des jours et des jours. Rien n'était satisfaisant, elle voulait que ce soit parfait. Mais comme de tout façon ça ne l'était jamais à ses yeux, au bout d'un moment c'était accepté[1]. »

Une semaine avant la première, Jacques Rouveyrollis arrive avec le schéma des éclairages. « Elle me donnait la liste des chansons et on travaillait personnage par personnage, séquence après séquence, raconte-t-il. Elle ne connaissait rien à la technique, ce qui était normal, mais elle donnait ses directives en décrivant une atmosphère, un climat. On se comprenait au quart de tour. Sur place, c'était au directeur technique de mettre mes plans à exécution[2]. »

Le compte à rebours a commencé. Début novembre, les camions arrivent à Précy pour le traditionnel déménagement : on embarque les instruments, le rocking-chair et les malles qui contiennent les costumes de scène. Direction le Châtelet.

Agitée, nerveuse, Barbara est plus que soucieuse, elle est effrayée. D'autant que son organisme présente de grands signes de faiblesse. Avant même d'avoir posé un premier pied dans la lumière, elle est à bout de forces. « Cet hiver 1993, ce n'était plus la même femme, avoue Gérard Daguerre. Le Châtelet a été pénible mais elle a été très courageuse. Je pensais qu'on n'y arriverait jamais. Si elle a pu chanter, c'est unique-

---

1. Entretien de Gérard Daguerre avec l'auteur.
2. Entretien de Jacques Rouveyrollis avec l'auteur.

ment parce qu'elle était portée par sa volonté[1]. » En novembre au Théâtre musical de Paris, son corps est alourdi par le poids des années, usé à force de travail, abîmé par toutes ses pilules avalées avec déraison depuis tant de temps.

Le 6 novembre pourtant (date anniversaire de la mort de sa mère), Barbara investit cette scène immense. Elle reprend quelques-unes de ses premières chansons, du temps où on la surnommait la chanteuse de minuit : « Attendez que ma joie revienne[2] », « Veuve de guerre[3] », « Dis, quand reviendras-tu ?[4] ». En tourbillonnant sous les lumières savantes de Jacques Rouveyrollis, elle lance aussi son message pour ces « Enfants de novembre[5] » fusillés « pour crime d'insolence » et qui ont manifesté leur colère en novembre un mois plus tard après la mort de Malik Oussekine. « Ces enfants de novembre, je les revois défilant en mémoire de l'un des leurs victime d'une bavure, disent certains, explique-t-elle. C'est comme s'ils s'étaient rassemblés, et ils continuent de le faire, au nom de tous les gens de leur âge : le jeune maquisard, le jeune Chinois debout devant un char et tant d'autres qui meurent en silence, que l'on tue sans bruit... Vous entendez les oiseaux, il y a un tel gouffre entre la beauté de leur chant et tous ces êtres que l'on pousse hors du cercle du soleil, qui n'ont jamais un moment de répit, une parcelle de bonheur[6]. »

Dans un discours qui deviendra plus tard une chanson, « Femme-piano-lunettes[7] », elle s'amuse à expliquer sa solitude, sa vie sans homme : « Ont touché à rien / M'ont laissée toute seule / Avec mes lunettes /

---

1. Entretien de Gérard Daguerre avec l'auteur.
2. (Barbara/Barbara).
3. (Cuvelier/Cuvelier).
4. (Barbara/Barbara).
5. *Id.*
6. *Télérama*, 6 novembre 1993.
7. (Barbara/Barbara).

Avec mon piano / M'ont laissée toute seule / Toute seule / J'suis seule dans mon lit. »

Quand le rideau du Châtelet tombe une première fois, elle revient, reprend « Nantes », « Dis, quand reviendras-tu ? » pour satisfaire aux rappels. Une dernière apparition pour enlacer le public et, dans la salle, les lumières et les panneaux « Sortie » s'allument. « Pendant les rappels, tandis que nous restions à nos postes pour jouer l'instrumental final, Barbara faisait de grandes enjambées pour aller se réfugier loin, tout au fond de la scène, raconte Serge Tomassi. Elle hurlait "Je t'aime". Était-ce de la douleur ou de bonheur, je ne sais pas. J'avais peur pour elle, elle criait si fort, c'était dangereux pour sa santé et pour ses cordes vocales. Je suis allé lui dire d'arrêter, qu'elle se rendait malade. Elle m'a dit : "Tu as raison, mais je ne peux pas, c'est si bon, c'est si fort, tu comprends." J'avais le sentiment qu'elle se suicidait tous les soirs[1]. »

Barbara va mal, elle apparaît plus diminuée chaque soir. Elle décide de louer une chambre d'hôtel à proximité du théâtre pour se coucher le plus tôt possible après le spectacle, ne plus subir les allers-retours entre Paris et Précy. Ses admirateurs en ont conscience, alors, pour l'encourager, lui montrer qu'ils sont toujours là, ils jonchent de roses rouges le chemin qui la conduit de la sortie des artistes à la porte de son hôtel. Elle comprend le message et, pour eux, malgré la pneumonie avec double foyer infectieux qu'on a diagnostiquée, elle revient encore les 11, 12 et 13 décembre 1993, le temps pour l'équipe de Polygram de procéder à un enregistrement public qui sortira sous la forme d'un double album. Elle chante, malgré la grande fatigue qui s'est emparée de son corps, les étourdissements dont elle est victime et les baisses de tension subites qui la laissent flageolante.

Ces soirs-là, lorsqu'elle disparaît derrière le rideau clos, elle s'écroule et reste au sol, sans connaissance.

---

1. Entretien de Serge Tomassi avec l'auteur.

« Barbara s'effondrait de tout son long sur la scène, il fallait la ranimer à l'aide de brumisateurs d'eau, poursuit Serge Tomassi. Chaque soir, c'était pareil. Et même avant d'entrer en scène, une infirmière venait lui faire des piqûres, un cocktail de vitamines, pour lui donner assez de forces[1]. »

Après ces trois soirées de décembre, Barbara est conduite d'urgence à l'Hôpital américain de Neuilly. Le Châtelet, elle n'y retournera pas. Comme elle s'en veut de laisser ainsi sa plus belle histoire d'amour sur le trottoir, déçue devant les portes closes du théâtre, mais son état de santé s'est tellement aggravé ! « J'ai dû arrêter le Châtelet et ça a été très douloureux, dira-t-elle plus tard. Je l'ai très mal vécu. Ce n'était pas une trahison vis-à-vis de mon public puisqu'il y avait une impossibilité physique. Je l'ai mal vécu en prenant un hôtel à côté, pensant que, le soir, je pourrais retourner et je restais là, c'est très dur. Comme un type qui est fauché en pleine course[2]. »

Une fois remise, Barbara, qui semble à nouveau vaillante, annonce à tous qu'elle entend reprendre la route pour la tournée prévue en province. De son côté, Charley Marouani, chargé de régler les difficultés matérielles, rassemble l'équipe au grand complet. « Il nous a expliqué que Barbara voulait partir en tournée mais que son état de santé ne le permettait pas vraiment, raconte Gérard Daguerre. Si bien que les compagnies d'assurances refusaient de nous prendre en charge, c'était beaucoup trop risqué[3]. » De son côté, le tourneur Gilbert Coullier hésite à adopter pareille décision. Sur le contrat, les assurances stipulent que le cœur de Barbara est trop faible, ce qui signifie que cette tournée pourrait bien lui être fatale. À l'unanimité et sans se concerter, tous les membres de l'équipe décident de l'accompagner et ce malgré les risques encourus. Bien

---

1. *Ibid.*
2. Europe 1, novembre 1996.
3. Entretien de Gérard Daguerre avec l'auteur.

sûr, cette tournée peut la laisser sans forces, mais l'empêcher de chanter serait bien plus dangereux. Barbara ne le supporterait pas, elle pourrait sombrer, peut-être même en mourir.

Ainsi, le samedi 29 janvier 1994 Barbara se produit à Massy, le lendemain à Aulnay-sous-Bois et ainsi de suite, de théâtre en théâtre. Rouen le mardi 1er février, Dijon, Lyon, Montpellier, Toulon, Pau, Toulouse, puis Bordeaux le 14 février.

Les membres de l'équipe s'abstiennent de tout commentaire mais chaque soir ils craignent que ce soit le dernier. Ils s'attendent à tout moment à la voir s'écrouler. La gorge nouée, ils ne la quittent pas des yeux. En outre, ils peinent à la suivre sur le plan musical car elle ne tient plus le rythme. Sa fatigue est grande, son esprit est embrumé. Si cette tournée ne se déroule pas dans les meilleures conditions, loin de là, le public n'y voit rien et reste médusé. On parvient tant bien que mal à sauver les apparences. Et on poursuit la route à une cadence infernale. Le 17 février à Valence, puis c'est Marseille, Montreux (Suisse), Saint-Claude, Saint-Étienne, Montluçon avant un détour par le palais des Beaux-Arts de Bruxelles le lundi 28 février.

Elle se produit tous les soirs et, comme à son habitude, une fois le tour de chant terminé, remonte en voiture pour se rendre dans la ville suivante, ce qui lui permet d'être sur place le lendemain matin pour se rendre le plus tôt possible au théâtre et veiller à l'installation du matériel.

Nancy, Strasbourg, Troyes, Sochaux, Vesoul, Montigny-le-Bretonneux, Maisons-Alfort, Rueil-Malmaison, Lille et, à la mi-mars, le Zénith de Caen.

On prend soin d'embarquer le rocking-chair en dernier dans le camion afin de pouvoir le sortir tout de suite le matin car, toute la journée, c'est depuis son fauteuil à bascule que Barbara dirige ses hommes. Elle est loin, la vedette trépidante qui allait et venait, faisant les cent pas sur la scène ! À présent, elle se tient assise, tentant d'économiser ses forces pour chanter le soir venu.

Enfin, la tournée s'achève après Amiens, Roubaix, Rennes et Nantes. Barbara arrive au théâtre Vinci de Tours, le samedi 26 mars 1994. Assise au centre de la scène, le visage pâle, les jambes tremblantes, elle vérifie la position du piano, détermine la place de chaque musicien, participe à la balance pendant plus d'une heure. Scrupuleusement. « Toute la journée, les techniciens ont monté l'estrade, se souvient Jean-Michel Dutoit, directeur du théâtre. Elle ne voyait plus clair, avait peur de tomber de la scène, alors nous lui avons fait installer de petites lumières rouges discrètes pour délimiter le bord. Les heures défilaient. La voyant ainsi abattue, comme un oiseau blessé, effarouché, je pensais qu'elle ne pourrait jamais chanter[1]. »

La scène est montée et les spectateurs prennent place. Barbara est dans sa loge depuis plus de trois quarts d'heure. Elle convoque Gérard Daguerre. Va-t-elle renoncer ? Au contraire. Lorsqu'il s'approche de sa diva, elle lui prend la main : « Prépare-toi, cet été nous partons au Canada, en Israël, en Belgique et au Japon[2]. »

Devant deux mille Tourangeaux réunis, Barbara entre en scène, se dirigeant vers son public, bras tendus et paumes au ciel.

« Elle était métamorphosée, poursuit Jean-Michel Dutoit. On sentait qu'elle ne forçait pas. Elle est entrée un peu cassée puis s'est lentement dépliée. En revanche, je ne l'ai pas entendue chanter. Elle a lancé les chansons et le public les a chantées à sa place. Il n'y a pas eu de montée en puissance de l'émotion mais une sorte de communion, une ivresse communicative[3]. »

Avant l'ultime tomber de rideau, ce soir-là, Barbara s'excuse, elle a quelques mots dire à ses collaborateurs : « Hommes et femmes de mon équipe, tant que nous ferons la route ensemble, à partager la pluie, le

---

1. Entretien de Jean-Michel Dutoit avec l'auteur.
2. Entretien de Gérard Daguerre avec l'auteur.
3. Entretien de Jean-Michel Dutoit avec l'auteur.

vent, la canicule, les galères, les espaces magiques, les cirques, les théâtres, tant que nous resterons des gens du voyage, des passants de la nuit pour la magie d'un instant recommencé chaque fois plus loin, tant que je veillerai sur vous et que vous veillerez sur moi, tant que je chanterai, je serai près de vous une nomade heureuse. Hommes et femmes, n'oubliez pas que nous ne sommes qu'un instant et que nous nous devons de rendre cet instant-là magique. Sachez que nous faisons ensemble un métier exceptionnel, de liberté, de lumière et d'amour. Hommes et femmes de mon équipe, je suis fière de vous. » Elle part sur une promesse, un message d'espoir : « Tu verras, étonné, on reprend le corps à corps / On continue, le jour se lève encore[1] ! » Le public de Tours se souviendra toujours de cet instant où Barbara est descendue de scène, a longé l'allée principale pour se figer au beau milieu des spectateurs et tous les enlacer symboliquement d'un seul geste, en ramenant ses bras autour d'elle-même. Beaucoup ont compris qu'elle ne monterait plus jamais sur les planches. Et Barbara quitte la scène du théâtre Vinci de Tours sans un adieu, pas même un « Au revoir, nous étions bien ensemble[2] ».

De sa loge, la dame brune commande une bouteille de champagne qu'elle partage avec toute l'équipe pour fêter la fin de la tournée. Fier comme une tour de cathédrale, l'oiseau roi couronné va de l'un à l'autre, discute et remercie. « On était là, on buvait le champagne, et moi je me demandais comment j'allais faire pour marcher jusqu'à la voiture[3] », racontera plus tard Barbara.

Enfin, elle rentre se terrer à Précy où elle va se soigner et reprendre des forces avant l'été. Elle brûle d'impatience à l'idée de parcourir ces villes étrangères où elle est très attendue. Malheureusement, elle devra renoncer à ces projets. « On me l'a dit et puis j'ai

---

1. « Le jour se lève encore » (Barbara/Barbara).
2. « Au revoir » (Barbara/Barbara).
3. Europe 1, novembre 1996.

compris moi-même[1] », dira-t-elle. À Précy, Barbara défait pour toujours ses malles de voyage, range ses costumes. Plus jamais elle ne remontera sur scène. Ses proches sont parvenus à la convaincre de poser ses valises. Elle s'y résout et garde cette blessure secrète, le temps pour elle de faire le deuil de la scène qui était toute sa vie. « Je savais que c'était ma dernière tournée, confiera-t-elle à Jérôme Garcin en septembre 1996. Longtemps, j'ai chanté entre deux crises d'asthme. Là, je savais que j'allais devoir chanter avec. Est-ce que tu t'imagines qu'on a même refusé de m'assurer ? C'était donc un risque sur ma propre vie. Et pourtant, je suis partie sur les routes sans tristesse. Quand ce fut terminé, à Tours, j'étais vraiment au bout de moi, j'avais des spasmes, mon œil droit foutait le camp, je titubais sur scène, je perdais la mémoire, je ne commandais plus mon corps, j'en passe et des pires. J'ai alors pris la décision d'arrêter. Il y avait deux solutions ensuite : avancer en faisant autre chose (on m'a proposé de jouer, dans une pièce de théâtre d'un auteur américain, le rôle de la Callas, j'avoue avoir hésité un instant), ou bien reculer... les gens auraient peut-être aimé que je recule, moi, je ne l'aurais pas supporté[2]. »

Mais au bout d'une année, elle sort de sa retraite : « Allô, Bouddha ? Je vais faire un album[3] », annonce-t-elle à Jean-Yves Billet. La maison Polygram tout entière se réjouit. Voilà seize ans qu'elle n'est pas entrée en studio. Barbara s'enferme dans sa salle de travail et s'installe au piano. Si une mélodie trotte dans sa tête, elle se précipite pour l'enregistrer et la réécoutera plus tard. De cette manière, des textes naissent à mesure que la musique s'inscrit sur les bandes du magnétophone. Jean-Yves Billet réserve le studio pour

---

1. *Ibid.*
2. Jérôme Garcin, *Barbara, claire de nuit*, Gallimard, 2002.
3. Entretien de Jean-Yves Billet avec l'auteur.

l'été et se met en quête d'un arrangeur. Après avoir vainement tenté de faire travailler Hervé Leduc puis Jean-Pierre Adnot, les regards convergent évidemment vers Gérard Daguerre qui, ami fidèle de Barbara depuis Pantin 81, est capable de saisir dans l'instant les indications abstraites de la chanteuse telles que « Creuse davantage », « Tu vois, tu as enlevé les ors, maintenant ça ne scintille plus ! », etc.

L'été succède au printemps et Barbara n'a toujours pas assez de titres pour construire un album. Naturellement, elle prévoit d'enregistrer des titres chantés en public mais qui ne figurent sur aucun album studio comme « Les Enfants de novembre[1] », « Le jour se lève encore[2] », une version chantée de « Femme-piano-lunettes » (qui devient « Femme-piano[3] ») et « Sables mouvants[4] ».

Surtout, Barbara travaille sans relâche à l'écriture de nouvelles chansons. « John Parker Lee[5] », « Lucy[6] » et « Faxe-moi[7] » s'ajoutent à la liste. Par fax, justement, lui parvient un texte de Guillaume Depardieu, le fils de Gérard : « À force de[8] », et l'ex-chanteur du groupe Téléphone, Jean-Louis Aubert, qui la fige en un « Vivant poème[9] ». « J'ai rencontré Barbara au printemps 1995, pour un projet avec Sol en Si, explique ce dernier. J'avais déjà écrit, comme ça, deux couplets de "Vivant poème". Je suis allé frapper à sa porte. On la disait spéciale, recluse, moi j'ai trouvé quelqu'un de gai. Nous ne nous étions jamais rencontrés mais, au bout d'un quart d'heure, nous étions au piano à quatre

---

1. (Barbara/Barbara).
2. *Id.*
3. *Id.*
4. *Id.*
5. *Id.*
6. (Barbara-Plamondon/Barbara).
7. (Barbara/Barbara).
8. (Depardieu/Barbara).
9. (Aubert/Barbara).

mains. Elle souhaitait que j'apporte un peu de "fougue électrique" à son prochain album[1]. »

Et Jean-Louis Aubert se trouve associé, à la demande de Barbara, aux autres musiciens recrutés : Richard Galliano, Jean-Louis Hennequin, Doc Matéo, Eddy Louiss, Loïc Pontieux, Didier Lockwood, Bernard Camoin. Il signe quelques arrangements, les paroles de « Vivant poème » et la musique du « Couloir[2] », en hommage à toutes les infirmières des services qu'elle fréquente depuis quelques années, à celles qui tentent d'apaiser la douleur et la colère des malades du sida. « Dans le couloir, il y a des anges / En sandales et en blouses blanches / Qui portent, accrochée sur leur cœur / La douceur de leur prénom[3] », chante Barbara.

Avant les séances d'enregistrement, les répétitions se déroulent comme à l'accoutumée dans le studio que Barbara a fait aménager à Précy : la Grange-aux-Loups. Le cadreur Patrice Gauluchau est autorisé à filmer ces moments rares. Barbara a toléré sa présence, car ces images pourront servir à la promotion du disque, étant donné qu'elle refuse toute télévision depuis 1975. Eddy Louiss, qui comprend vite que ces futures semaines seront prenantes, loue une maison à quelques mètres de là. « On s'est installés à Précy, chez elle, pour explorer les chansons, raconte l'accordéoniste Richard Galliano. Sans partition, juste au regard, au geste, au sourire de Barbara. Je ne savais plus qui d'elle ou de moi jouait de l'accordéon. Elle avait une énergie inimaginable. Sa manière de jouer du piano avait quelque chose de magique. Quand elle m'a fait entendre pour la première fois "Faxe-moi", j'ai pensé à Thelonious Monk. Ces dissonances, cette dualité de force et de fragilité que l'on trouve chez certains musiciens... Elle était exigeante vis-à-vis de tout le monde, mais surtout d'elle-même. Une exigence dictée par le désir de beauté.

---

1. *Chorus*, n° 23, printemps 1998.
2. (Barbara/Barbara-Aubert).
3. « Le Couloir » (Barbara/Barbara-Aubert).

Mieux valait être vif pour répondre à sa vivacité. Elle pouvait paraître implacable mais, avec les années, j'ai compris : elle voulait donner tellement[1]. »

Barbara rassemble toutes les bandes enregistrées au cours de ces séances de travail et passe ses nuits solitaires à les écouter. Au matin, elle fait ses commentaires, souvent acides. À ses côtés, la troupe est ébahie de voir cette femme qui ne connaît pas les subtilités de l'écriture musicale exprimer et faire exécuter ses désirs comme ça, juste d'oreille. Sous les yeux des musiciens professionnels, Barbara achève la maquette. Ses instruments de travail préférés sont d'antiques magnétophones à deux platines trouvés aux Puces, ce qui surprend toujours ses collaborateurs. Sur ces machines peu élaborées, Barbara double les bandes et repique minutieusement ce qui lui semble le mériter. Elle tient beaucoup à ces vieux appareils. Si, avec eux, la musique sonne bien, alors c'est que la prise est la bonne. En outre, comme elle l'explique à Jean-Yves Billet, les femmes en prison ne disposent pas d'un matériel plus perfectionné, elle est ainsi certaine que ses chansons leur parviendront dans les meilleures conditions.

Sur les touches « lecture », « avance rapide » et « enregistrement », la chanteuse pose des morceaux de ruban adhésif et, en une fraction de seconde, parvient à saisir, mot à mot, note par note, sur la cassette vierge, le meilleur des répétitions. Elle est précise. Quand elle dit, par exemple, « Là, il manque un demi-ton », ses collaborateurs sont toujours étonnés de constater qu'elle a raison. Elle écoute des centaines de fois les morceaux puis, séparément, les instruments et la voix.

« Quand on rentre en studio après seize ans d'absence, on se dit... Et puis finalement, ce sont les mots qui ont changé : "technologie de pointe". Mais un souffle, c'est un souffle. D'ailleurs, il faut parfois du souffle. » Au mois d'octobre, la longue et laborieuse

---

1. *Télérama*, 6-12 décembre 1997.

réalisation du disque en studio s'achève avec beaucoup de retard. Les sautes d'humeur de la chanteuse ont ralenti la progression du travail. Lors de l'enregistrement de certaines chansons, telle « Le Couloir », où l'émotion est intense, il arrive même à Barbara de se saisir d'une chaise et de faire mine de la jeter à terre lorsqu'un intrus vient interrompre la séance. Il lui faut alors du temps pour retrouver sa concentration et reprendre la chanson. À deux reprises, on a dû remettre le travail à la semaine suivante, la dame brune, épuisée par le travail, étant retenue, sous perfusion, à l'Hôpital américain de Neuilly.

En écoutant l'album dans sa totalité, Barbara s'émerveille, pense à haute voix : « Ils ont travaillé comme des peintres. Au synthé il y avait un type formidable qui s'appelle Hennequin. Tu lui dis : "Maintenant, fais-moi une vieille dame de soixante-quinze ans qui passe avec une robe légère, tu connais cette douceur-là..." Eh bien, il me regarde avec ses grands yeux bleus et il le fait. Si tu dis à Galliano : "Avec ton accordéon, fais-moi un sax", eh bien, il le fait. Pareil pour Lockwood[1]. »

« C'est le dernier album, c'est formidable. Soixante-six ans, c'est rien, on s'en fout, mais j'ai fini ça. C'est le dernier cri, le dernier silence[2] », dit-elle en studio, le dernier jour. La sortie du disque, simplement intitulé « Barbara », est prévue pour le 6 novembre 1996. Quelques jours avant, un spot télévisé sous forme de compte à rebours l'annonce plusieurs fois par jour. Le jour J, les admirateurs se pressent aux portes des disquaires. Il s'en vendra trois cent mille exemplaires en quelques mois.

Barbara accepte de répondre à quelques journalistes, pour parler de cet enregistrement mais aussi se libérer d'un poids : « La scène, non, je ne me sens pas d'en refaire, parce que je n'ai plus la force, confie-t-elle à

---

1. *Libération*, 26 novembre 1997.
2. Europe 1, novembre 1996.

Michel Field au micro d'Europe 1 le 1ᵉʳ décembre 1996. Je n'ai pas dit au revoir parce que, quand je suis arrivée, je n'ai pas dit bonjour non plus. Il faut partir au moment où les amours sont les plus belles et ne pas les détériorer. Parce que je ne suis plus capable. Tu comprends : ou tu fais la même chose, ou tu fais moins bien et, dans ce cas, il vaut mieux rester chez toi ! Quelque part, je n'avais plus cette force, quelque part il manquait quelque chose et donc, par amour, j'ai décidé d'arrêter. »

« Barbara », l'ultime album, est rapidement qualifié de disque-testament. Au fil des années, la voix de la chanteuse devenait de plus en plus rauque. Elle est à présent plus fragile que jamais, au bord de l'asphyxie. « Mais c'est fatigue dans ma tête embrumée / Je tourne dans le vide / Arrêtez ce train, qui m'emporte / Qui m'emporte au loin [1] », chante-t-elle dans un souffle tragique.

Barbara retourne sur les traces de son enfance et chante « Il me revient [2] », souvenir d'un traumatisme de jeunesse, lorsqu'un jour, à Saint-Marcellin, la fillette âgée de douze ans avait vu sous ses yeux un maquisard d'une vingtaine d'années se faire tuer par un soldat de la Milice. « Cette chanson a l'âge de ce jeune homme, explique-t-elle. On l'avait commencée avec Frédéric Botton autour d'un piano et puis on s'était perdus de vue. Je lui sais gré de me l'avoir gardée [3]. »

Et les amours d'autrefois, qui entraient par la porte et qu'elle sortait par la fenêtre, apparaissent aujourd'hui invivables parce que condamnées : « Nos saisons ne sont plus les mêmes / Tu es printemps, je suis hiver / Et la saison de nos je t'aime / pourrait nous mener en enfer [4]. »

---

1. « Fatigue » (Barbara/Barbara).
2. (Barbara/Botton).
3. *Télérama*, 6 novembre 1996.
4. « Sables mouvants » (Barbara/Barbara).

Chapitre 14

Barbara 1997

Barbara a renoncé à parcourir la France des théâtres et elle s'y tient. Depuis la sortie de son dernier album, la chanteuse vit recluse à Précy et les habitants de ce hameau entouré de verdure regrettent de ne plus apercevoir la chanteuse que de loin en loin. « Elle ne promène même plus ses chiens sur les bords de Marne », déplore l'un d'eux. C'est vrai que ses volets restent souvent clos, même en pleine journée. Elle n'apparaît plus guère à l'Orangerie, le restaurant de son ami Jean-Claude Brialy où elle se faisait souvent conduire en taxi. Aux invitations à dîner, elle répond : « Viens plutôt à Précy. » Le reste du temps, elle promet des rendez-vous sans vraiment les fixer ou les repousse de semaine en semaine. Tout porte à croire que la longue dame brune se meurt lentement. De Précy à Paris, la rumeur va bon train. Pour certains, Barbara est atteinte de sclérose en plaques, pour d'autres il s'agit d'un cancer des poumons ou de la gorge (les cordes vocales semblent atteintes) à moins qu'elle ne se meure du « sid'amour à mort », ce qui justifierait aux yeux de certains son engagement contre la maladie. On évoque encore une grave dépression, l'incurable « mal de vivre ». Les heures qui séparent Barbara du trépas seraient-elles comptées ?

Ses proches s'évertuent à répéter que Barbara est en bonne santé, mais plus personne n'y croit. Pour eux, la mystérieuse funambule, cette figure de cristal en équilibre sur un fil, ne peut s'éteindre dans son sommeil, l'âge de la retraite venu. Un jour, l'oiseau fragile tombera et se brisera, voilà une fin digne de la figure mythique qu'ils portent aux nues.

Barbara a parfaitement conscience que son retrait alimente les ragots mais elle s'en moque, elle y est habituée. Depuis ce jour où elle a mis un pied dans la lumière, on l'a accablée de tous les maux. C'est l'une des rançons de la gloire. Son image est synonyme de détresse, de malheur et de mort. « Mais, tout de même, ce n'est pas moi qui l'ai inventée, la mort ! » rage-t-elle parfois.

La réalité est tout autre. La maison de Précy ne s'est pas métamorphosée en maison de repos pour chanteuse sur le retour et Barbara ne se lamente pas au fond de son lit du matin au soir. Si la chanteuse économise ses forces, ménage ce corps sexagénaire, son asile n'est que provisoire. Dans le silence de sa citadelle, Barbara garde le contact avec le monde extérieur grâce au téléphone ou par fax. Elle demeure plus que jamais attentive à l'actualité, devant son poste de télévision allumé en permanence. Encore réactive, toujours engagée, plus que jamais concernée par cette époque qu'elle juge épouvantable.

Surtout, au cours de cette année 1997, elle travaille sans relâche. Derrière ses persiennes closes, Barbara peaufine ses projets. Pour les mener à bien, elle a besoin de temps et de silence. Au fond, rien n'a changé sinon que cette année-là va être une succession de rendez-vous manqués.

Le premier rendez-vous manqué de cette année 1997 a lieu en direct à la télévision, le 10 février, à l'occasion des « Victoires de la musique ». En compétition face à Zazie et à Ophélie Winter dans la catégorie « artiste-interprète féminine de l'année », Barbara remporte le trophée. Au micro, Michel Drucker annonce que l'illustre lauréate n'a pu se déplacer mais qu'elle est là par téléphone. Barbara remercie, s'excuse pour Ophélie et Zazie, précise qu'elle est tout simplement la plus vieille. Elle parle encore et encore, comme si elle était somme toute heureuse de participer à la cérémonie. De loin. Le présentateur fronce les sourcils, la communication est très mauvaise et Barbara parle trop vite. Comme son discours est inaudible, il l'interrompt : « Merci, Barbara ! » Plus jamais on ne l'entendra, ni à la télévision ni à la radio.

En 1997 encore, Barbara part à la conquête de son passé, de ses « folles années perdues ». Ses projets sont tous autobiographiques et rétrospectifs, à commencer par le plus ambitieux de tous : l'écriture de ses Mémoires qui paraîtront après sa mort chez Fayard sous le titre *Il était un piano noir...* Et ce sous-titre : *Mémoires interrompus.* Depuis des années, Barbara est sollicitée par les éditeurs et, systématiquement, elle décline l'invitation. « Un livre sur moi ? Pas question ! affirme-t-elle. Je n'ai rien à dire sur moi, que voulez-vous que je raconte ? En revanche, j'aimerais écrire un livre sur le spectacle, les maisons de disques, les chansons, les auteurs, la scène, la production[1]... » De la même manière, chaque fois qu'un individu a entrepris de mener l'enquête sur sa vie, la chanteuse a mis toute son énergie à le décourager. Et, si les essais de Jacques Tournier et Marie Chaix ont pu voir le jour ce fut – du moins pour quelque temps – au prix de son amitié. Lorsqu'elle découvrit le premier, elle fut outrée et fit interdire une réédition. Elle ragea aussi à la sortie du *Barbara* de Marie Chaix en 1986, et ne l'ouvrit que dix ans plus tard. Cet ouvrage illustré lui sembla alors assez pudique et bien écrit. Elle saisit son téléphone pour en faire part à l'auteur.

Pourtant, en 1997, lorsque Laure Adler (directrice de collection chez Grasset) et Jacques Attali (auteur chez Fayard) lui suggèrent individuellement mais au même moment d'écrire ses Mémoires, Barbara se surprend à hésiter. Et elle se laisse enfin convaincre par Jacques

---

[1]. « Pollen », entretien avec Jean-Louis Foulquier, France Inter, 25 février 1987.

Attali avec lequel elle est en contact régulier depuis 1981, date de leur rencontre « lumineuse » sous l'ère mitterrandienne.

L'auteur de « Coline » se charge donc d'organiser l'entrevue entre la chanteuse et Claude Durand, chez Fayard. Barbara se sent en confiance et se lie rapidement d'amitié avec l'éditeur, qui lui avoue avoir été l'un des piliers de l'Écluse à la fin des années 1950 et l'un des premiers admirateurs de la chanteuse de minuit.

Avant de s'engager définitivement en apposant sa signature au bas du contrat, elle avertit sa maison de disques, s'offre une machine à écrire, s'y installe et tape les premiers mots : « Jamais je ne remonterai sur scène. Jamais plus je ne chanterai en public [1]. »

Très vite, force est de constater que sa mémoire a opéré un tri sélectif. Quant aux documents susceptibles de l'aider dans sa quête biographique, ils ont disparu au fil des déménagements. À peine lui reste-t-il ces coupures de presse soigneusement rassemblées jadis par sa mère et soigneusement rangées. Saisissant son téléphone, Barbara entreprend de reconstituer le puzzle de sa propre vie en appelant les acteurs de son passé. Elle retrouve assez facilement la trace de Claude Sluys, son ex-mari devenu antiquaire à Bruxelles, qui se plie aussitôt à sa volonté en lui envoyant, le 16 septembre 1997, une dizaine de pages dactylographiées racontant leur vie commune. « Chère Barbara, écrit-il. C'est assez difficile de retracer la chronologie exacte de la période de tes débuts en Belgique, car il y a peu de textes où s'appuyer. La première fois que je t'ai rencontrée, c'était dans un café d'étudiants [...]. J'ai écrit en vitesse ces pages. Je peux continuer avec d'autres détails mais, pour le moment, je suis fort occupé à la préparation de la foire d'antiquités que j'organise au musée royal de l'Armée et dont le vernissage aura lieu le 10 octobre. Tu es invitée à 18 heures pour le cocktail d'ouverture

---

1. Barbara, *Il était un piano noir...*, Fayard, 1998.

et, forcément, j'y serai avec ma femme Béa. Bien amicalement. Claude[1]. »

Barbara reprend aussi contact avec le peintre Luc Simon, lui précisant que Gérard Depardieu désirerait lui acheter quelques toiles. Surtout, elle souhaiterait lui faire part de son projet autobiographique. En toute logique, elle joint aussi ses anciennes assistantes. « Elle m'a appelée un jour pour me demander toutes sortes de papiers parce qu'elle savait que je gardais tout, raconte Marie Chaix. J'avais toujours espéré qu'elle le ferait[2]. » Dans le même but, elle renoue avec Nadine Laïk, Angèle Guller à Bruxelles et bien d'autres encore.

Barbara aura tout juste le temps de rédiger une centaine de pages, évoquant son parcours jusqu'aux années 1960. Des feuillets qu'elle faxe au fur et à mesure de leur rédaction à Claude Durand et à Jacques Attali. En septembre 1998, ses Mémoires paraîtront. Un témoignage parsemé d'imprécisions et d'oublis. Mais c'est une œuvre touchante et passionnante. Barbara révèle ses blessures, donne les clés de certaines chansons. On retrouve le style de la chanteuse, une écriture nerveuse et imagée qui a toujours séduit. Enfin, elle se livre avec beaucoup de retenue, en conservant encore quelques secrets.

Parallèlement à ce travail d'écriture, cette même année 1997, Barbara reprend sa *Lily Passion*. Jamais consolée de cette aventure trop rapidement interrompue, elle souhaite la prolonger non pas en remontant sur les planches d'un théâtre avec Gérard Depardieu, mais en réalisant une cassette vidéo du spectacle. Ainsi, onze ans après la première du Zénith, la chanteuse récupère les bobines chez le réalisateur Guy Job, se fait installer une table de montage à Précy, visionne et sélectionne elle-même les bandes afin de tirer le meilleur de ce spectacle.

A-t-elle encore assez de souffle, peut-elle trouver la

---

1. Extrait d'une lettre confiée par Claude Sluys à David Manet.
2. Entretien de Marie Chaix avec l'auteur.

force pour retourner en studio ? En 1997, Georges Moustaki, son vieil ami rencontré à l'époque des cabarets, lui soumet les paroles d'une chanson qu'il vient tout juste d'écrire, « Odéon », sur une musique du compositeur brésilien Ernesto Nazareth. Il s'agit d'une évocation des années 1960, du temps où Georges et Barbara se retrouvaient au café la Boule d'Or après leurs tours de chant respectifs. « Je me souviens d'un vieux ciné / Dans le quartier de l'Odéon / Là-bas, pour deux fois rien on se payait / Quelques navets et les classiques du muet [1]. »

Georges Moustaki souhaite chanter « Odéon » en duo avec sa longue dame brune. Tendrement désolée, celle-ci est contrainte de décliner l'invitation : « Joli texte, oui, Mais, comme tu ne le sais peut-être pas, je ne chante plus, du moins si peu. Merci d'avoir pensé à moi. C'est vrai que cela m'aurait plu et, en plus, je t'aime [2]. »

Début novembre 1997, les murs de Paris se couvrent de portraits de Barbara. Polygram annonce la sortie de « Femme-piano », une compilation remasterisée de ses principaux titres depuis « Dis, quand reviendras-tu ? ». Barbara participe à tous les aspects de la fabrication du double CD en collaboration avec Jean-Yves Billet.

Comme elle le fit quelques années plus tôt pour « Gauguin », chanson hommage à Jacques Brel, la firme propose de fabriquer un clip vidéo sur la chanson « Femme-piano » qui donne son titre à la compilation. Philippe Gauthier [3], qui a déjà plus d'une centaine de clips à son actif, notamment pour Téléphone, les Rita Mitsouko et Vanessa Paradis, est désigné pour la réalisation de ce petit film.

Impressionné à l'idée de rencontrer Barbara, le réalisateur se rend à Précy. « J'avoue que je mourais de peur. Son assistante m'a conduit dans son théâtre où

---

1. Propriété de l'artiste.
2. Entretien de Georges Moustaki avec l'auteur.
3. De la société Programme 33.

Barbara m'attendait, emmitouflée dans un gros pull. Elle m'a tout de suite mis à l'aise. J'espérais qu'elle ôterait ses lunettes noires mais elle ne l'a fait qu'à la deuxième rencontre [1]. » Autour d'une tasse de thé et de quelques gâteaux disposés sur la table, Barbara parle vite, ne cesse de bouger et se met au piano pour fredonner quelques airs. Elle s'assied afin de préciser son idée, insiste pour ne pas apparaître dans le clip sinon par quelques indices : sa bouche, ses mains et son piano noir. « Elle voulait qu'on la devine en filmant surtout ses mains, se souvient Philippe Gauthier. J'étais contre cette idée parce que le public ne la voit que trop rarement. Il aurait été déçu [2]. » Il ose résister à la chanteuse. Il la veut au contraire présente du début à la fin du clip. Il finit par la convaincre. Pendant un mois, la chanteuse et le réalisateur se rencontrent quotidiennement pour élaborer le plan du clip. Barbara apparaîtra à son piano sur fond de vagues et sera entourée d'un rai de lumière circulaire, symbole du bateau virtuel sur lequel la vie l'emporte. « Elle se voyait comme une femme qui navigue seule dans la lumière, seule sur l'océan avec, sur la jetée, les acteurs de son passé, ajoute le réalisateur. Une chanteuse qui accostait et repartait, l'idée du spectacle et de la solitude. La présence de ces gens symbolisait son désir de communiquer, son besoin d'amour [3]. »

Chez Polygram, les dirigeants avaient prévenu : le budget ne doit en aucun cas excéder sept cent mille francs, coût moyen d'un clip. Mais Barbara voit grand, refuse catégoriquement d'entendre parler d'argent. Il faut un immense plateau et des kilomètres de tissus pour obtenir mille mètres carrés de vagues. On envisage même de construire un piano en forme de bateau. Le budget moyen est dépassé bien avant le premier

---

1. Entretien de Philippe Gauthier avec l'auteur.
2. *Ibid.*
3. *Ibid.*

coup de manivelle : plus d'un million de francs. La maison de disques refuse le devis, le projet est retardé.

De son côté, Barbara contacte sa couturière Mine Vergès, afin que celle-ci lui confectionne sur mesure un somptueux ensemble. « Nous avons longuement parlé du clip, elle me l'a décrit avec précision, raconte la styliste. Elle était enthousiaste à l'idée de ce tournage. Je lui ai dessiné un manteau-cape en plissé Fortuny surmonté d'un énorme col boule en plissé soleil. Comme le manteau était transparent, au-dessous, nous avons prévu un pantalon et une tunique noirs en crêpe de soie. Pour la première fois, elle a désiré abandonner le velours [1]. »

Le tout dernier projet de la dame brune restera à l'état de maquette. Et le manteau-cape trône, depuis, dans l'atelier de Mine Vergès, figé sur un mannequin.

---

1. Entretien de Mine Vergès avec l'auteur.

Chapitre 15

Automne chagrin

Très tôt, l'obscurité est tombée sur le clocher de l'église de Précy-sur-Marne. Ce dimanche 23 novembre 1997, les ruelles du paisible hameau sont désertes, nul ne songe à sortir par ce froid. Et les nombreux enfants qui, d'ordinaire, animent les rues du village de leurs jeux et de leur bonne humeur sont allés se coucher.

Enfermée dans sa grande maison, Barbara perçoit le frémissement de « Précy-jardin », des « Oiseaux de soie qui se glissent / Près des pivoines endormies ». Elle dîne assez tôt. Au menu, des champignons, paraît-il.

Par téléphone, elle invite Jean-Claude Brialy à venir un soir prochain et promet de lui concocter elle-même un bon repas : « Du crabe et de la viande rouge, comme tu aimes ! » Au bout du fil, Barbara a la voix des meilleurs jours ; la plaisanterie facile, l'esprit vif qui a toujours séduit Brialy, l'un de ses intimes depuis 1973. « Comme Maria Callas, elle était une légende, dit l'acteur. Quand on pense à sa démesure sur scène, personne n'a jamais osé faire ça. Avec Jeanne Moreau, Barbara est la femme qui m'a le plus fait rire dans ma vie. Je me rappelle d'un soir où elle m'avait invité à dîner seul chez elle. Elle voulait absolument cuisiner, elle qui n'avait jamais su le faire. Je redoutais le résultat car elle grignotait sans arrêt des cornichons avec du Zan. Tout en parlant, elle lançait les poissons dans la poêle pleine d'huile bouillante. La cuisine était dévastée, le repas immangeable. Alors, elle a commandé des fruits de mer par téléphone. Il y en avait pour vingt personnes [1] ! »

Quelques jours auparavant, toujours occupée par la rédaction de ses Mémoires, la chanteuse avait contacté Nadine Laïk, qu'elle avait perdue de vue depuis la fin des années 1960. Les deux femmes se faisaient une joie de se retrouver et étaient convenues d'un rendez-vous ce dimanche, justement. Nadine Laïk, absente de Paris pour la journée, ne s'est pas manifestée : « J'étais rentrée trop tard, je comptais l'appeler le soir pour fixer une autre date [2] », raconte-t-elle. Lorsqu'elle écoute les messages laissés sur son répondeur autour de 21 heures, elle trouve sur la bande la voix de son amie qu'elle identifie aussitôt : « Nadine, nous ne pourrons pas nous voir aujourd'hui comme prévu. Je vais devoir partir. Rappelons-nous, peut-être demain [3]. »

Juste après le dîner, Barbara est prise d'un malaise. Les minutes s'écoulent et rien n'y fait, le mal persiste. Son assistante, Béatrice de Nouaillan – rencontrée lors du montage de la vidéo du spectacle donné à Pantin seize ans plus tôt et qui occupe depuis quelques années une partie du rez-de-chaussée de la demeure –, finit par alerter les pompiers. Ceux-ci connaissent bien l'adresse de la chanteuse. « J'y suis allé souvent, déclare l'un d'entre eux. Sans trahir le secret professionnel, je peux dire qu'elle a souvent tenté de mettre fin à ses jours, du moins de "tirer le signal d'alarme", comme on dit [4]. »

La voiture rouge de la caserne de Claye-Souilly parcourt à grande vitesse les quinze kilomètres qui la séparent de Précy-sur-Marne. Arrivée dans le village, elle sillonne à présent les ruelles pour venir s'arrêter devant le porche du 2, rue de Verdun, au domicile de la chanteuse. Trois hommes en uniforme bondissent du véhicule. Contactés par les pompiers, c'est au tour de

---
1. *VSD*, 27 novembre 1997.
2. Entretien de Nadine Laïk avec l'auteur.
3. *Ibid*.
4. Entretien avec l'auteur.

l'ambulancier et du médecin du Samu de Meaux d'arriver une dizaine de minutes plus tard. Barbara est encore consciente. Rapide et précis, le médecin surveille sa tension, effectue un prélèvement sanguin et conclut que son état nécessite une hospitalisation d'urgence. Mais aucun hôpital des alentours n'a de chambre pour recevoir la dame brune. Elle est emmenée à l'Hôpital américain de Neuilly.

Dans la nuit, emportant la chanteuse sous la surveillance du médecin, la voiture reprend la route en direction de Paris à cinquante kilomètres à l'heure car Barbara est faible, son corps ne peut supporter aucun heurt. Et la route est longue : soixante kilomètres.

C'est une femme à présent inanimée que l'on accueille aux urgences de l'Hôpital américain, bien après minuit. Toute la nuit, les médecins s'affairent autour d'elle. Le jour se lève, les heures passent et Barbara ne revient pas à elle. « Qui est cette femme qui marche dans les rues / Où va-t-elle ? / Dans la nuit brouillard où souffle un hiver glacé / Que fait-elle ? [...] / Cette femme, c'est la mort[1] », chantait-elle.

Malgré toutes les techniques de réanimation mises en œuvre par le docteur Patrick de Rohan-Chabot et son équipe, Monique Serf dite Barbara s'éteint le lundi 24 novembre à 16 heures, victime selon toute apparence d'une infection alimentaire.

C'est à Précy qu'elle aurait souhaité mourir. « Pourtant, nous le savions, elle nous avait prévenus : par une nuit de novembre, pardonnez-moi je vous quitterai, je me ferai légère et dans un bruissement d'ailes, je rejoindrai les forêts de la lune, écrit aussitôt Marie Chaix depuis les États-Unis. Voyageuse de la nuit bleue, n'oublie pas tes lunettes ni tes mules de velours. Pour les pianos, ne t'inquiète pas, le ciel en est rempli et les anges les accordent. Quant à nous, pauvres de nous, l'oreille dressée, nous comptons les étoiles. » La famille accourt. Jean Serf franchit en premier les portes

---
1. « La Mort » (Barbara/Barbara-Romanelli).

vitrées de l'hôpital et va se recueillir au chevet de sa sœur où Régine le rejoint. On attend encore avant d'avertir Claude, il est si sensible ! Gérard Depardieu est présent, il embrasse la famille de sa Lily Passion, s'inquiète et se tient à leur disposition au cas où ils auraient besoin de quelque chose. « Dans le couloir [...] Il y a des anges, en blouse blanche / Qui bercent le désespoir[1] », écrivait Barbara.

D'un commun accord, les proches décident de taire la triste nouvelle afin de pouvoir veiller la chanteuse en paix, à l'écart du public et des médias. Ils entendent aussi respecter l'une de ses dernières volontés, celle de ne pas être vue au jour de son dernier jour. Barbara, pudique jusque dans l'ultime sommeil. Elle l'évoquait dans une chanson : « J'aime mieux m'en aller / Du temps que je suis belle / Qu'on ne me voie jamais / Fanée sous ma dentelle[2]. »

Mardi 25 novembre à l'aube, la France se lève du mauvais pied. Très tôt, un message obscur lui parvient du poste de radio : « Barbara... Victime d'un malaise à l'âge de soixante-sept ans. » Froncement de sourcils chez les adeptes de la dame en noir. Que se passe-t-il ? Ils savent, eux, que la chanteuse, au physique et au moral fragiles, est souvent hospitalisée mais tient à garder ce type d'information secrète (« Parce que tu n'as pas envie qu'on te voie comme ça, c'est comme les animaux, il faut se cacher », disait-elle souvent). Et elle maîtrise parfaitement les médias, sait faire taire les rumeurs si nécessaire. Pourquoi, aujourd'hui, laisserait-elle filtrer pareille nouvelle ? Elle doit être inconsciente – non, elle n'est plus. Évidemment.

En fin de matinée, ce qui n'était encore qu'une supposition, un mauvais pressentiment, se confirme lorsque la dépêche de l'Agence France-Presse tombe sur les écrans de toutes les rédactions : « Barbara est morte dans la nuit du lundi 24 au mardi 25 dans une chambre

---

1. « Le Couloir » (Barbara/Barbara-Aubert).
2. « À mourir pour mourir » (Barbara/Barbara).

de l'Hôpital américain (Neuilly-sur-Seine) à l'âge de soixante-sept ans. Elle y avait été transportée la nuit précédente après avoir été victime d'un choc toxi-infectieux d'évolution foudroyante. »

Line Renaud arrive en sanglots. Jacqueline, une admiratrice de la première heure, se précipite à l'hôpital pour déposer une fleur. Curieusement, elle ne trouve personne. C'est vrai qu'il n'y a pas foule devant le bâtiment. La gendarmerie avait prévu des barrières pour contenir les fans, mais elles se révèlent inutiles. Jacqueline est encore plus triste : « On a dit d'elle que c'était une solitaire, c'est vrai. Regardez, cette foule qui venait à ses concerts n'est pas présente. C'était important pour moi d'être là. Je devais lui rendre ce dernier hommage pour supporter l'absence. On communiquait souvent par fax. Elle me répondait toujours. »

Très vite, dans les kiosques, les unes sombres des quotidiens s'amoncellent : Barbara est partout et en gros plan. L'omniprésence de ce visage, dont certains connaissaient à peine les traits, tranche avec la discrétion qu'elle cultivait depuis bien des années. Les titres sont tous nostalgiques : « Barbara, la fin d'une grande histoire d'amour », « Rappelle-toi, Barbara », « Il est mort, l'aigle noir », « Dis, quand reviendras-tu ? », « Notre plus belle histoire d'amour ». Par ailleurs, les stations de radio et les chaînes de télévision modifient leurs grilles de programmes pour les traditionnelles émissions d'hommages.

En guise d'ovation, comme pour dire « Adieu, je vous aime[1] », des roses rouges sont déposées un peu partout dans le pays. Ici, devant la porte peinte en vert de Précy. Là, à Nantes, rue de la Grange-aux-Loups, ou devant l'Hôpital américain de Neuilly.

À Précy, un flot de voitures passe et repasse lentement devant le 2, rue de Verdun. Depuis son fauteuil d'élu, Yves Duteil, le maire du village, répond toute la journée au téléphone. Il ne refuse aucun entretien avec

---

1. « Y aura du monde » (Barbara/Barbara).

la presse qui le sollicite. « On la voyait rarement mais elle était toujours là, dit-il. C'est vrai qu'elle se cachait. Elle habitait la maison d'à côté et, pourtant, nous communiquions par fax. Elle aimait ces émotions rapides sur l'instant. Elle venait rarement chez nous, ne recevait jamais personne. Je crois qu'elle avait besoin de ça pour se protéger. Elle avait une relation si forte avec son public, elle donnait tellement sur scène qu'il fallait qu'elle se construise un mur pour survivre. » Il faut ouvrir un livre d'or à la mairie, sur lequel chacun est libre de venir inscrire un mot d'adieu.

Les hommes politiques y vont de leur petite phrase. Pour le président Jacques Chirac, elle était « le talent, l'intensité, le don de soi au public, la passion des mots et des rythmes, mais aussi passion tout court. Sa voix nous manque déjà ». Quant au Premier ministre, Lionel Jospin, il salue « une personnalité complexe qui avait le sens de la souffrance des autres ». Et d'ajouter : « Je faisais partie de ses admirateurs, comme beaucoup de Français et de Françaises. J'ai été frappé à travers le temps par le fait qu'une femme dont la voix était si singulière, les textes si exigeants, la personnalité si originale, et que rien ne prédisposait à avoir un succès immense, ait été en même temps une chanteuse populaire. »

Dans un autre univers, le sien, ses frères chanteurs évoquent un talent et une personnalité irremplaçables. « La nouvelle m'a surpris et m'a vraiment assommé, déclare Georges Moustaki. Et puis, en même temps, j'aurais dû savoir qu'elle n'allait pas bien. C'est un sentiment qu'on a quand quelqu'un disparaît, d'impuissance, d'accablement[1]. » Et Serge Reggiani prend le relais : « J'ai beaucoup appris de Barbara [...]. Elle était merveilleuse, irremplaçable. » Juliette Gréco, l'autre dame en noir de la chanson, ajoute : « C'était une personne indispensable, une personne éminemment utile, et c'était quelqu'un de gai, d'heureux, de généreux et

---

1. Entretien de Georges Moustaki avec l'auteur.

de joyeux. Elle reste vivante et le restera aussi longtemps que nous l'aimerons. Donc, on continue. Elle n'est pas morte, elle s'est absentée. »

En coulisse, musiciens, techniciens, assistantes, auteurs, compositeurs, journalistes, comédiens, écrivains abandonnent les travaux en cours pour laisser couler leurs larmes. On s'appelle, on se parle, on se réunit pour revivre ensemble les hauts et les bas, les fous rires et les colères de l'absente : « Elle manque déjà terriblement », disent les Jacques Attali, Marie Chaix, Brigitte Sabouraud, Serge Tomassi, Éric Alvergnat, Monique Perrey... Même s'ils ne dînaient pas tous les soirs à sa table, même s'ils l'avaient un peu perdue de vue parce que « c'est la vie ». La chanteuse Régine et le danseur Patrick Dupont se laissent aller à pleurer en direct à la télévision. Gérard Depardieu choisit le mutisme et Charley Marouani se fait porter malade pour une durée indéterminée.

L'enterrement est fixé au jeudi 27 novembre à 11 heures du matin. À l'hôpital, ses intimes se rassemblent en attendant le départ pour le cimetière de Bagneux. Gérard Depardieu, autoritaire et solide, s'occupe de discipliner le cortège et enfourche sa moto. Arrivé bien avant tout le monde, il erre seul dans les sinistres allées.

À l'entrée du cimetière, cette fois, son public est au rendez-vous. Des centaines d'admirateurs attendent le cercueil qui tarde et tarde encore, plus de deux heures d'attente. Ses amis se reconnaissent, se retrouvent : Catherine Lara, Luc Plamondon, Fanny Ardant, Guillaume Depardieu, Marie-Paule Belle, Yves Duteil, Jean-Jacques Debout, Muriel Robin, Jean-Michel Boris, Guy Job, Danièle Évenou, Jacques Higelin, Léo Carax, etc. Et tous ceux dont on connaît les noms mais pas toujours les visages : Mine Vergès, Roland Romanelli, Gérard Daguerre, Luc Simon. Marie Chaix est retenue aux États-Unis, elle écrit et téléphone de jour et de nuit, se sentant tellement loin et seule avec sa peine.

« Elle est partie comme elle l'aurait voulu : sans prévenir, dit Jacques Rouveyrollis. Elle aimait nous voir rire et sourire. Mais cette fois, on se sent mal. Orphelins. On a perdu le chef du clan. » Certains se tiennent discrètement par la main pour se donner un peu de force.

Enfin, le cortège pénètre dans l'enceinte et fend la foule silencieuse. Curieusement, il flotte la même émotion que lorsque Barbara entrait en scène. « Ça fera du monde à l'enterrement [...] Je sens qu'au dernier rendez-vous / Non, non, je ne serai pas seulette[1] », avait-elle écrit en imaginant ce jour. Barbara l'avait prédit, ils sont nombreux. On compte même quatre générations d'admirateurs. Tous ensemble, ils suivent la voiture noire qui se dirige au ralenti vers l'allée des Tilleuls-Argentés, sa dernière adresse.

Devant le cercueil recouvert de roses et de mimosas, une petite dame blonde prend la parole. C'est Régine, sa sœur. Un message qui s'achève par ces mots : « Ma sœur, au revoir, dors en paix. Je t'aime. » Il commence à pleuvoir, il y a du vent. Puis c'est au tour de Gérard Depardieu de s'exprimer : « Les sanglots longs des violons de l'automne bercent mon cœur d'une langueur monotone. Tu es partie le jour où l'on coiffe les vierges, à la Sainte-Catherine. Tu te méfiais de novembre. Chante, mon ange. Chante encore dans ton île aux mimosas, où déjà tu es reine. Chante, mon amour, chante pour moi l'amour, mon ange. Chante. Je t'aime. »

Elle chantait, il y a bien longtemps, sur des paroles de Robert Charlebois : « Quand je serai morte, enterrez-moi dans un piano noir comme un corbeau. [...] S'il vogue, vogue, mon piano / Viendront s'y poser les oiseaux[2]. » Finalement, elle s'était ravisée et préférait une cérémonie empreinte de sobriété et surtout sans rabbin. Elle sera exaucée. Ses « hommes » la déposent au creux de la terre : Gérard Depardieu, Jacques Attali,

---

1. « Y aura du monde » (Barbara/Barbara).
2. (Charlebois/Thibon).

Charley Marouani, Gilbert Coullier et Jean-Claude Brialy.

Elle avait demandé que personne ne chante, ils n'ont pu s'empêcher de rester devant la sépulture encore ouverte, blottis les uns contre les autres, reprenant en cœur jusqu'à 16 heures ses succès, de « Dis, quand reviendras-tu ? » à la « Petite cantate », et encore « Le Mal de vivre », « Göttingen » et « Ma plus belle histoire d'amour ».

Depuis ce jeudi de novembre, Barbara repose dans le caveau familial du cimetière de Bagneux auprès d'Esther, sa mère, de Moïse et Hava Brodsky, ses grands-parents maternels, de ses grands-oncles et grand-tantes d'origine slave.

Toute la journée, toute la nuit, la pluie est tombée sur les poèmes et lettres d'amour déposés près de la sépulture béante, protégée par une barrière de gendarmerie, sur les roses envoyées par Patrick Bruel, les chrysanthèmes or de Johnny Hallyday, la gerbe de fleurs de Michel Sardou et les 410 roses des 410 habitants de Précy, les lilas d'un admirateur américain qui avait demandé au maire de Précy de les déposer en son nom, les fleurs d'un Allemand anonyme « en souvenir des enfants blonds de Göttingen ».

Discographie

1959
« Barbara à l'Écluse »
La Femme d'Hector – Souvenance – Il nous faut regarder – Un monsieur me suit dans la rue – Les Amis de monsieur – Tais-toi Marseille – La Belle Amour – La Joconde – Les Sirènes.
En public, 25 cm. La Voix de son maître FLDP 1079

1960
« Barbara chante Brassens »
La Marche nuptiale – Le Père Noël et la petite fille – Pauvre Martin – La Légende de la nonne – Pénélope – Oncle Archibald – La Femme d'Hector – Il n'y a pas d'amour heureux.
25 cm. Odéon OS 1260 – Grand Prix du Disque 1960

1961
« Barbara chante Brel »
Les Flamandes – Je ne sais pas – Voici – Seul – Sur la place – Ne me quitte pas – Il nous faut regarder – Le Fou du roi – Litanies pour un retour.
25 cm. Odéon OS 1266

1963
« Dis, quand reviendras-tu ? »
Dis, quand reviendras-tu ? – J'entends sonner les clairons – Tu ne te souviendras pas – Le Verger de Lorraine – Ce matin-là – Chapeau bas – Le Temps du lilas – Liberté – Attendez que ma joie revienne – Nantes – Vous entendrez parler de lui – De Shanghai à Bangkok.
30 cm. CBS 62660

1964
« Barbara chante Barbara »
À mourir pour mourir – Pierre – Le Bel Âge – Au bois de Saint-Amand – Je ne sais pas dire – Gare de Lyon – Nantes – Chapeau bas – Paris, 15 août – Bref – Sans bagages – Ni belle, ni bonne.
30 cm. Philips 77806

1965
« Barbara »
L'Homme en habit – Menuet pour la Joconde – Maîtresse d'acteur – Veuve de guerre – D'elle à lui – Les Amis de monsieur – J'ai tué l'amour – La Femme d'Hector – Souvenance – Il nous faut regarder – Les Sirènes.
30 cm. Pathé Marconi FE LP 280

1965
« Barbara »
Le Mal de vivre – Si la photo est bonne – Septembre (quel joli temps) – J'ai troqué – Tous les passants – Göttingen – Toi, l'homme – Une petite cantate – La Solitude – Les Mignons – Toi.
30 cm. Philips 77859

1967
« Bobino 67 »
Madame – Parce que (je t'aime) – À mourir pour mourir – Au cœur de la nuit – Y aura du monde – Une petite cantate – À chaque fois – Ma plus belle histoire d'amour – Le Mal de vivre – Les Rapaces.
En public, 30 cm. Philips AA 77870

1967
« Ma plus belle histoire d'amour »
Ma plus belle histoire d'amour – Parce que (je t'aime) – Au cœur de la nuit – Y aura du monde – Marie Chenevance – La Dame brune – À chaque fois – Les Rapaces – Madame.
30 cm. Philips 11 844719

1968
« Le Soleil noir »
Le Soleil noir – Plus rien – Gueule de nuit – Le Sommeil – Tu sais – Le Testament – Mes hommes – Mon enfance – Du bout des lèvres – L'Amoureuse – Joyeux Noël.
30 cm. Philips 844 783

1969
« Une soirée avec... »
Chapeau bas – Mon enfance – Joyeux Noël – Les Amis de monsieur – Elle vendait des p'tits gâteaux – La Complainte des filles de joie – Gare de Lyon – Bref – Le Grand Frisé – La Dame brune – Gueule de nuit – Toi – Du bout des lèvres – Plus rien – Au bois de Saint-Amand – L'Amoureuse – La Solitude – Göttingen – Le Soleil noir – Pierre – Mes hommes – Nantes.
2 × 30 cm. Enregistré à l'Olympia du 4 au 8 février. Philips 844 956/57

1970
« Madame »
De jolies putes vraiment – Le 4 novembre – Regardez le regard des hommes – Ils étaient cinq – Je serai douce – Le Passant – Amoureuse – La nuit tu dors – Les Amis de monsieur – La Vie d'artiste – Elle vendait des p'tits gâteaux – Chanson de Margaret.
30 cm. Philips 6311004

1970
« L'Aigle noir »
À peine – Quand ceux qui vont – Hop-là – Je serai douce – Amoureuse – L'Aigle noir – Drouot – La Colère – Au revoir – Le Zinzin.
30 cm. Philips 6311 084

1972
« La Fleur d'amour »
La fleur, la source et l'amour – L'Indien – La Saisonneraie – Les Rapaces – La Solitude – Vienne – L'Absinthe – C'est trop tard – Églantine.
30 cm. Philips 6325 004

1972
« Amours incestueuses »
Amours incestueuses – Le Bourreau – Printemps – Rémusat – La Colère – Perlimpinpin – Accident – La Ligne droite – Clair de nuit.
30 cm. Philips 6332 119

1973
« La Louve »
L'Enfant laboureur – Le Minotaure – Là-bas – Les Hautes Mers – Chanson pour une absente (le 6 novembre) – Marienbad – La Louve – Monsieur Capone – Ma maison – Je t'aime.
30 cm. Philips 9325 073

1974
« Au Théâtre des Variétés »
Chapeau bas – Rémusat – Quand ceux qui vont – Drouot – L'Indien – Marienbad – Y aura du monde – Perlimpinpin – Toi – Parce que (je t'aime) – À mourir pour mourir – Amours incestueuses – La Louve – Le Minotaure – L'Enfant laboureur – À peine – Ma plus belle histoire d'amour – Hop-là – L'Homme en habit rouge – Mes hommes – Nantes – Le Mal de vivre – L'Aigle noir.
En public, 2 × 30 cm. Philips 6311 163

1978
« À L'Olympia »
Chapeau bas – Fragson – Quand ceux qui vont – Au bois de Saint-Amand – La Musique – Drouot – La Mort – Marienbad – Les Insomnies – Il automne – Perlimpinpin – Toi – Ma maison – Mon enfance – L'Enfant laboureur – À peine – À mourir pour mourir – Une petite cantate – La Solitude – Le Soleil noir – L'Amour magicien – Ma plus belle histoire d'amour – Le Mal de vivre.
En public, 2 × 30 cm. Philips 6332 342

1981
« Seule »
Seule – La Musique – Précy jardin – La Mort – La Déraison – Fragson – Mille chevaux d'écume – Il automne – Monsieur Victor – Cet enfant-là – L'Amour magicien – Les Insomnies.
30 cm. Philips 6313 134

1981
« Pantin 81 »
Regarde – La Musique – Quand ceux qui vont – Au bois de Saint-Amand – Monsieur Victor – Drouot – Mille chevaux d'écume – Ma maison – Les Insomnies – Marienbad – Perlimpinpin – La Mort – L'Enfant laboureur – Seule – Le Soleil noir – Pierre – L'Homme en habit rouge – Le Mal de vivre – L'Aigle noir – Ma plus belle histoire d'amour – Mes hommes – Göttingen – Pantin.
En public, 2 × 30 cm. Philips 6313 295

1986
« Lily Passion »
Berlin – Il tue – Cet assassin – Ô mes théâtres – Lily Passion – Bizarre – Tire pas – Je viens – Tango – David-song – Emmène-moi – L'Île aux mimosas – Campadile – Mémoire, mémoire – Qui est qui – Qui sait – Ma plus belle histoire d'amour.
En public au Zénith, 2 CD Philips 826 825

1987
« Châtelet 87 »
Perlimpinpin – Au bois de Saint-Amand – Du sommeil à mon sommeil – Raison d'État – Une petite cantate – Il automne – Qui est qui – Sid'amour à mort – Drouot – Tire pas – Fragson – À mourir pour mourir – Mémoire, mémoire – Marienbad – L'Homme en habit rouge – Ô mes théâtres – Rémusat – Mon enfance – La Mort – Seule – L'Île aux mimosas – Le Soleil noir – Le Piano noir – Ma plus belle histoire d'amour – Pierre – Le Mal de vivre – L'Aigle noir – Nantes – Göttingen – Dis, quand reviendras-tu ?
2 CD Philips 834041

1990
« Gauguin »
Perlimpinpin – Gauguin (lettre à Jacques Brel) – Les Enfants de novembre – Précy jardin – Monsieur Victor – Au bois de Saint-Amand – Drouot – Sid'amour à mort – Marienbad – Rêveuses de parloir – L'Homme en habit rouge – Ô mes théâtres – Vol de nuit – Coline – L'Enfant laboureur – À mourir pour mourir – Le Soleil noir – Le Piano noir – Ma

plus belle histoire d'amour – Pierre – Le Mal de vivre – Valse Franz (instrumental) – L'Aigle noir – Nantes – Mes hommes – Göttingen – La Plus Bath des javas.
En public à Mogador, 2 CD Philips 846 263

1993
« Châtelet 93 »
Le jour se lève encore – Attendez que ma joie revienne – Pleure pas – Gauguin (lettre à Jacques Brel) – Mille chevaux d'écume – Lily – Monsieur Victor – Marienbad – Vol de nuit – Au bois de Saint-Amand – Madame – Perlimpinpin – Sid'amour à mort – Sables mouvants – Le Mal de vivre – Valse Franz (instrumental) – L'Aigle noir – Göttingen – L'Aigle noir (instrumental) – Ô mes théâtres – Veuve de guerre – L'Île aux mimosas – Femme-piano-lunettes – Nantes – Dis, quand reviendras-tu ? – Le jour se lève encore.
En public, 2 CD Philips 518795

1996
« Barbara »
Il me revient – À force de – Le Couloir – Le jour se lève encore – Vivant poème – Faxe-moi – Fatigue – Femme-piano – John Parker Lee – Sables mouvants – Lucy – Les Enfants de novembre.
CD Philips 534 269

Bibliographie

Barbara, *Il était un piano noir... – Mémoires interrompus*, Fayard, 1998.
Barbara, *Ma plus belle histoire d'amour – L'œuvre intégrale*, L'Archipel, 2000.
Chaix, Marie, *Barbara*, Calmann-Lévy, 1986.
Chevalier, Marc, *Mémoire d'un cabaret, l'Écluse*, La Découverte, 1987.
Dejacques, Claude, *Piégée, la chanson... ?*, Entente, 1994.
Depardieu, Gérard, *Lettres volées*, Lattès, 1988.
Garcin, Jérôme, *Barbara, claire de nuit*, Gallimard, 2002.
Moustaki, Georges, *Les Filles de la mémoire*, Calmann-Lévy, 1989.
Reggiani, Serge, *Dernier courrier avant la nuit*, L'Archipel, 1995.
Todd, Olivier, *Jacques Brel, une vie*, Robert Laffont, 1984.
Tournier, Jacques, *Barbara*, Seghers, 1968.

Remerciements

L'enquête bruxelloise a été menée, en partie, sur place par David Manet.

À Éric Alvergnat, Jacques Attali, Marcel Azzola, Hubert Ballay, Ida Benet, Louis Bessières, Mme Billard (du Conservatoire), Sem Borencholc, Jean-Michel Boris, Hava Brodsy, Jean-Yves Billet, Jacques Calonne, Mme Cariven, Mme Cayet, Michel Célie, Marc Chevalier, Gilbert Coullier, Karl Crabbe (de la Fondation Brel), Paul et Jo Dekmine, Léon Depouhon, Danièle Évenou, Gérard Daguerre, Jean-Jacques Debout, Claude Dejacques, Yvan Delporte, Benoît Duteurtre, Jean-Michel Dutoit, Patrick Fillioud, Remo Forlani, Élisabeth Godenne, M. Guérin, Ruth Guinot, Victor Haïm, Studio Hersleven, Nicols Klechtkovsky, Nadine Laïk, Jean-Jacques Laydu, Jean Leclère, Christiane Legrand, Marc Legras, Simon Lévi, Paul Mainguet, Peggy Manath, Jean Mascart, Mme Robert Montal, Vittorio Morelli, Gaston Mostraet, Jacques Namann, Reine Nougé, Nicole Oluff, Robert Pernet, Monique Perrey, Jacques Polus, Michel Portal, Marc Quaghebeur, François Rabbath, Raymond Renard, Roland Renerte, Patrick de Rohan-Chabot, Roland Romanelli, Georges Rosenfeld, Maurice Rosy, Mme Roth, M. Rouland, Jacques et Martine Rouveyrollis, Hélène Rubinstein, Régine Ruet, Brigitte Sabouraud, Dany Salmon, Raoul Sangla, Gilles Schlesser, Claude Serf, Jean Serf, Brigitte Simon, Claude Sluys, Olivier Smolders, Gilbert Sommier, Stéphane Steeman, Robert Thonon, Anne-Marie Strengers, Olivier Todd, Serge Tomassi, Jean Tourasse, Stéphane Trano, Cora Vaucaire, Mine Vergès, M. et Mme Vinckier, Claude Weiler, François Wertheimer, Raymond Wotquenne, Jacques Ysaye, Frédéric Zeitoun.

Ainsi que : Yves Derai pour ses encouragements, Georges Moustaki pour son soutien et son témoignage, Isabelle et Jean-Daniel Belfond les premiers éditeurs de ce livre, Marie Chaix pour m'avoir aidée avec tant de générosité, Ariane Ruet (présidente de l'association Perlimpinpin) pour son aide constante tout au long de cette enquête et Luc Simon pour son charme et sa confiance.

Un grand merci à Emmanuelle Heurtebize et François Laurent.

Sans oublier Jo et Marcelle, Robin, Florent et Nina. Isabelle Louis et Haddassgendass.

Table

Préface, *de Georges Moustaki*	9
« Serf, dite Barbara »	15
Chapitre premier : Une famille en fuite	19
Chapitre 2 : Sur la route du Nord	37
Chapitre 3 : 15, quai des Grands-Augustins	53
Chapitre 4 : Barbara chante Barbara	70
Chapitre 5 : Plus jamais la misère	87
Chapitre 6 : Un mystère	101
Chapitre 7 : Au plus beau bordel d'Afrique	121
Chapitre 8 : Léon aime Léonie	137
Chapitre 9 : À Précy	150
Chapitre 10 : La piste aux étoiles	167
Chapitre 11 : Elle chante, il tue	184
Chapitre 12 : « Vigilons ! »	195
Chapitre 13 : Sans un adieu	208
Chapitre 14 : Barbara 1997	225
Chapitre 15 : Automne chagrin	233
Discographie	243
Bibliographie	249
Remerciements	251

Cet ouvrage a été réalisé par

FIRMIN DIDOT
GROUPE CPI
Mesnil-sur-l'Estrée

pour le compte des Éditions 10/18
en septembre 2002

Imprimé en France
Dépôt légal: octobre 2002
N° d'édition : 3414 - N° d'impression: 61109